Né en 1980, Jack Jakoli est enquêteur à la police fédérale en Belgique. Après plusieurs années passées dans les sections antibanditisme et antiterroriste, il travaille maintenant à la crim[illegible]ile. Récemment, inspiré par son quotidien, il s'est lancé dans l'écr[illegible]. Sa première publication, une nouvelle intitulée « Punition » [illegible]contré un joli succès. *Entre le paradis et l'enfer* est son prer[illegible]oman, initialement paru chez IFS/Phénix noir sous le titre *La* [illegible]*ubase*, est également disponible aux Éditions J'ai lu.

La Détresse des Roses

DU MÊME AUTEUR
AUX ÉDITIONS J'AI LU

Entre le paradis et l'enfer

JACK JAKOLI

La Détresse des Roses

J'AI LU

À la détresse des victimes.

Aux membres des sections homicides
d'hier, d'aujourd'hui et de demain ;
pour leur travail au plus proche
de l'effroi.

« Les monstres sont réels,
les fantômes aussi.
Ils vivent en nous et parfois,
ils gagnent. »

Stephen KING

Chère lectrice, cher lecteur,

À bien des égards, ma position d'enquêteur au sein de la section homicides de la police judiciaire fédérale en Belgique ne semble apporter que des avantages lorsque l'on écrit un polar. Étant aux premières loges pour affronter la surprenante capacité des êtres humains à commettre le pire, je serais bien le dernier à m'interroger sur la crédibilité d'une enquête, la réaction des auteurs ou des victimes ainsi que sur le résultat de leur incroyable alchimie.

Toutefois, le revers de la médaille, le prix à payer de cette facilité, peut se définir en deux points.

Le premier est ce que l'on appelle le devoir de réserve. Celui-ci m'empêche de décrire avec exactitude le développement de faits non encore jugés. Néanmoins, pour pouvoir en faire état dans ce livre, je me suis assuré que certains détails sordides avaient déjà été relayés par la presse et/ou étaient toujours libres d'accès sur les différents médias à notre disposition aujourd'hui.

Le second fait référence à la détresse des familles. Ce sont les victimes collatérales d'un homicide. Des hommes, des femmes, des mères, des frères, des enfants qui attendent des réponses et des éclaircissements qu'on ne peut pas toujours fournir. Cette détresse, cette tristesse, il m'est impossible d'y être insensible.

Et c'est spécialement ce dernier point qui m'a fait opérer un demi-tour drastique quant aux repères de lieux et de temps au moment d'écrire ce livre. Parce que bien que l'histoire qui suit soit romancée et même si des années se sont écoulées depuis les véritables faits, je ne me voyais pas faire revivre ces atrocités en les décrivant avec trop de précisions.

J'ai donc pris exemple sur Stephen King lorsqu'il écrivait *Ça*, et plus particulièrement la scène où Georgie se fait happer et dévorer par Grippe-sou. Le meurtre d'un enfant dans des circonstances proches de celles de son récit l'a en effet poussé à inventer une ville et à imaginer des rues, des lieux et des personnages hors de tout contexte réel.

Raison pour laquelle je vous invite ici à Montiry. Un lieu qui n'apparaît sur aucune carte. Alors prenez une bonne inspiration et immergez-vous dans cette ville pour y découvrir certaines vérités cachées. Ce qui s'y déroule fait écho à des faits divers qui, dans mon pays ou dans d'autres, ont tourmenté bien des gens, ont causé et causent encore bien des souffrances.

Pour ma part, j'estime que l'objectif principal d'un roman est avant tout de distraire le lecteur. L'extraire de son ordinaire pour lui faire vivre des événements extraordinaires à travers les yeux des personnages. Je vous souhaite donc un bon moment de lecture.

Jack JAKOLI

En musique

Tout au long de cette histoire, vous trouverez des références musicales.

Libre à vous d'en profiter au moment de la lecture afin de vous immerger d'autant plus dans l'ambiance de l'instant.

Pour ce faire, j'ai créé une playlist sur différentes plateformes, dont vous trouverez les liens sur ma page internet officielle www.jackjakoli.com.

Prologue

De nos jours
Siège de la police judiciaire fédérale de Montiry (Belgique)

— Après ça, il y avait du sang tout rouge partout et ma maman ne bougeait plus. Moi, je pleurais parce que j'avais peur et que j'étais triste et ma maman, elle vient toujours quand je pleure, mais là, elle ne bougeait plus.

— Je comprends.

L'enfant jouait avec l'une des poupées réservées aux auditions de mineurs. Assise à côté d'elle, la flic en civil attendit en silence qu'elle poursuive son récit.

— C'est de ma faute ? demanda la petite en laissant tomber la poupée. Si je n'avais pas dit pour son zizi, il n'y aurait rien eu.

— Non, ma grande, tu n'y es pour rien. C'est uniquement de la faute du monsieur.

Stéphane cliqua sur la croix dans l'angle supérieur droit de l'écran pour mettre fin au visionnage du film de l'audition.

— Voilà, dit-il, ça, c'est vu. Alors...

À l'aide de la souris, il choisit un autre fichier et l'ouvrit. Le moniteur se para d'une multitude de petits encadrés miniatures qu'il sélectionna avant de lancer l'application *Photos*.

Une boucherie.

Ce fut la première chose qui frappa Danny Cox en examinant les photographies de la scène de crime. Des images qui trouveraient facilement leur place dans n'importe quel bon dictionnaire sous l'expression populaire : saigner comme un porc.

D'une simple pression de l'index sur les touches directionnelles du clavier, Cox fit défiler les clichés digitaux à l'écran. Ceux que le laboratoire scientifique avait pris lors de la descente. Un zoom de temps en temps lui présentait les plaies occasionnées par un couteau de cuisine, en grande majorité dans le dos de la victime, une belle jeune femme tout juste trentenaire.

— Mon Dieu.

Stéphane se mit à rire.

— Je pense qu'il n'en a rien à faire, ricana-t-il. Laisser une fillette assister au meurtre de sa mère... Enfin bref. On tient ce fumier, c'est déjà ça.

— Et lui ? Sa version ?

— Qu'elle a pété les plombs et qu'elle a voulu le planter. Qu'ensuite, il a réussi à lui reprendre le couteau et qu'enfin, il s'est défendu. Continue, un peu plus loin tu trouveras une photo de ses lésions de défense.

Cox avança jusqu'à ce que s'affiche la main gauche de l'homme, dont la paume dévoilait deux entailles peu profondes et presque parallèles.

— Alors ? interrogea Marc. Ce sont des plaies de défense ?

Avec son chef de section posté dans son dos, le nouveau venu au sein de la section homicides se doutait que la présentation de ce dossier se transformerait vite en test.

— Il est gaucher ou droitier ? demanda-t-il à Stéphane, surnommé « Scut » au sein de l'équipe.

— Droitier, coupa Marc.

Le jeune enquêteur mima alors différentes manières de se saisir d'un couteau jusqu'à ce que son visage s'illumine.

— Il s'est entaillé lui-même ?

— C'est une question ? fit Marc.

— C'est ce que je pense, en tout cas. S'il avait attrapé la lame à main nue et en pleine bagarre, ce serait plus profond.

— Même constat pour nous, opina Scut. C'est bien vu.

Le commissaire Goegebeur tapa sur l'épaule du jeune homme.

— Viens dans mon bureau.

Cox se leva, fit un clin d'œil à son collègue et suivit son nouveau chef. Au moment où il atteignit l'encablure de la porte, Scut l'interpella.

— Hey, murmura-t-il, sans déconner, tu ne trouves pas que le coach ressemble à Benoît Poelvoorde ?

Assimilant cette réflexion tout en marchant vers le bureau du patron, Danny fronçait les sourcils tant il ne comprenait pas où son collègue voulait en venir ; mais lorsqu'il vit Marc assis derrière ses deux écrans, il ne put empêcher un rictus de se former.

C'est vrai qu'il lui ressemble, se dit-il. *Les mêmes traits, la même énergie et parfois, la même intonation de voix.*

— Assieds-toi, ordonna Marc en basculant sur sa chaise ergonomique et en croisant les bras au-dessus de sa tête. Tu l'as sans doute remarqué et je l'assume, je suis un fou.

Danny pouffa tandis que le coach acquiesçait.

— Tu peux rire. Quelques-uns ici n'apprécient pas ma façon de faire et d'autres ma façon de diriger, mais tout le monde s'accorde pour dire que s'il arrivait malheur à un proche, je serais la première personne à qui on confierait l'enquête.

Cox hocha la tête.

— C'est précisément ce qu'on m'a dit de toi lorsque j'ai postulé.

— Nous sommes d'accord. Bon, tu n'es pas un débutant niveau enquête et tu as déjà apporté ton aide aux autres, mais tu dois encore faire tes preuves avec ton propre dossier. Tu vas donc reprendre celui-ci, dit-il en tendant un classeur. C'est une affaire qui est restée un peu sur le côté parce que la juge n'en veut pas. Et quand un juge ne veut pas d'un dossier, c'est clairement la merde. Selon elle, on n'arriverait à rien. À toi de lui prouver le contraire.

— À Bruxelles, quand un juge ne voulait pas d'un dossier, on le foutait au bac et on passait au suivant.

— Dans ton ancienne section peut-êtrc, mais c'est la Crim ici. Les familles ont toujours besoin de réponses et attendent qu'on fasse le job à fond.

— C'est quoi au juste, ce dossier ? répondit Danny en se rendant compte de sa bévue.

— Une histoire de cul, fit Marc en se redressant. Une femme sort avec un mec qui lui cache une autre liaison. Notre suspecte lui rend une visite surprise et tombe sur l'autre bonne femme. Une dispute éclate. Notre cliente quitte les lieux au volant de sa voiture tandis que sa rivale rejoint la sienne à pied. Devine qui se fait écraser par « accident » ? Je veux démontrer l'intention d'homicide.

— Ok, lança Danny en se levant, je m'y plonge.

— Attends un instant, il paraît que tu écris des livres ?

L'enquêteur gonfla le torse.

— Absolument ! Deux, jusqu'ici.

— Et ça marche bien ?

— Pour un début, je n'ai pas à me plaindre.

— Pour un début ? Attends, on va se mettre d'accord. Sache que je n'aime pas trop que mes hommes aient un boulot à côté, asséna Marc. Il faut savoir ce que l'on veut, soit tu es un flic, soit tu es un écrivain.

Danny grimaça.

— Tu peux me rappeler pourquoi on t'appelle « Coach » ? répliqua-t-il alors.

— Quand je dis que je n'aime pas, ça ne veut pas dire que je parle de moi. En plus, ça fait des années que je ne suis plus entraîneur.

— Tu sais, nargua Danny, peu d'écrivains vivent de leur plume, mais peut-être qu'un jour je percerai. Et à ce moment-là, j'écrirai un bouquin avec toi en personnage principal et on en tirera un film où Poelvoorde jouera ton rôle ! Bonne idée, non ?

Bien qu'il fît de son mieux pour rester de marbre, les yeux du commissaire trahirent son envie de sourire.

— Mets plutôt celle-là au trou, dit-il en pointant du doigt le classeur qu'emportait Danny.

Cox opina, sortit dans le couloir et bifurqua immédiatement sur sa gauche pour entrer dans le bureau qu'il partageait avec Arthur, son mentor du moment. Ce dernier profitait de sa pause pour avaler un sandwich et finir une grille de mots croisés. Une gymnastique intellectuelle dont il était friand. Il regarda son jeune collègue prendre place derrière son PC portable et commencer la lecture du dossier dont il avait maintenant la charge.

— Un nouveau meurtre ? interrogea-t-il.

— Pas du tout, fit Danny sans relever les yeux. Le coach veut que je me fasse les dents avec une affaire qui traîne.

Arthur remarqua la tronche défaite de son coéquipier. Ce qui était rare, du peu qu'il le connaissait.

— Ça a l'air de te mettre de bonne humeur, tenta-t-il pour en savoir plus.

— Ce n'est pas ce dossier, c'est juste que Marc me prend déjà la tête avec mes bouquins.

Devant le long soupir que Danny fit résonner entre les cloisons de leur bureau, Arthur se leva et ferma la porte. Il regagna son siège, attira de la main l'attention de son collègue et chuchota.

— Tu devrais écrire sur le « Boucher ».

— Le Boucher ? Tu veux dire...

— Oui, coupa Arthur, cette affaire-là. Je n'en avais pas la charge, dit-il, mais j'ai travaillé dessus durant des années.

— C'est vrai ? s'enflamma Danny. Vas-y, raconte ! Mais quelque chose qu'on ne trouve pas dans la presse.

Arthur étouffa un rire espiègle.

— Crois-moi, la presse est très loin du compte. Cette histoire est tout aussi morbide que fascinante. Mais que les choses soient bien claires, ajouta-t-il en levant un doigt qui se voulait menaçant, ça ne vient pas de moi. On est d'accord ?

— Tu as ma parole, assura Danny, et tu seras le premier à lire le résultat.

— Je l'espère bien ! En revanche, bonne chance pour faire mieux que la réalité.

1

6 janvier 1996
Montiry (Belgique)

Découper sa chair l'enivrait.

Un ressenti aux antipodes de ce qu'il avait imaginé pour cette conclusion imprévue, conséquence d'un rendez-vous décevant. Qu'elle ait menti sur la marchandise l'avait rendu fou et contraint à sustenter par lui-même ses besoins.

Depuis, tout n'était qu'une suite de découvertes plus agréables les unes que les autres. Le passage à l'acte avait transformé et fait évoluer en quelque chose de plus profond, de plus sensible, ce qui n'était au départ qu'une simple rencontre organisée pour assouvir ses fantasmes. Il y réfléchissait déjà depuis quelque temps et en trouvait enfin la force. Mais pour l'heure, il étudiait, apprenait.

Cela faisait maintenant deux jours qu'il avait franchi le pas et deux jours qu'il profitait d'elle dans la discrétion accordée par la villa de ses parents.

Implantée au milieu de plusieurs bâtisses du même type, quoique plus modeste que les autres, leur maison trônait le long d'un chemin récemment asphalté, guère fréquenté, et délimitant la zone résidentielle d'un bois qui leur était pratiquement réservé. Des décennies de quiétude avaient encouragé la plupart des propriétaires à préférer planter de simples haies ou des arbustes persistants, davantage destinés à préserver leur intimité qu'à protéger leurs biens, à l'installation d'une barrière ou d'une clôture. L'absence d'éclairage public achevait de lui accorder la tranquillité nécessaire à ce qu'il se devait d'accomplir.

Afin de faire croire à son absence, il avait stationné sa voiture dans une rue adjacente, en pleine nuit, juste après avoir amené sa rose sauvage et l'avoir placée sur le fauteuil inclinable de son père. Durant ces deux derniers jours, il avait également pris soin de n'éclairer aucune pièce donnant sur l'extérieur.

Heureusement pour lui, craignant une balle perdue lors d'une partie de chasse, ses parents avaient dessiné leur maison de manière à ne présenter qu'un large mur en façade. Seul le garage y trouvait une petite place, accessible depuis la rue par une cour revêtue d'un mélange de graviers blancs.

C'est dans cette dernière pièce qu'il avait choisi d'opérer. Spacieuse, facile à nettoyer et fermée depuis peu par une nouvelle porte en bois lourde et robuste. L'ancienne, faite de tôles métalliques, avait été facilement arrachée lors d'une tentative de vol. À croire que la sérénité d'un environnement éloigné incitait parfois aux visites impromptues. L'incident l'avait rendu méfiant.

N'importe quelle nuit, mais pas celle-ci, s'était-il dit.

Dans le but de rendre le plus agréable possible ce qu'il pensait être à l'origine une besogne, il avait installé son lecteur de CD dans le garage.

Un rictus tout d'abord satisfait puis cruel s'était affiché sur son visage lorsque « Secret Garden » de Bruce Springsteen avait débuté.

Et il y était enfin. Contre toute attente, ses émotions oscillaient entre le stress d'être interrompu et l'extase de la découpe.

En se rompant, les fibres émettaient un son à la fois léger et assez net pour briser la douceur de cette chanson qui parlait de ces femmes qu'il aimait tout en les détestant ; ces femmes dont les faciès et les formes n'étaient que le reflet éphémère de celle qui lui manquait tant. De temps à autre, son mouvement rencontrait une résistance qui l'obligeait à forcer. Loin d'être désagréable ou déconcertant comme il l'aurait imaginé, cet effort supplémentaire augmentait son excitation. Elle semblait lui résister encore et lui offrait une nouvelle fois l'occasion de la dominer, centimètre par centimètre.

Lorsque l'outil atteignit l'os, sa main trembla. Il y était presque et il s'enthousiasma.

Son premier membre.

Sa première jambe.

Cette portion lui sembla plus aisée. Les dents, conçues précisément pour cela, glissaient sans retenue.

Affublé maintenant d'un large sourire, il savourait.

Soudain, un bruit vint l'interrompre.

Qu'est-ce que c'est ?

Quelqu'un dans l'allée ?

Il s'arrêta de découper, le temps de se mettre en apnée, à l'affût de tout indice provenant d'un extérieur qu'il n'avait pas exploré depuis quarante-huit heures.

Plus rien.

Probablement ton imagination.

Personne ne sait que tu es là, alors arrête de stresser.

Profite.

Il reprit sa respiration et, à la recherche de sa première entaille, enfonça à nouveau la lame dans la chair. Il tâtonna à maintes reprises sans la retrouver et pesta contre lui-même avant d'en entamer une autre.

— Ça ne sera pas parfait ! râla-t-il.

Calme-toi. Tu n'y es pour rien.

C'est cette maison qui ne va pas.

C'est la faute des vieux.

Il faudra te trouver un endroit tranquille, loin d'eux.

Tu verras, tu feras mieux la prochaine fois.

2

21 janvier 1996
Ostrevent (Nord de la France)

— Ferme-la ! T'as compris ? Ferme-la ou je te tue !

La vague de froid du mois de décembre avait lentement cédé la place à une météo plus clémente. Les quelques degrés supplémentaires offraient l'occasion à une partie des résidents de se réapproprier la voie publique et tout ce qui s'y apparentait. Ce jour-là, malgré un ciel qui arborait encore une large couche nuageuse, un rai de soleil chaud venait, ci et là, lécher le sol de cette petite commune rurale où se mélangeaient parfaitement la verdure, le bitume et l'eau, grâce au Flumen, un fleuve navigable qui traversait la région de part en part. Un cours d'eau de la compétence territoriale de la gendarmerie d'Ostrevent qui, il y a quelques mois, s'était vue renforcée par deux jeunes recrues, Yvan Beaulac et Olivier Belenger.

Des arrivées résignées, et pour cause : à l'instar de leurs collègues de formation, les deux gendarmes avaient espéré une région plus chaude, dans les deux sens du terme. Toutefois, au prononcé de leurs résultats frôlant les minima requis, ils héritèrent des dernières affectations disponibles.

Ce dimanche matin, après une longue patrouille stérile entre les zones vertes et boueuses de leur territoire, ils s'étaient entendus pour retourner à la brigade et y prendre un café tout en tapant le carton. Une intention avortée par Patrick et Sandrine, un couple de pêcheurs, sur le point de s'entretuer derrière la rambarde de l'un des quais bordant le Flumen.

Un peu plus tôt, le passage d'une péniche, ou plus exactement de sa batelière, avait attiré le regard de Patrick. Une beauté telle qu'il en oublia la jalousie de Sandrine, sa moitié depuis plus de vingt-trois ans et qui l'accompagnait dans ses moindres lubies. Devenu pêcheur amateur, le couple avait souscrit au cliché des bouteilles de blanc que l'on immergeait pour en garder la fraîcheur. Une pour l'apéro, chips et saucissons, et une autre pour le jambon-beurre de midi. Pas une mauvaise idée en soi, sauf quand l'air remplace trop rapidement le liquide.

Lorsqu'elle avait vu les yeux écarquillés et gourmands de son époux suivre cette blonde pourtant inaccessible, Sandrine avait lancé les hostilités en lui giflant l'arrière du crâne. Patrick, qui portait toujours un bonnet depuis qu'il avait perdu ses cheveux, n'avait ressenti qu'une immense humiliation. Une dispute avait alors éclaté, qui était allée rapidement crescendo, au point où les heurts éméchés n'avaient plus rien à envier à une bagarre de cour de récré.

Alertés par un joggeur dont le parcours habituel longeait le fleuve, les gendarmes avaient modifié leur plan et s'étaient empressés de s'interposer.

À véritablement parler, Beaulac calmait la situation à lui tout seul, aidé par ses longs bras. Dès son arrivée sur place, le gendarme, athlétique et élancé, s'était intercalé entre les époux. Une main serrant chaque col, il étirait ses membres pour leur octroyer trois bons mètres de répit.

Pendant ce temps, sachant qu'Yvan se débrouillait très bien sans lui, Olivier libéra le sportif de son devoir civique. Il nota son identité avant de rejoindre les tourtereaux aux prises avec son collègue.

— Bon alors, dit Belenger en plongeant ses yeux clairs dans ceux de Sandrine, vous me racontez ?

— C'est elle ! intervint Patrick, forçant ainsi Yvan Beaulac à tourner la tête pour échapper à son haleine avinée. Cette grognasse est une putain de furie !

— Mais ferme ta boîte à merde ! hurla-t-elle à son tour de sa voix rauque et cassée. Je vais te tuer !

— C'est sûr qu'il pue, glissa Yvan.

— Et encore ! Vous ne couchez pas avec ! Je peux vous dire qu'il y a souvent du fromage dans la gouttière !

Les forces de l'ordre ne purent se retenir et leurs gloussements devinrent des rires aux éclats. Une humiliation de plus pour Patrick qui ne le supporta pas.

— Je vais t'étrangler, salope !

— Essaie et je t'arrache les couilles !

Les époux tentèrent de se rapprocher pour mettre à exécution leurs menaces. En réponse, Beaulac plia les coudes pour les déséquilibrer et les repoussa d'un coup sec. L'alcool aidant, les deux parties se retrouvèrent au sol.

— Hey ! vociféra Sandrine dont les fesses rembourrées avaient amorti le choc. Touche pas à m'n homme, toi !

Le coup classique.

Poivrots et flics se lancèrent alors dans une joute sans queue ni tête. L'inexpérience des uns et l'ivresse des autres n'arrangeaient rien.

Et comme pour amplifier le surréalisme de la situation, entre deux tentatives d'empoignades, Olivier remarqua la présence du joggeur, les lèvres pincées, un doigt pointé vers le ciel, tel un gamin timide demandant la permission de parler.

— Quoi ? lui hurla-t-il. On n'a pas l'air assez occupés ?

L'homme s'avança.

— J'ai trouvé une femme, dit-il d'une voix tremblante. Enfin, un morceau de femme.

3

Le pouvoir des mots.

Un morceau de femme.

Les deux tandems se lâchèrent instantanément.

Olivier fixa le joggeur. Il avait l'air sérieux, voire effrayé. Ils devaient régler ce différend au plus vite.

Il décida alors de jouer la corde sensible avec le couple éméché.

— On va arrêter les conneries. Vous avez entendu ce qu'il a dit ? Vous comprenez qu'on a vraiment autre chose à foutre ? Alors, soit on vous colle toute la journée en dégrisement, soit vous vous calmez et vous rentrez chez vous. Je vous écoute, qu'est-ce qu'on fait ?

Sandrine et Patrick se regardèrent, à croire qu'ils devaient se consulter pour prendre la bonne décision. Olivier enchaîna avec la seconde phase de son plan.

— Vous vous aimez ou pas ?

Patrick céda le premier, des larmes perlèrent le long de ses joues. Celles de Sandrine suivirent. Tant bien que mal, elle se tourna vers son époux.

— Mais oui que je l'aime, dit-elle.

— Moi avec, fit Patrick.

— Gendarmes, dit-elle, vous pouvez partir. On va se calmer. En plus, on a une bouteille à finir.

— Oui, et peut-être qu'on aura un poisson.

Yvan agrippa son collègue.

— On ne va quand même pas les laisser là ? murmura-t-il.

— Tu veux qu'on fasse quoi ? lui opposa Olivier. On a probablement le cadavre d'une femme un peu plus loin, c'est plus important, non ?

— On n'a qu'à appeler du renfort.

— Et passer pour des guignols parce qu'on n'arrive pas à régler une dispute entre alcoolos dans ce bled paumé ? Je ne préfère pas. Au pire, ils tombent à la flotte et ça les réveillera. Tiens, dit-il en les désignant de la main, regarde-les !

Le couple était en train de se rouler un patin comme on n'en voit qu'au cinéma.

— Voilà, comme d'hab, ils s'aiment, ils vont tirer un coup et tout ira pour le mieux. Nous, on va voir si M. Je-me-mêle-de-tout dit vrai.

Olivier fit signe au joggeur d'embarquer avec eux.

Yvan, qui gardait une certaine rancœur après avoir dû en venir aux mains, ne put s'empêcher d'interpeller une dernière fois le couple.

— Si on revient, je vous colle au cachot sans discussion.

Sandrine, encore sous l'emprise de la boisson et de l'émotion, se tourna vers lui.

— Ouais, dit-elle en fouettant l'air de la main pour lui dire de dégager, c'est ça, le jeunot. Allez, va jouer avec ton morceau de viande.

Yvan fit mine d'avancer vers eux, mais Olivier le rattrapa. Il désigna le malheureux témoin à l'arrière de leur véhicule de service. Blanc comme un linge, le regard rivé au plancher, il les attendait. Quoique toujours agacé, Yvan abdiqua.

Les gendarmes montèrent à leur tour.

Guidée par l'infortuné joggeur, toutes sirènes hurlantes, la camionnette aux couleurs de la Gendarmerie nationale roulait à tombeau ouvert. Le visage des occupants restait crispé, égaré entre excitation et inquiétude. Pourquoi ici ? Pourquoi aujourd'hui ? En somme, pourquoi cela devait-il tomber sur eux ? Ensemble, ils cumulaient à peine quatre mois de terrain. Partagés entre *Enfin, il se passe quelque chose !* et *Comment va-t-on gérer ça ?*, les deux hommes respectaient le silence funeste de l'habitacle.

Lorsqu'ils arrivèrent au bout du sentier débouchant sur le fleuve, Yvan stoppa le combi devant une barrière empêchant tout véhicule à moteur de circuler le long du chemin de halage.

Les gendarmes descendirent. Le témoin avait précisé que la « chose » se trouvait dans le prolongement de cette voie d'accès. Entre le bout de la berge et l'eau.

Il n'avait pas menti.

Yvan la vit le premier.

Surpris, il sentit une vague nauséeuse le submerger et tourna la tête un instant pour marquer son dégoût. Il eut juste le temps d'apercevoir son collègue s'avancer à son tour. Olivier se pencha, fouilla un instant la berge du regard, trouva ce qu'il cherchait et finit par imiter son ami.

— La vache ! balbutia-t-il en prenant une grande inspiration. C'est quoi ce délire ?

Le premier choc passé, Yvan s'approcha à nouveau. Il examina un peu mieux ce qui se trouvait en contrebas, à demi immergé, à un mètre cinquante de lui.

Le bassin d'un être humain.

Rien d'autre.

Il fit quelques enjambées sur le côté pour changer d'angle. Aucun doute possible, il s'agissait bien d'un morceau de corps, dévoilant toute l'intimité d'une femme.

Le passage d'une péniche fit tanguer le bassin, qui manqua de s'aventurer entièrement dans l'eau.

D'un signe de tête, les gendarmes s'accordèrent pour descendre. Les chaussures à moitié enfoncées dans un mélange d'eau vaseuse et de boue, ils adoptèrent l'attitude d'un animal considérant un objet encore inconnu et inquiétant. Le morceau présentait, au niveau de l'aine et du tronc, des disques de chair putréfiée dont chaque centre laissait apparaître un os.

— Ce n'est pas un accident, constata Yvan.

— Non, enchaîna Olivier, on dirait que les jambes et le haut du corps ont été sectionnés.

Tous deux restèrent prostrés devant la dépouille, l'air hébété et les yeux écarquillés.

— Je peux appeler du renfort maintenant ? demanda Yvan en sortant de sa torpeur.

La bouche entrouverte, Olivier acquiesça.

4

22 janvier 1996

D'un mouvement circulaire, lent et régulier, Guillaume Garrot se massait les tempes. L'ancien tireur d'élite souffrait au quotidien de maux de tête, souvenirs d'un front qui depuis martelait le sien. Calé au fond du vestiaire, il fixait le bas de la porte en bois d'où s'échappait un fin filet de lumière lactescente. Pour y avoir pratiqué son art à de nombreuses reprises, il appréhendait ce qui l'attendait de l'autre côté. Une pièce froide, dont le sol et les murs étaient couverts d'un carrelage clair et brillant ne reflétant que trop bien la lumière vive et blafarde propulsée par deux rangées de néons suspendus au faux plafond de lambris blanc. Un choix de matériaux et une absence de couleur que méprisait Garrot. Les yeux déjà plissés par les lacérations de son cerveau, il savait que l'éclairage ne lui offrirait aucun refuge. Voyant l'heure fatidique approcher, il avala un gramme de paracétamol avec un fond d'eau et quitta sa chaise.

Lorsqu'il pénétra dans la pièce, il fut surpris d'y trouver autant de spectateurs entassés autour de la grande table métallique. Certains impatients le dévisagèrent, d'autres déglutirent, probablement en se disant que le moment était venu. Guillaume s'empressa de passer un tablier propre qu'il noua dans son dos et retroussa ensuite les manches de sa chemise en terminant par le bras gauche. À la manière d'un rituel, il appuyait son regard sur les cicatrices joignant le coude à son poignet et comme à chaque fois, il revoyait ce chien lancé à sa poursuite dont il avait ôté la vie au combat. Son avant-bras offert en sacrifice à la gueule avide et puissante lui avait permis de manier sa lame aiguisée pour pénétrer la chair comme du beurre. L'un des rares souvenirs de guerre qui lui procuraient encore des remords, bien au-delà des crânes qui se fendaient en deux, résultats d'un tir parfait.

Dès son retour en France, il avait mis un terme à sa carrière militaire pour terminer ses études de médecine. Devenir légiste, c'était cela qui le bottait, et ce, bien avant d'être déployé sur site. Il en revint avec une bonne expérience des cadavres en tout genre et comme il n'hésitait jamais à trancher là où il le fallait, il obtint aisément son diplôme. Toutefois, c'était la première fois qu'il avait sur sa table un sac mortuaire de cette taille.

Sans même saluer les personnes présentes, il enfila une paire de gants en latex et dézippa la housse. Emmanuel Maizeret, son assistant depuis plus de deux ans, vint l'aider à soulever ce qu'il restait, à première vue, d'une femme d'âge mûr. Guillaume déposa le bassin sur la plaque perforée, le bas du ventre vers le plafond.

— Vous prenez des photos ? questionna Garrot.

Le maréchal des logis-chef Denoël acquiesça puis s'avança vers la dépouille. Il porta à son œil le viseur optique de l'unique appareil de la brigade. Un Canon Eos 5000 flambant neuf. *Le premier qui aurait l'audace de l'amocher finirait sa carrière dans le coin le plus pourri de France, parole de commandant*, avait prévenu ce dernier. Le flash s'actionna à deux reprises, ce qui étonna l'assistant.

— C'est OK pour vous ? demanda Emmanuel.

— Oui, balbutia le gendarme, désolé, je ne connais pas encore bien cet appareil.

Les deux légistes scrutèrent les reliquats de peau sur la face ventrale où ils remarquèrent une petite cicatrice près des organes génitaux. Ils retournèrent ensuite le morceau de cadavre comme le ferait un boucher avec une carcasse prête à être détaillée, tandis que Denoël immortalisait une à une chaque face exposée.

Les médecins se munirent alors de pinces, Garrot ajouta un scalpel dans sa main droite.

— Nous allons procéder par ordre, dit-il, et débuter par les organes génitaux.

Ils écartèrent les lèvres afin d'y déceler une quelconque trace de violence, voire de pénétration récente. Du moins, sur ce qu'ils pouvaient voir, parce qu'emportée avec le reste du tronc au niveau du fessier, une partie de l'utérus manquait.

Une première pour eux.

Manié avec dextérité, le scalpel tranchait différents lambeaux de tissu pour y voir plus clair. Pour comprendre et pour trouver, lors d'une séance d'autant plus éprouvante qu'elle requérait autant de concentration que de technique.

À chaque fois qu'on lui posait la question en soirée ou lors d'un rendez-vous galant, Guillaume répondait que le meilleur moyen de connaître l'odeur d'un cadavre en putréfaction était de placer un morceau de viande dans une boîte hermétique, de le laisser au soleil un jour ou deux, puis d'ouvrir délicatement le couvercle tout en sniffant un bon coup. *Et encore*, ajoutait-il, *il faudrait multiplier le résultat en fonction du poids*. Dans le cas présent, après autant de temps dans l'eau, les viscères en offrande à la faune, il fallait bien avouer que cela puait, et pas qu'un peu.

À chaque étape, à la manière d'un métronome, le légiste exposait ses constatations pour tenter d'orienter l'enquête ; mais un dépeçage impliquait une absence de matière et par conséquent, un manque d'informations quant à l'identité de la victime, et plus encore celle de l'auteur.

Après plus d'une heure de recherches, Garrot déposa ses instruments et se tourna vers les enquêteurs.

— Pour savoir comment on l'a dépecée, dit-il, et surtout avec quoi, le mieux, c'est de désosser. Enfin, pardon, reprit-il en voyant l'embarras dans le regard de certains, c'est d'ôter l'ensemble des tissus mous dans le but d'analyser les stries laissées par l'instrument utilisé pour couper les os.

Tous les regards se dirigèrent vers le procureur, qui marqua son accord de la tête.

— Très bien, poursuivit le légiste, je vais envoyer tout ça à l'IRCGN[1]. Notez bien que ces gars ont beaucoup de boulot, il faudra être patient pour avoir les résultats. Quoi qu'il en soit, dit-il en montrant la porte, pour l'heure, vous pouvez attendre à côté, le temps qu'on remballe les restes.

La pièce attenante à la salle d'autopsie n'avait rien à lui envier. À croire que l'architecte avait dessiné un énorme rectangle que le propriétaire avait fini par cloisonner en deux parties égales. La preuve en était qu'un seul interrupteur était destiné aux deux locaux.

Beaucoup s'étaient libérés de l'interdiction de fumer en présence de la dépouille, un impératif non négociable du légiste. Une expression de dégoût marqua le visage de ce dernier lorsqu'il s'aventura dans le voile gris-bleu stagnant juste en dessous du plafond, non plus blanc comme dans la salle d'examen, mais jauni au fil des années par cette vilaine habitude. À travers les rats de bureau et les curieux, il tenta de repérer l'adjudant Marius Millox, de la Brigade de recherches d'Ostrevent. Un intervenant régulier avec qui il avait sympathisé. Connaissant le bonhomme, Marius avait dû se dégoter une chaise pour pouvoir y croiser les jambes et réfléchir à la suite de l'enquête.

---

1. Institut de recherche criminelle de la Gendarmerie nationale (France).

Garrot avait vu juste. Il le rejoignit et prit place à ses côtés.

— T'en penses quoi ? lança immédiatement l'adjudant.

— À moins qu'un os ne présente une lésion spécifique et traitée à l'hôpital, on ne trouvera rien de plus pour l'identification.

Millox décroisa les jambes et se pencha en avant, les coudes sur les genoux.

— Combien de temps dans l'eau ? demanda-t-il.

— Très difficile à dire. Il a fait froid, en cette période la faune est plus calme, je dirais deux semaines. Peut-être plus. Vous avez des disparitions dans le coin ?

— Aucune.

La tête maintenant enfouie entre ses mains, l'adjudant grattait son crâne dégarni. Une caractéristique qu'il partageait avec le légiste. Ce dernier continua.

— Tu as déjà vu un truc de ce genre ?

— Jamais, souffla-t-il, il faut être complètement dingue pour faire un truc pareil. Je veux dire, un type bute sa femme, après je ne sais pas, il l'enterre, il coule une nouvelle chape de béton chez lui ou il la jette à la flotte comme ici, au pire, il coupe sa tête et ses mains pour l'identif'. Mais un bassin… Pourquoi se faire chier à découper un putain de bassin ? Les entrailles, la vessie, la merde de l'intestin… T'imagines l'odeur ?

Bien que la question n'en fût pas une, Garrot prenait l'exacte mesure de ce que Millox disait en se remémorant un autre fait de guerre, non regretté celui-ci.

— Il ne savait peut-être pas ce qu'il faisait, dit Guillaume en haussant les épaules.

— Le plus emmerdant, c'est que sans savoir qui est la victime, bonne chance pour trouver celui ou celle qui a fait ça. Et si ça se trouve, il y a encore des morceaux qui se baladent. Je te parie que demain, un clébard va ramener un beau nonosse à sa maîtresse.

Un rire malvenu, inapproprié et hors contexte éclata dans la pièce tandis que les autres discussions se focalisaient sur la procédure, les indices et les frais de justice ; la fin de la tirade énervée de l'adjudant avait rendu le sourire à Guillaume qui lui donna un coup d'épaule.

— Hey, tu peux éliminer de ta liste Jack l'Éventreur, Freddy Kruger et ce foutu grand blanc dans les *Dents de la mer*. Trois pistes liquidées, c'est déjà pas mal comme avancée, non ?

Marius le regarda du coin de l'œil et pouffa à son tour en secouant la tête.

— Blague à part, reprit le légiste, il faut aussi envisager que la victime ne soit même pas de chez nous.

— J'y ai déjà pensé, expliqua Millox. J'ai demandé au responsable des voies navigables s'il était possible qu'un corps flotte assez longtemps pour provenir d'une autre commune que la nôtre. Il m'a assuré que c'était tout à fait faisable. En gros, le fleuve finit sa course chez nous, mais il trouve sa source en Belgique.

— Tu penses à la Belgique ? D'aussi loin ?

— En tout cas je ne le souhaite pas, souffla-t-il en s'adossant de nouveau à son siège.

Guillaume grimaça.

— Pourquoi ?

— Pourquoi ? Tu ne connais pas les Belges ?

— À vrai dire, non. Je n'y suis même jamais allé.

— OK, alors fais-moi plaisir, va dans un vidéo-club et loue *C'est arrivé près de chez vous*. Si tu arrives à le regarder jusqu'au bout, tu comprendras comment sont les Belges. Imprévisibles, têtus, compliqués… A contrario, en un instant, ils peuvent devenir complètement cons et en rire. C'est juste une bande de tarés. Des tarés qui osent tout.

Après avoir replacé la housse mortuaire dans l'un des compartiments de la salle réfrigérée, Emmanuel, l'assistant, empoigna pour lui une bouteille d'eau en plastique, mais également deux verres à vin qu'il remplit au cubi d'un rouge bon marché. Il s'approcha ensuite de son collègue et de l'adjudant et tendit un verre à chacun.

— Désolé de vous interrompre. De quoi parliez-vous ?

— Du morceau de bidoche, lança Guillaume.

— Si vous voulez mon avis, reprit Emmanuel, et ça ne reste que mon avis, ça ne fait que commencer.

L'adjudant posa son verre sur l'une de ses jambes et tourna la tête vers son nouvel interlocuteur.

— Pourquoi dis-tu ça ? Pour ma part, ça ressemble plus à un gars qui a voulu se débarrasser d'un corps en le découpant en petits morceaux.

— C'est bien sûr une possibilité, répondit-il. J'espère même que ce sera le cas, mais pour moi, c'est un peu trop net pour que le but soit uniquement de morceler un corps. On verra le rapport de l'institut, mais je pense que c'est fait à la main. Ça a dû prendre du temps et les découpes n'ont pas l'air d'être spécialement bâclées.

Installé entre le gendarme et son assistant, Guillaume acquiesçait.

— Je partage ton analyse, confirma Garrot, et j'irai même plus loin : comme un bon élève, je pense qu'il apprendra de ses erreurs.

5

27 février 1996
Montiry (Belgique)

La perfection.

Belle, discrète, propre, les arguments ne manquaient pas. Il la voulait.

— Je vais la prendre.

Iris Malengreaux, employée au sein de l'agence immobilière Century 21, écarta les bras à l'horizontale.

— Parfait. Avez-vous les fonds pour la garantie locative ?

L'étonnement marqua son visage.

— Dans le cas contraire, assura-t-il, je ne la prendrais pas.

Elle posa une main sur son avant-bras, juste un instant, comme pour le rassurer.

— Ne le prenez pas pour vous, je suis obligée de poser la question parce que cela devient rare, dans la région. Trois mois d'avance, ce n'est pas rien.

— Je comprends, mais ne vous inquiétez pas, rétorqua-t-il en s'approchant assez d'elle pour apprécier Coco de Chanel, un parfum qui lui rappela instantanément de bons souvenirs. Je ne voudrais pas me la jouer vieux garçon, mais ça fait quelques années que je suis reparti vivre chez mes parents. Mon ex-copine n'a plus voulu de moi, vous imaginez ? Je devais donc retrouver un toit, se justifia-t-il, et j'ai choisi la facilité. Comme souvent, au début, on se dit que c'est temporaire, puis on se plonge corps et âme dans son travail, et les mois passent comme des jours.

Il la toisa avant de poursuivre.

— À vous regarder, je parie que « se faire larguer », dit-il en mimant des guillemets, ne fait pas partie de votre vocabulaire. Je me trompe ?

Flattée, la jeune femme esquissa un sourire.

— En réalité, si. On ne dirait pas, mais j'ai déjà une bonne expérience de la vie. Donc, ajouta-t-elle, si je lis entre les lignes, c'est parce que vous avez retrouvé quelqu'un que vous vous installez ici ?

L'homme secoua la tête.

— Pas du tout, je suis loin d'avoir autant de succès que vous, minauda-t-il. J'avais seulement besoin de retrouver ma liberté. Faire ce dont j'ai envie, quand j'en ai envie et surtout *(il marqua une pause pour capter encore plus son attention)* avec qui j'en ai envie.

Tout à coup, devant ce regard devenu insistant, la mine de la jeune femme changea. Elle le trouvait sans aucun doute charmant, mais à force de rencontrer des hommes lui faisant du gringue à chaque visite, son mécanisme de défense se déclenchait rapidement. Abandonnant Iris pour redevenir l'agent immobilier Malengreaux, elle reprit un air sérieux et coupa court.

— Parfait, dans ce cas, éluda-t-elle, je vais chercher les papiers.

Il comprit tout de suite.

En l'espace d'une inspiration, alors qu'elle avait fait volte-face, il modifia son masque social.

Depuis le salon, il l'examina se diriger vers la porte d'entrée de la maison, là où elle avait abandonné sa serviette au logo de l'agence. Il détailla ses fesses rebondies dans l'alignement de sa taille de guêpe ainsi que sa chevelure brune coiffée de manière à laisser apparaître la naissance de sa nuque, délicate et fragile.

Il se projeta soudain. Lentement, il se tourna vers le fond du jardin, et les deux garages qui s'y trouvaient. Sans peine, il s'imagina y garer sa voiture en marche arrière, ouvrir le coffre, déplacer l'immense trappe et descendre dans la cave qui lui était entièrement réservée.

Le son des talons contre le carrelage gris coupa court à sa rêverie. Il pivota sur lui-même, comme si ses chaussures étaient vissées au sol.

Surprise par la nouvelle expression de son client, l'agent immobilier stoppa net sa progression.

— Quelque chose ne va pas ? demanda-t-elle. Vous n'avez pas l'air bien. Une préoccupation particulière ?

— Non, réfuta-t-il, tout va bien. Ce sont les papiers ?

Malengreaux acquiesça. Elle sortit les documents de sa serviette, les pinça sur une fine tablette métallique et les lui présenta. Des autocollants en forme de flèches rouges marquaient les pages qu'il devait parapher, tandis que les verts pointaient les cadres dédiés à une signature complète.

Des effluves de Coco s'insérèrent dans ses narines tandis qu'il parcourait les papiers. Il renifla discrètement. Des images lui revenaient. Son visage retrouva l'innocence qu'il avait en arrivant. L'agent immobilier s'en rendit compte et ne sut qu'en penser. Il lui tardait surtout d'en finir ; instinctivement, elle regarda sa montre.

Son geste la trahit : son client ralentit la lecture du contrat de location. Simplement pour lui montrer qui dirigeait. Lorsqu'il atteignit la clause sur la colocation des garages, il leva les yeux vers elle.

— Vous m'aviez pourtant garanti que personne d'autre que moi n'aurait accès ni aux garages ni à la cave, râla-t-il.

— Tout à fait, assura Malengreaux.

— Pourquoi cette mention, dans ce cas ?

Elle se pencha vers le document pour comprendre l'objet de sa question. Il en profita pour glisser ses doigts le long de ses cheveux, de haut en bas, les frôlant juste assez pour en apprécier la douceur. Lorsqu'il parvint à hauteur de sa nuque, il ouvrit la main, prêt à la resserrer.

Il prit une longue inspiration.

Elle pourrait faire l'affaire, même si elle n'est pas parfaite, songea-t-il, *mais peut-être que quelqu'un sait qu'elle est ici.*

Pressentant quelque chose, Iris secoua la tête comme pour replacer une mèche rebelle.

Il hésita.

— Je suis vraiment désolée, dit-elle avec un rire nerveux pour combler le silence qui s'éternisait, en règle générale, c'est mon collègue qui a la charge de la partie administrative et j'avoue ne pas avoir eu le temps de relire ce document. Il devait être ici avec moi, mais il est souffrant.

Sans le savoir, Iris venait de sceller son destin. Cette nouvelle donnée le fit renoncer. Il opta pour la prudence et ramena sa main sur la tablette.

— C'est uniquement dans le cas où un nouveau locataire ferait son apparition, finit-elle par dire en se reculant. Comme je vous l'ai expliqué, l'autre partie du bâtiment est louée à une personne âgée qui n'a pas de voiture. Elle n'utilise donc ni le garage ni la cave.

Il opina pour marquer sa compréhension.

— Serais-je prévenu si cela arrivait ?

— Si un nouveau locataire prenait possession du garage ?

— Oui.

— Bien sûr. Vous verrez de toute façon notre affiche en façade. Le propriétaire nous fait confiance depuis des années.

— Très bien. Vous auriez un stylo ?

*

* *

Quelques jours plus tard, les clés en poche, il ouvrit la trappe donnant accès à la cave et s'enfonça sous le bâtiment dont il était dorénavant le locataire. Une vingtaine de marches plus bas, il accéda à une succession de larges pièces, assez hautes à certains endroits. Le seul point noir se présentait sous la forme d'une chaudière alimentant les deux parties de l'immeuble.

Elle a l'air en bon état. Peu de risques de panne et puis, de toute manière, elles ne resteront pas longtemps ici.

Ses pensées se bousculaient. Ici, au milieu du sous-sol, il avait tout le temps du monde pour leur permettre de se matérialiser dans son esprit.

Prête attention à tout, il ne doit y avoir aucune faille.

Sa parole était d'or. Elle avait raison, c'était primordial.

En faisant le tour complet de la cave, il cherchait des solutions aux problèmes qu'il se créait de toutes pièces. La plus importante concernait l'acoustique, au cas où il n'en ait pas fini avec elles et qu'il soit contraint de les enfermer quelques heures.

Pour s'en assurer, il descendit son poste radio, monta le volume à fond et inséra le dernier album de Supergrass. « Alright » débuta dès qu'il eut refermé la trappe de la cave derrière lui.

Une fois dans le salon surplombant la pièce où il effectuait son test, il se coucha et posa une oreille au sol.

— Rien, murmura-t-il, même pas un écho.

Il sourit.

Je te l'avais dit.

La perfection.

6

13 mai 1996
Montiry

Son petit frère pleurait.

Les larmes et les cris avaient débuté il y a plus d'une heure, un peu avant la tombée de la nuit. N'ayant rien avalé depuis son biscuit de seize heures, il avait tout simplement faim. De celles qui donnaient l'impression que l'estomac se coupait en deux.

Mais jusque-là, personne n'était venu s'inquiéter de son sort. Leur mère, elle, serait montée, mais cela faisait deux jours qu'elle était absente. C'était à Jimmy de les garder et c'était justement lui que Jérôme voulait éviter.

— Chut, fit-il en direction de Nicolas en posant son minuscule index devant sa bouche.

Jérôme avait à peine un an de plus que son frère mais l'écart était suffisant pour l'inciter à le protéger.

— Nico, dit-il doucement, arrête ou Jimmy va venir.

Contrairement à Nicolas qui dormait encore dans un lit-cage, Jérôme avait droit à un petit lit d'appoint. Juste un cadre avec un matelas. Seulement vêtus de couches déjà gonflées, les deux frangins se blottissaient l'un contre l'autre à travers les barreaux en bois dont la peinture s'écaillait. Jérôme espérait que son petit frère se calmerait, que les pleurs stopperaient et que le sommeil les emporterait, mais dès qu'il entendit des pas lourds dans l'escalier, il couvrit la bouche de Nicolas.

— Chut, s'te plaît, chut.

Trop tard.

Jimmy ne se contenta pas d'ouvrir la porte de leur chambre, il la défonça presque – autant que lui-même l'était. Si bien qu'il s'emporta dans son élan et alla finir sa course contre leur commode. Le mastodonte titubait et grommelait tandis que les cris du gamin résonnaient de plus belle.

Jérôme tenta une nouvelle fois de le faire taire mais il eut soudain, lui aussi, envie de hurler.

Jimmy n'était plus qu'une bête.

Pas un animal, une bête.

Un animal aurait eu pitié.

Incapable d'émettre le moindre son, comme emprisonné dans un cauchemar, Jérôme vit son frère de quatorze mois s'envoler. Arraché du lit par une main qui lui comprimait la gorge, Nicolas ne pouvait plus que haleter.

— Putain, ta gueule ! cria Jimmy. Ta gueule !

Aussitôt immobiles, tétanisés, les deux gosses n'étaient plus que des poupées sans vie apparente. Mais Jimmy ne s'arrêta pas. Sans lâcher prise, il empoigna la petite bouche et resserra ses doigts comme pour lui briser la mâchoire.

— Et comme ça ? Tu vas la fermer ? Et si j'y fourrais ma queue comme à ta pute de mère, tu la fermerais ?

Aucune réponse, aucun râle – c'était impossible.

Dans sa transe, l'homme se saisit des petites jambes de l'enfant et, d'un mouvement circulaire, le balança contre la garde-robe en chêne. Une relique familiale du côté de leur mère. Son corps et sa tête percutèrent le meuble, l'enfant tomba un mètre et demi plus bas, déjà inconscient. Mais cela ne suffisait toujours pas aux yeux empreints de rage qui le toisaient.

L'homme leva son pied et le fit retomber plusieurs fois sur le ventre mou du petit. Chaque coup le faisait rebondir. Les mains accrochées sur le haut du cadre du lit-cage comme s'il souhaitait y grimper pour s'y réfugier, Jérôme resta figé, spectateur muet et privilégié de la folie, d'une scène où il voyait son petit frère mourir.

Épuisé par son seul effort de la journée, Jimmy abandonna les enfants de sa bien-aimée du moment et redescendit. Il lui restait des victuailles.

Demain serait un autre jour pour le survivant mais en attendant, Jérôme se coucha près de son petit frère et prit dans la sienne la main encore chaude de l'enfant.

7

14 mai 1996
Montiry

Du bout des doigts, Mélanie cherchait désespérément le bouton « Snooze » de son vieux radioréveil positionné sur Fun Radio. La matinale balançait encore « Spaceman » et elle n'en pouvait plus d'entendre Babylon Zoo toutes les demi-heures. Quand elle trouva enfin le moyen de lui clouer le bec, elle se retourna sur elle-même et enfonça la tête sous la couette pour se rendormir. Elle voulait replonger dans son rêve qui lui offrait le soleil, la plage et la mer qui lui manquaient tant. Elle avait grand besoin de vacances, de faire une pause, d'arrêter de réfléchir et sa tentative de sommeil le lui prouva à nouveau. Son esprit et ses pensées lui interdirent de sombrer. Elle finit par rouvrir les yeux, ruminant l'interrogatoire qu'elle avait prévu aujourd'hui.

En restant allongée, elle étendit un instant chacun de ses membres, bâilla et passa les doigts entre ses cheveux en se demandant si elle devait les laver ou non. Ils n'étaient pas au mieux de leur forme mais ils n'étaient pas gras. *Je les laverai demain matin*, se dit-elle. Elle éjecta sa couverture à coups de pied, se leva et dévala les quatorze marches qui la séparaient du rez-de-chaussée.

Au fil des mois, elle s'était faite à l'idée de ne plus jamais être accueillie par la bonne odeur du café émanant du percolateur ou celle d'une tartine s'apprêtant à bondir du grille-pain, plus rien de ce qu'elle avait connu durant les douze ans qu'elle avait partagés avec Jean-Christophe. Depuis le lancement de la procédure de divorce il y a an, elle avait élu domicile chez sa sœur. Plus jeune d'une décennie, Claire n'avait jamais concédé aux conventions sociales. Tout l'inverse de Mélanie, dont le parcours s'apparentait à une liste des choses à réaliser. Une liste dont elle cochait scrupuleusement les cases, les unes après les autres. Pour « se marier » et « devenir gendarme », c'était chose faite ; mais une troisième case demeurait désespérément vide. Celle qu'elle avait intitulée « avoir deux enfants ». Tant d'années passées à essayer, et même pas de quoi combler ce foutu carré d'une première diagonale. *Quand le four n'est pas bon…*, avait déclaré haut et fort son futur ex-mari lors d'un repas arrosé entre amis. La honte et la tristesse qui en découlèrent s'étaient peu à peu transformées en colère. Celle qui réclamait vengeance. Une réparation qu'elle finit par obtenir lors de la dernière Saint-Nicolas de la brigade.

La fête battait alors son plein. Le moment de se lâcher et de faire retomber la pression en en sirotant quelques-unes, et même quelques-unes de trop. Comme à son habitude, Mélanie se maintenait à bonne distance des beuveries ; mais elle se devait d'y accompagner son mari. Après tout, c'était la guindaille annuelle pour tous ceux qui portaient l'uniforme bleu à la ligne rouge.

Pas de costume ce soir-là, juste une soirée dans l'un des bars de la place des Combattants de Montiry, loin de leur zone habituelle de chasse et d'intervention. Anonymes, un verre à la main, les forces de l'ordre se mêlaient à la population. Certains, comme son mari, s'entremêlaient même un peu trop. Confrontée à un spectacle que ses collègues trouvaient aussi amusant qu'elle le jugeait pathétique, elle eut la force et le courage de mettre un point final à leurs relations. Elle fit d'une pierre deux coups en percutant son mari en plein visage, et le reste de sa brigade en pleine virilité.

Deux jours plus tard, le commandant de district avait eu vent de la rixe et ordonné la séparation professionnelle du couple. Mélanie aurait pu rester et virer son ex par la même occasion, mais il était hors de question pour elle de stagner dans une fonction que son époux lui réservait de peur d'être supplanté aux yeux des autres. *Tu n'es pas prête, tu es trop jeune, tu n'as pas assez de terrain*, telles étaient les phrases qu'il lui rabâchait dès qu'elle osait parler de perspective de carrière, dès qu'elle osait se montrer plus ambitieuse que lui.

Elle profita donc de cette opportunité pour tenter son rêve et solliciter une nouvelle affectation à la BSR[1] de Montiry. Au Nid, comme tous les collègues surnommaient l'endroit. Le commandant de district n'y vit aucun inconvénient et elle fut mutée dès le lendemain, là où on avait besoin d'elle, dans la section où il fallait parfois s'occuper de veuves éplorées ou maintenir à l'écart des mioches pendant que leur père, leur mère ou leur tuteur du moment se faisait embarquer à jamais.

À la criminelle.

Un an donc qu'elle était devenue enquêtrice et bataillait pour se faire une place parmi ceux qui avaient de l'expérience, de la bouteille, celle-là même qui diffusait l'odeur cuivrée du sang comme parfum d'ambiance.

Ce matin, elle avait une occasion de se montrer à la hauteur en interrogeant un suspect dans une affaire d'assassinat, relativement simple d'ailleurs. Elle disposait toutefois de trop peu d'éléments pour aller chercher le gaillard chez lui ; mais elle en avait suffisamment pour le considérer comme un complice potentiel. En effet, l'aide de monsieur avait facilité la venue ainsi que la fuite de l'auteur des faits, un demeuré ayant eu la subtile intelligence d'abattre son rival amoureux avec une arme abandonnée sur place et enregistrée au nom de son propre père. Le tireur était un idiot, c'était un fait, mais son honneur était sauf sur un point : jamais il n'avait balancé son chauffeur.

Elle devait donc la jouer finement pour coincer ce dernier. Ses questions étaient prêtes, elle avait

1. Bureau de Surveillance et de Recherche de la Gendarmerie belge.

également préparé un panel photographique et recopié les passages de différents témoignages. La totale.

Après avoir avalé une tartine grillée avec du beurre ainsi qu'un grand verre d'eau, Mélanie se jeta sous la douche, en prenant soin de garder le jet loin de ses cheveux bruns mi-longs. Lorsqu'elle en sortit, Claire squattait le miroir trônant au-dessus de la vasque encastrée dans un meuble en contreplaqué et remplie d'eau froide. Elle s'y contemplait, grimaçant de temps à autre devant son reflet fatigué. Tout à coup, sans même emplir ses poumons, elle plongea son visage dans l'eau. Un réveil brutal mais nécessaire après une courte nuit.

— Rentrée tard ? demanda Mélanie tout en s'essuyant.

Les oreilles au sec, sa sœur entendit la question sans pouvoir y répondre. Elle s'extirpa et laissa couler le surplus d'eau sur sa peau.

— J'ai vingt-trois ans, finit-elle par dire, ce qui est tard pour toi ne l'est pas forcément pour moi.

— Peut-être, dit Mélanie en repérant un espace non embué sur le miroir. Mais le sommeil préserve le teint.

Du coin de l'œil, Claire la dévisagea. À cet instant, elle n'avait aucun contre-argument. Avec ses yeux cernés, ses cheveux à la senteur de cendrier froid et ses pommettes accusant encore les excès de la nuit, elle ne pouvait rivaliser avec la beauté naturelle de son aînée. Les sœurs Penning étaient réputées pour leur charme et peu importait l'angle, elles se ressemblaient. Même taille moyenne et fine, même peau claire faisant d'autant plus ressortir leurs yeux émeraude. Un physique attractif qui les rendait méfiantes face à la gentillesse des hommes, par crainte de n'être que le fruit d'un désir à assouvir.

Une fois habillée, Mélanie déposa un baiser sur le front de sa cadette et la gratifia d'un « Prends tout de même une bonne douche », avant de lui adresser un sourire complice et de la laisser se remettre doucement de son escapade nocturne.

Le moteur de sa Renault Clio peina un peu.

— S'il te plaît, soupira Mélanie.

Elle insista encore et encore jusqu'à ce que le démarreur fasse son office et que le pot d'échappement claque. Loin d'être vieille, sa voiture accumulait néanmoins les kilomètres et suivre les entretiens à la lettre ne faisait pas vraiment partie de ses priorités. Pour elle, une bagnole servait à aller du point A au point B. Pour le reste, le prestige, l'état et même la couleur, elle n'en avait rien à battre.

Mélanie profita des quinze minutes nécessaires au trajet pour se remémorer les questions qu'elle poserait à cette andouille pour éviter qu'il ne passe encore entre les mailles du filet. À trois cents mètres du bureau, elle entendit des sirènes, dont la source apparut dans son rétroviseur. Deux camionnettes Volkswagen T4 ornées d'une ligne rouge centrale fonçaient vers un endroit qui lui était inconnu. D'abord frustrée par cette situation, elle s'y était habituée au fil des mois. Au final, depuis qu'elle bossait aux homicides, ce n'était plus ni de son ressort ni son problème.

Elle avait mieux à faire.

La détresse des morts et celle de leurs familles avant tout. C'était la devise de la Crim.

Elle se gara dans le parking intérieur, entra dans le bâtiment et gravit l'escalier pour rejoindre son étage. Au milieu des marches, elle croisa Bruno Balsamo, le lourd de service qui, ouvertement, espérait toujours la culbuter dans un coin.

— Ciao bella ! lança-t-il. Si tu veux, je te file un coup de main ?

Le quarantenaire à la forte odeur d'eau de Cologne, marié et père de deux enfants, la fixait droit dans les yeux.

— Pourquoi ? Tu sais que je suis plus jeune que Francesca, je peux monter les escaliers toute seule.

— Et comment que t'es plus jeune qu'elle, murmura-t-il en la toisant. Non, je te parlais du nouveau dossier. J'ai déjà de quoi faire mais pour toi, je me libère.

Désireuse de mettre de la distance entre eux, Mélanie gravit quelques marches puis se retourna. Elle surprit alors le regard de Bruno dirigé vers ses fesses.

— Oh ! Ici ! fit-elle pour ramener ses yeux vers les siens. Je ne vois pas de quoi tu parles mais je m'en cogne, je me débrouillerai bien toute seule.

— Tu sais que j'aime les femmes indépendantes ?

— Tu aurais dû en épouser une, dans ce cas. Bon, je te laisse, j'ai une audition.

— Je ne crois pas, ricana Bruno en descendant le reste des marches à toute allure.

L'enquêtrice grimaça tout en poursuivant de son côté son ascension jusqu'au couloir desservant les bureaux de la criminelle.

À peine eut-elle le temps d'y poser le pied que Bernard, son chef d'équipe, l'interpella.

Plutôt grand, mince, les joues creusées, une coiffure grisonnante, Bernard Brancart était affublé depuis des années du surnom de « Bishop » tant il ressemblait à l'acteur incarnant l'androïde dans *Aliens, le retour*. Sa manière très pragmatique de diriger son équipe devait aussi y être pour beaucoup, sans que personne n'ait jamais osé le lui avouer.

— On a un meurtre, lui dit-il de but en blanc. Tu m'accompagnes sur place pour les premières constatations.

— Mais je ne peux pas, protesta-t-elle, j'ai une audition à dix heures.

— Reporte-la. Je veux que ce soit toi.

— Oui, mais...

— Attends, coupa-t-il, je ne comprends pas, je t'offre ta première descente et tu refuses ?

— Voilà ce qui arrive quand on cherche uniquement à profiter du prestige de la Crim sans vouloir bosser...

Mélanie soupira en entendant la voix de Christophe Dufour dans son dos. Depuis son arrivée dans le service, le grand roux au teint laiteux n'avait eu de cesse de la piquer dès que l'occasion se présentait. Mélanie était devenue en quelque sorte son souffre-douleur discret, un véritable harcèlement dissimulé derrière des taquineries sexistes qui faisaient sourire ou rire une bonne partie des gars de l'unité.

— Non, souffla-t-elle, j'ai très envie d'y aller, mais pourquoi moi alors que j'ai cette...

Bernard leva la paume dans sa direction pour l'empêcher de poursuivre.

— Je t'arrête tout de suite. Malgré ce qu'en pense le vieux tordu derrière toi, tu y vas parce que tu es la seule ici qui pourra faire face.

8

14 mai 1996, 9h12
Rue des Saules pleureurs, Montiry

Sans attendre sa collègue, Bernard descendit de la voiture de service, une Citroën AX accusant déjà le coup des années, et s'avança vers le centre de toutes les attentions. D'un simple coup d'œil, il vérifia les mesures prises par les premiers intervenants. Périmètre coupant la rue en deux et matérialisé par de la rubalise, déviation de la circulation en éjectant le plus rapidement possible les conducteurs espérant satisfaire leur curiosité morbide, gestion des badauds qui pourraient néanmoins s'avérer des témoins potentiels, c'était très bien fait. Mais comme cela devait être la norme, il n'en fit pas état.

De son côté, Mélanie attrapa son nécessaire sur le siège arrière, coupa le moteur et rejoignit son chef au pas de course. Elle fit également le tour des lieux du regard.

Un peu plus bas à l'intérieur du périmètre, une ambulance attendait, moteur éteint, mais les gyrophares toujours en fonction. Par la double porte grande ouverte, on pouvait voir un homme blond d'une trentaine d'années, aux vêtements défraîchis et au regard inquiet, tenant un garçon en bas âge sur ses genoux.

— C'est lui le suspect ? interpella Mélanie.

— Oui, approuva le maréchal des logis qui gardait les lieux. C'est la voisine qui a alerté les services de secours. Elle a l'habitude de rendre visite à la famille et quand elle a vu de sa fenêtre ce type sortir de la maison pour jeter de l'eau, elle en a profité pour l'aborder et demander des nouvelles de la mère, absente depuis quelques jours.

— On sait où elle est maintenant ? questionna Bernard.

— Chez elle, je suppose.

— Pas la voisine, rétorqua sèchement l'adjudant, la mère.

— Ah... pardon, fit le jeune en baissant les yeux. Toujours selon la voisine, elle serait en France suite à un décès dans sa famille. Son retour serait prévu après-demain. Toutefois, je tiens à préciser que la mère, nous la connaissons bien. En fait, c'est une prostituée qui racle les bas-fonds de Montiry alors, même si cela fait quelques semaines qu'on ne l'a plus vue, il est possible qu'elle soit au travail, si vous voyez ce que je veux dire.

— Et lui, coupa Mélanie en désignant l'ambulance de la tête, qu'est-ce qu'il dit ?

— Du grand n'importe quoi, pesta le gendarme. Il dit qu'il a trouvé le gamin comme ça ce matin. Hors du lit.

— Et pourquoi ce serait n'importe quoi ? lança Bishop.

— Croyez-moi, quand vous verrez le petit, vous comprendrez tout de suite.

Les deux enquêteurs croisèrent leurs regards. Le temps était venu d'aller affronter ce qui les attendait à l'intérieur de cette étroite maison. Au vu des volets crasseux au rez-de-chaussée et des tentures mal ajustées à l'étage, Mélanie se faisait déjà une idée de l'environnement qu'elle allait découvrir. Même si elle travaillait auparavant à des dizaines de kilomètres de Montiry, son expérience de la rue lui inspirait une ancienne maison familiale retapée par un fils ou un petit-fils désireux d'en obtenir un loyer. Une demeure mal située pour des travailleurs et inadaptée à un logement social. Pour le propriétaire, il fallait dès lors compter sur la chance et quelques bulletins de paie à durée déterminée. Des revenus voués à s'évanouir au premier accident de parcours du locataire, des remboursements qui deviennent aléatoires, des frais qui augmentent et un entretien qui périclite : la belle maison se transformait peu à peu en taudis. Le découragement engendrait la paresse, le désordre et la saleté s'installaient, imposant souvent un mimétisme entre le décor et les conditions de vie.

Lorsque les deux enquêteurs pénétrèrent dans la demeure, Mélanie sut aussitôt qu'elle ne s'était pas trompée. Rien que cet effluve caractéristique confortait son appréhension. Un savant mélange entre l'humidité stagnante, la froideur âcre des cendriers débordant dans le salon et des restes moussants de nourriture traînant dans l'évier.

Pour ne rien arranger, il fallait aussi tenir compte des mouches et de leurs vols chaotiques. Omniprésentes, elles semblaient se multiplier dans l'espace cuisine où reposaient cartons de pizza et barquettes de plats bon marché à réchauffer.

Au milieu de tout cela, sur le divan qui jouxtait la fenêtre du salon, brisée de l'intérieur au vu des débris reposant entre la vitre et le volet baissé, il était là.

Le petit corps gisait.

Nu.

Froid.

Tuméfié.

Gonflé par endroits.

Couvert de bleus.

— C'est pour ça que tu es là, dit Bishop, parce qu'aucun d'entre nous ne sera capable de se contenir. Et je n'ai pas envie qu'on retrouve ce taré avec un trou au milieu du front.

Figée devant l'enfant meurtri, l'enquêtrice subissait des flashs, des images qui frappaient de manière inéluctable son esprit lorsqu'elle observait la mort. Elle imaginait ce qu'avait dû subir ce petit garçon. Elle le voyait encore plein de vie, hurlant sa peur et pleurant sa douleur. Professionnelle malgré l'horreur, ses yeux détaillèrent les traces, les hématomes.

Rien de linéaire.

Des coups.

Une pluie de coups.

Soudain, en lieu et place de l'enfant se trouvait sa sœur au même âge. Une vision d'horreur qui lui fit secouer la tête, comme pour éjecter cette image.

— Hé ! lança Bernard en posant sa main sur son épaule. Ça va ? ajouta-t-il en se penchant pour mieux voir son visage.

Elle hocha la tête.

— Si on est ici, je suppose que le doc ne compte pas mettre *mort accidentelle* sur le certificat de décès ?

— Ce n'est pas l'idée, non, confirma-t-il.

— Très bien. Je vais jeter un œil à l'étage. Je te laisse avertir les pompes funèbres en concertation avec le magistrat.

Le chef s'étonna soudain du ton assuré qu'elle employait.

— Dernière chose, ajouta-t-elle avant de gravir l'escalier étroit et assez raide, qu'on embarque cette grosse merde et qu'on le fasse mariner au cachot. J'irai le chercher plus tard. Mais assure-toi qu'il reste en bon état. Je veux le faire parler.

9

14 mai 1996, 19h26
BSR de Montiry

Une fois dans le parking, lorsqu'elle lâcha le volant, Penning constata que ses mains tremblaient. L'autopsie du garçon l'avait poussée dans ses retranchements. Pourtant habitué à l'horreur, même le médecin légiste était resté à plusieurs reprises sans voix, estomaqué devant l'incompréhensible. Comme souvent, le pénible devoir s'était achevé par un verre de vin et un morceau de pizza, offerts par le responsable des pompes funèbres. Alors que le liquide était descendu sans souci, le fait de mâcher ce bout de pâte molle à la garniture rougeâtre et jaunasse, qui n'était pas sans lui rappeler la chair et la graisse qu'elle venait d'observer, lui avait filé la nausée. Elle avait abandonné sa part de pizza ainsi que le juge d'instruction Pichard en s'excusant au préalable.

Désolée mais j'ai des réponses à extirper, avait-elle lancé avant de quitter les lieux.

Maintenant qu'elle était sur le point d'affronter le responsable d'un tel massacre, elle ferma les yeux et se colla au fond du siège, les cheveux contre l'appuie-tête. Le but était de se calmer, de recouvrer ses esprits, mais ce qu'elle vit alors sous ses paupières ne l'aida pas.

Le buste du gamin ouvert en deux.

La peau de son crâne découpée et repliée sur son visage tuméfié.

Les coups de scalpel sur ses petits membres pour en détailler les hématomes.

Ses sourcils se froncèrent.

Happée par ces visions qui refusaient de la libérer, elle dut se forcer, se faire violence, à deux doigts de hurler dans le silence de ses pensées pour parvenir à ouvrir les yeux dans un sursaut.

Mélanie haletait. *Une crise d'angoisse ?* s'interrogea-t-elle. Ses mains tremblaient encore, comme parcourues de frissons incontrôlables. L'enquêtrice les secoua en espérant apaiser ses doigts et remettre par la même occasion ses idées en place une bonne fois pour toutes, au moins le temps d'en finir avec cette enflure. Quand elle arrêta de gesticuler, le résultat était loin d'être convaincant mais elle s'en contenta. Les minutes passaient et ne se rattraperaient pas.

Chargée de son sac et de ses notes, Penning sortit de voiture et monta à l'étage. Au fond du couloir plongé dans l'obscurité, elle aperçut un fin filet de lumière s'échapper du bureau de Bernard. Elle sentit soudain un poids s'évaporer. Elle se pensait seule ou accompagnée d'un simple collègue de garde, mais il était encore là.

Elle s'avança jusqu'à sa porte et frappa.

— Oui ?

Sa voix grave mais douce la rassura. Elle entra.

— Tu restes pour l'audition ? lâcha-t-elle d'emblée.

— Bien sûr, je n'allais pas te laisser seule.

La réponse la fit sourire. Les doigts sur son clavier, Bernard se familiarisait avec le programme Polis. Après une trentaine d'années à cogner les touches d'une machine à écrire, le silence qui escortait dorénavant chaque mot le déstabilisait. Il détestait ce PC qui n'était que le reflet d'une modernité qui le dépassait.

— Il est dans quel état ? s'inquiéta Penning.

— Personne ne l'a touché. Il a eu à boire, à manger et il a même dormi.

Mélanie s'étonna.

— Il a dormi ? Vraiment ?

— C'est ce qu'on m'a rapporté, en tout cas. Je suis déjà en train de m'occuper de la paperasse. On le cuisinera ensemble mais c'est toi qui poseras les questions.

— Tu ne préfères pas que je tape ? Je veux dire... Toi et les machines...

Le chef stoppa l'encodage de l'identité de Jimmy pour la dévisager.

— C'est ton dossier, rétorqua-t-il. Il n'est pas compliqué en termes d'enquête mais il l'est humainement parlant. Et comme tu n'as pas d'enfant... J'aimerais que tu l'interroges.

Même si elle avait envie de hurler, Mélanie approuva d'un hochement de tête avant de tourner les talons.

Son sang bouillonnait. À chaque pas, elle hésitait à faire volte-face et gueuler qu'elle comprenait la volonté de son chef, mais qu'en faire l'unique raison de sa confiance l'enrageait et surtout que ce n'était pas parce qu'elle n'avait pas eu la chance d'avoir des enfants que cela ne la touchait pas.

Furieuse, elle jeta son barda au pied de son bureau. Devant son clavier, elle trouva une chemise cartonnée au nom de Lamy Nicolas. C'étaient les photos de la scène du crime et celles de l'enfant. Le collègue du laboratoire les avait développées en urgence, probablement pour s'en défaire le plus vite possible. Malgré cela, il avait pris le temps d'apposer un post-it sur la face intérieure de la chemise.

« Courage ».

Ce mot l'apaisa. À lui seul, il reflétait toute la détermination de ceux qui avaient affronté cette journée et qui l'affronteraient encore tout au long de leurs vies. Elle se devait de rester professionnelle, pour le petit Nico.

Elle prit une nouvelle fois sur elle et se replongea dans les insupportables images. Elle fouilla dans les clichés et en sélectionna deux qu'elle inséra dans son carnet.

— On y va ?

Une paire de menottes dans une main, Bishop se tenait dans l'embrasure de la porte. Mélanie acquiesça.

— On va faire ça dans mon bureau, ajouta-t-il.

— Très bien.

Ils descendirent aux cachots. Depuis le meurtre de Serge, leur collègue de la PJ abattu en service alors qu'il se trouvait à l'accueil, la garde de nuit était doublée. Ils prirent les clés et se dirigèrent vers la cellule où somnolait Jimmy, ce qui ébranla de nouveau Mélanie lorsqu'elle l'observa par le judas.

Bernard déverrouilla la porte et l'ouvrit. Une forte odeur de transpiration et de diverses effluves digestives s'échappa de la cellule.

— Monsieur Tassart ? On vous emmène pour vous auditionner.

Jimmy se réveilla et comme l'avait fait Mélanie plus tôt ce matin-là, il prit tout son temps pour étirer chacun de ses membres. Il fit craquer les os qui le gênaient et n'hésita pas un instant à bâiller bruyamment.

Une attitude désinvolte qui exaspéra les enquêteurs.

— Je peux avoir une cigarette ? demanda-t-il alors, la tête encore embrouillée par le sommeil.

— On ne fume pas, répondit Mélanie.

— Dans ce cas, dit-il en se rallongeant, allez vous faire foutre.

10

Leurs mâchoires contractées, Bernard et Mélanie entrèrent d'un même mouvement dans la cellule.

La jeune femme hurla.

— Oh, mais tu te crois où ? Tu penses que tu es en position de négocier quoi que ce soit ?

— Lâche-moi, toi, répondit Jimmy. Pas de clope, pas de parlotte. Si ça te plaît pas, j'en ai rien à foutre.

Bien décidée à le secouer, Mel fit un pas de plus mais une main agrippa son poignet. Son chef lui interdisait de la tête. Il se pencha pour lui murmurer à l'oreille.

— On n'entre pas dans son jeu. J'aime autant qu'il parle et qu'on s'en débarrasse.

Les narines de Penning s'écartèrent pour souffler sa colère. Les bras croisés, elle opina nerveusement.

— Je vais demander aux gars s'ils en ont une pour toi mais maintenant, on y va, ajouta Bishop en présentant une paire de menottes à Jimmy qui se leva, arborant un air satisfait.

Seul face aux deux enquêteurs et attaché à un tube métallique vissé au mur, Jimmy fixait intensément Mélanie. De son côté, bien qu'elle l'eût remarqué tout en préparant son flot de questions, elle faisait comme si cela ne l'atteignait pas. Elle aussi voulait se débarrasser de lui au plus vite, rentrer chez elle et déboucher la première bouteille de blanc qu'elle trouverait. Devant son écran bombé, Bishop se frotta les mains, signe qu'il était prêt. Penning commença léger, par les questions d'ordre familial, scolaire et professionnel. Celles qui permettaient de faire connaissance. Celles qui endormaient la méfiance du suspect au point de déjà l'enfoncer. Et même s'il la fixait toujours, tout se déroula sans incident.

Toutefois, les choses changèrent lorsqu'elle en arriva aux faits proprement dits.

— Pourriez-vous nous dire ce qu'il s'est passé la nuit dernière ?

— Par rapport au petit ?

— Bien sûr que oui, confirma Mel en haussant les sourcils.

— Il s'est rien passé du tout. Je me suis levé ce matin, je suis monté pour changer leurs pètes et je l'ai trouvé au sol.

— Pensez-vous que Jérôme ait la même version que vous ?

— Jérôme fait beaucoup de cauchemars, vous savez. Il va vous dire qu'un monstre est venu dans sa chambre.

L'enquêtrice posa son index sur les notes récoltées à ce sujet, puis elle reprit la parole.

— Dès que nos collègues vous ont emmené, nous sommes allés voir Jérôme dans l'ambulance et il ne nous a confié qu'une seule chose. Il a dit et je cite : « Jimmy a crié et a tapé Nico. » Qu'avez-vous à répondre ?

— C'est ce que j'ai dit, il fait beaucoup de cauchemars. Hé, au fait, j'ai froid.

— Pardon ? s'étonna Bernard.

— J'ai froid.

Sans mot dire, le chef pivota sa chaise vers le radiateur derrière lui et en tourna la vanne.

— Voilà, fit-il, il fera vite chaud. Continuons.

— Nous vous informons qu'à la demande de monsieur le juge d'instruction Pichard, nous avons fait procéder à l'autopsie du corps. Nous n'avons pas encore le rapport officiel mais il est clair qu'il ne s'agit pas d'une banale chute depuis le haut d'un lit-cage. Le petit a reçu énormément de coups.

— C'est vous qui le dites, ça. Moi, je dis ce qui s'est passé et en gros, y a rien eu.

— Ce n'est pas moi qui le dis, répliqua Mélanie, mais les médecins légistes.

— Et ça change quelque chose ?

Bernard arrêta de frapper les touches. Cette fois, c'est lui qui souffla du nez aussi fort qu'un taureau avant la charge, et c'est Penning qui vint l'empêcher de déconner, d'une simple pression du doigt sur son poing fermé.

— J'ai encore froid, lâcha Jimmy dans leur dos.

Le ricanement de Mel déstabilisa les deux hommes. Elle regarda son chef et lui demanda de noter mot à mot ce qu'elle allait dire. Nouvel étonnement de Bishop, qui s'exécuta.

— Vous venez de nous dire pour la deuxième fois que vous avez froid. Nous vous rappelons que vous avez eu à boire, à manger, l'occasion de fumer, que vous avez dormi une bonne partie de la journée et, alors que la température est très agréable dans ce local, nous avons immédiatement enclenché le chauffage dès votre première plainte. Ce que vous ne semblez en revanche pas comprendre, c'est qu'en plus d'avoir souffert le martyre, le petit garçon de votre amie, lui, a dû réellement avoir froid. Parce que la vérité, monsieur Tassart, c'est que les petits étaient nus dans leur lit, le chauffage coupé. Qu'en plus, vu qu'il n'y avait rien dans son estomac lors de l'autopsie, il nous paraît plausible que Nicolas devait avoir faim, voire soif. La vérité, c'est que personne d'autre que vous ne se trouvait dans cette maison la nuit dernière, puisque vous avez vous-même déclaré n'avoir pas reçu la moindre visite depuis deux jours, depuis le départ de votre compagne. Deux jours…

Elle se leva en saisissant les deux clichés pris sur place. L'un montrant le corps de Nico dans son ensemble et l'autre, un gros plan de son visage tuméfié.

Elle les exposa à la vue de Jimmy, qui détourna le regard.

— La vérité, poursuivit-elle en haussant davantage le ton à chaque phrase, c'est que vous l'avez roué de coups ! Vous l'avez tué ! Massacré ! Le bébé de votre amie, son enfant, la chair de sa chair, vous vous êtes acharné sur lui ! (Elle reprit sa respiration.) Alors ? Qu'avez-vous à dire ?

Pas de réponse.

Elle n'en espérait pas.

Avant de se rasseoir, elle laissa les photographies à ses pieds, dans le champ de vision de Jimmy. Pendant ce temps, Bernard frappait les touches pour rattraper le flot de paroles de sa collègue. La question à elle seule résumait les faits. Quiconque la lirait se ferait immédiatement à l'idée que personne d'autre que Jimmy Tassart n'était responsable de la mort du petit Nico. *Du bon boulot,* pensa Bernard, *vraiment du bon boulot.*

— J'ai chaud.

Les deux flics dirigèrent leurs regards vers leur client du moment. L'absence d'expression sur son visage les décontenança. Ils n'y lisaient aucun remords. Cet homme était dépourvu d'émotion. Au lieu de s'effondrer et de se confondre en excuses, non seulement il niait, mais il osait en plus se plaindre de son pseudo manque de confort.

Mélanie était à bout.

— Tu plaisantes, là ? cria-t-elle. Tu te fous de notre gueule ? Va te faire foutre si tu as chaud ! Espèce de lâche ! T'as pas de couilles, la voilà la vérité !

— Mais tu me fais quoi, là ? hurla à son tour Jimmy. Détache-moi que je te montre c'est quoi un homme !

— Putain ! vociféra Penning en plongeant la main dans sa poche à la recherche de la clé des menottes.

Bishop frappa si fort contre la table qu'il en fit bondir le clavier. Le bruit fut si puissant et si inattendu que les deux autres sursautèrent.

— Ça suffit ! gueula-t-il en sentant son cœur battre dans la paume de sa main. Je vais imprimer ça, tu vas signer et ensuite, direction le juge qui fait des heures supp.

— Je signe rien, moi.

— Je m'en cogne ! Si tu savais à quel point je n'en ai rien à foutre de toi ! Tu vas valser au trou et bon débarras. J'ai vu tes antécédents, c'est déjà incroyable que tu sois encore dehors avec autant de lignes dans ton casier. Tu es la parfaite définition du parasite. Tu ne fous rien de tes journées à part empocher du fric que tu n'as jamais gagné de ta vie et au lieu de dire merci, tu ne fais que créer des emmerdes autour de toi. Tu es inutile.

— Je veux mon avocat !

— Tu n'es pas aux États-Unis ici, crétin. On n'est pas dans un film.

— Je...

— Ta gueule ! coupa Bishop. Je ne veux plus rien entendre.

La présentation devant le juge d'instruction n'avait duré que quelques minutes. Celui-ci lut la déclaration de Jimmy et fit acter deux lignes par son greffier pour confirmer ses dires. Son mandat d'arrêt était déjà rédigé, il le sortit d'un tiroir et ne prit même pas la peine de le lui signifier comme la procédure le prévoyait. Aucun transfert n'étant accepté durant la nuit vers la prison de Montiry, chaleureusement surnommée le Coxon depuis des lustres sans qu'on en connaisse réellement la raison, il fallait attendre le lendemain. Tassart fut dès lors replacé en cellule pour quelques heures ; le temps pour la presse de s'emparer de l'histoire et d'en faire un bel article pour l'édition du matin.

Au réveil, tout le monde savait qui était mort, où et quand, mais pas l'identité du coupable. Après deux heures d'un sommeil fragile sur trois chaises alignées, Mélanie fut rejointe par son chef dont le dos n'était plus qu'un amas de chair douloureux et ensemble, ils conduisirent Jimmy vers sa nouvelle demeure.

Le moins que l'on pouvait dire, c'était que le bâtiment datait. Construit uniquement en pierres grises du sol à la pointe des tours qui se dressaient à l'intersection de chaque mur d'enceinte, il était rendu plus sinistre encore par les barreaux métalliques qui protégeaient les fenêtres des bureaux comme celles des cellules et par son imposante double porte d'entrée en bois, renforcée aussi bien à l'intérieur qu'à l'extérieur par une armature de fer forgé. Peut-être impressionné, ou faisant pour une fois juste profil bas, Jimmy y entra la tête baissée.

À la sortie du Coxon, dans le sas destiné à la fouille des véhicules, Mélanie descendit sa vitre et interpella l'un des matons. Elle en avait déjà vu des mignons et des dégourdis, mais celui-ci avait dû rater sa douche du matin pour être aussi négligé.

— Vous savez qui c'était ? lui demanda-t-elle néanmoins.

— Ne me dites pas que c'est celui qui a tué le petit ?

En hochant la tête, elle offrit à son chef une nouvelle occasion d'être surpris.

— Je vois, dit le gardien avec un regard qui en disait long.

— Si jamais la rumeur peut se répandre, ajouta-t-elle, n'hésitez pas.

11

20 juillet 1996
Quartier de la gare, Montiry

Tu trouveras ton deuxième pétale ici.

C'était une évidence et il acquiesça. Les conditions s'y prêtaient à merveille. La chaleur de l'été rendait ivre la nuit qui commençait à peine, et en ce qui concernait les bars et autres abris pour piliers de comptoir, le quartier de la gare n'avait rien à envier au reste de la ville. Bien au contraire, pour ce qu'il avait à faire, c'était le territoire idéal. Loin des lumières du centre de la cité, l'anonymat souhaité par les habitués lui profiterait.

Tout en roulant, l'homme scrutait l'intérieur du Coco-Loco, du Comté, et même du Quai Zéro. Il n'y trouva rien de plus que de coutume. On y buvait, on y parlait et on y sombrait.

Stationne-toi et repère-la.

Ainsi piloté, il monta la rue de la Haizeilles jusqu'à bifurquer dans la rue de la Petite Cerise, où il dégota un emplacement. Il prit le temps de se garer en marche arrière, prêt à déguerpir s'il le fallait.

Désormais à pied, l'homme laissa l'abbaye Sainte-Populi derrière lui et descendit la rue. Il passa devant un couple installé sur l'un des bancs du parc Kennedy. S'imaginant sans doute rendus invisibles par l'absence de lampadaire, les deux jeunes gens avaient oublié toute décence. La main de l'un dans le froc de l'autre, leurs langues avides se nouaient à chaque nouvelle apnée. Il s'arrêta un instant pour les détailler. Lui paraissait sortir d'une malheureuse adolescence qui avait marqué ses joues ; quant à sa chérie, elle devait avoir quelques années et quelques kilos de plus. Une bouteille de vodka Eristoff gisait à leurs pieds, vide.

Il songea un instant à les rejoindre. Peut-être qu'ils accepteraient et réaliseraient ainsi un autre de ses fantasmes.

Qu'est-ce que tu fais ? Tu as mieux à faire.

C'était tentant mais ses besoins étant bien différents ce soir, il se ravisa.

— La voix de la raison, murmura-t-il.

Il poursuivit sa descente vers le Quai Zéro. Pas vraiment la meilleure adresse, selon lui, mais très prisée des voyageurs que personne n'attendait. Dc plus, histoire de jouer la prudence et de se faire discret, mieux valait commencer par un endroit qu'il ne fréquentait que très peu.

Il avait travaillé trop dur à la préparation de sa maison pour tout gâcher sur un coup de tête.

Son entrée passa à peu près inaperçue. Rien ne le distinguait des habitués de ce genre d'établissements, hormis peut-être son faciès débonnaire pour un homme de cette taille. D'aucuns l'auraient décrit comme commun. Par conséquent, il était coutumier malgré lui dans l'art de passer sous les radars et pouvait demeurer plusieurs minutes entre deux tables sans se faire remarquer.

— Mimi !

Les minutes semblaient manifestement écoulées.

Étonné d'être interpellé ici, sa tête pivota au prononcé de ce surnom qu'il haïssait. C'était Gilbert, le patron du Comté. Son établissement se trouvait juste en face, de l'autre côté de la place.

— Tu me fais cocu ? gronda celui-ci en lui mettant un doigt sur le torse.

« Mimi », impassible, ne répondit pas. Ses yeux passèrent de l'index qui touchait son sternum au visage de son propriétaire.

— Ça va, dit Gilbert en retirant sa main, je te taquine. Dis, tu veux bien m'aider à transporter ça ? Je n'avais plus de Leffe et je suis venu leur en piquer.

Gilbert lui présenta quatre casiers qui n'attendaient que leurs bras. Le cafetier en saisit deux et laissa les derniers à son sherpa du moment.

— Tu as peut-être un rendez-vous ? s'inquiéta-t-il enfin. Si tu es occupé, pas de problème, je ferai un aller-retour, mais tu me les surveilles ! Je ne fais pas confiance aux poivrots de la concurrence.

— Non, répondit Mimi, j'ai tout mon temps. Je venais juste jeter un œil, fit-il en détournant le regard vers une brune assise à deux mètres de lui et qui le fixait.

Elle le gratifia d'un sourire qu'il lui rendit. Sans comprendre ce qui se passait, Gilbert poussa l'un des casiers du bout de sa chaussure.

— Tu as le temps de me donner un coup de main alors ? Tu veux bien ?

— En vitesse, accepta-t-il.

Un bac dans chaque main, Mimi emboîta le pas de Gilbert, qui pria une âme charitable de leur ouvrir la porte. Avant de sortir, il se retourna une nouvelle fois vers la brune pour s'assurer qu'elle le suivait du regard. Une cigarette fumante dans une main, un verre ballon bien rempli dans l'autre, cette femme vêtue pour l'occasion jouait de ses yeux. Leur profondeur lui conférait un charme certain et elle s'en servait. Il lui fit un second sourire qui eut l'effet escompté.

Mimi s'avança tandis que la porte se refermait sur lui. Il la repoussa d'un coup d'épaule et rejoignit le patron du Comté qui fut accueilli en héros par ses clients. Bernadette, la moitié de Gilbert et également la patronne du bistrot, le remercia d'un baiser humide. Il eut envie de s'essuyer la joue sans attendre mais ses mains étaient prises.

— Elles ne sont pas encore fraîches, les gars, cria le tenancier à travers son établissement, un peu de patience. Mets des cacahuètes, ordonna-t-il à sa femme. Tu peux déposer ça ici, ajouta-t-il à son ouvrier temporaire.

Renfermé sur lui-même pour éviter les contacts, ce dernier s'exécuta. Les casiers rangés derrière le bar, les yeux baissés, il quitta le café pour retrouver sa proie.

Alors que le ciel arborait jusque-là une magnifique parure étoilée, des averses nuageuses firent leur apparition.

Attaqué par une pluie soudaine et glaçante, il vit à travers l'immense baie vitrée gravée au nom du bistrot qu'elle était toujours là, mais aussi qu'un type squattait maintenant la place à ses côtés.

Il pesta intérieurement et fit un pas en arrière.

Non ! C'est elle.

N'abandonne pas !

12

22 juillet 1996, 3h11

Morte.

Plus aucune voiture ne passait.

Ni vélos, ni piétons d'ailleurs.

Seul le bruissement des feuilles, désespérément accrochées aux jeunes charmes plantés en colonnes le long des trottoirs, agrémentait le silence nocturne de la rue. Depuis l'extérieur, la maison semblait endormie. Aucune lumière, aucun bruit.

Il fallait se rapprocher de la porte d'entrée et se mettre sur la pointe des pieds pour discerner l'ambiance feutrée émanant du salon. Et même en collant une oreille contre le PVC, il aurait été difficile d'entendre ce qu'il s'y passait.

Mais une fois à l'intérieur, on pouvait distinctement entendre une chanson tournant en boucle. La fonction *Repeat* était enclenchée sur le titre « Closer » de Nine Inch Nails. Mimi avait sélectionné exprès la version « Precursor » de ce morceau.

Le volume choisi permettait de se rapprocher au plus près de l'ambiance qu'il recherchait. Ni trop peu ni trop fort. Surtout pas trop fort. Cela l'obligerait à hausser la voix et il exécrait ça. De même qu'il ne supportait pas d'entendre crier, conséquence d'une enfance passée avec des gueulards. Un père et une mère vociférant au lieu de parler, de discuter, au point de faire sombrer dans une angoisse constante et viscérale la seule personne de la maison qu'il aimait.

Au milieu de la pièce, la brune rencontrée au Quai Zéro était confortablement installée. Gentleman à ses heures, il lui avait laissé la meilleure place. Les pieds surélevés, le corps pratiquement allongé tandis que sa nuque s'enfonçait dans le repose-tête rembourré du fauteuil, type relax, en cuir noir. De son côté et pour lui prouver qu'elle comptait à ses yeux, il avait opté pour l'une des chaises de la salle à manger, faite d'un bois bon marché et d'une assise en plastique tressé.

Il se tenait là, appuyé contre le dossier, les jambes croisées, tout en l'admirant l'écouter.

— Je ne sais pas si je te l'ai déjà dit, mais je suis un grand fan de musique, et encore plus quand elle m'inspire. J'ai entendu pour la première fois ce morceau dans le film *Seven*. En fait, c'est celle du générique, après la scène du gras-double, lorsque John Doe se prépare, prend des notes et étudie. Les gens disent que David Fincher a réalisé un excellent thriller, un opus déjà culte, mais en réalité, la plupart passent complètement à côté du sujet.

Il se leva.

— Les spectateurs ont vu les meurtres, exposa-t-il, l'enquête et les personnages, mais ils en ont oublié la ville et cette pluie incessante. Le seul moment où il s'arrête de pleuvoir, c'est lorsque John Doe se sacrifie. Quand il se constitue prisonnier pour finaliser son œuvre. C'était le seul moyen pour lui de faire entendre ce qu'il avait à dire, de montrer l'exemple et de gagner son immortalité.

Avec la douceur d'une caresse, sa main effleura la joue de son invitée.

— J'adore ce concept d'œuvre, continua-t-il en décrivant des cercles autour d'elle. John Doe est une sorte de messager qui n'hésite pas à mettre les mains dans la crasse pour assainir cette métropole qui ne fait que gangréner la vie de tous. D'ailleurs, nous sommes tous d'accord avec lui sans pour autant l'avouer. Les gros, les dealers, les parasites, les avocats, les pétasses et les putes, tout le monde les déteste. C'est pour ça que les averses ne s'interrompent jamais lorsque l'histoire se déroule en ville. La pluie a pour but d'épurer et nettoyer le mal qui gronde. Oh que oui, c'était un pur moment de cinéma. J'ai adoré.

Il regarda le verre de vin qu'il lui avait servi. Contrairement à celui qu'il tenait, le niveau n'avait pas baissé d'un millimètre depuis tout à l'heure.

— Tu pourrais boire avec moi ! s'esclaffa-t-il. Je sais que c'est moi qui ai fait tout le travail mais le sexe, ça donne soif aux deux parties. Je vais me resservir, ne bouge pas, je reviens.

Nu comme un ver, Mimi repartit vers la cuisine. Lorsqu'il revint, il reluqua une nouvelle fois ses seins. Bombés et offerts. Elle portait encore sa jupe et ses hauts talons. Son chemisier, son soutien-gorge, sa culotte et ses bas gisaient au sol avec quelques feuilles de papier essuie-tout humides et chiffonnées. Il lui sourit et approcha son visage du sien. Les yeux dans les yeux.

— J'ai tout de même bien fait de dégager l'autre imbécile qui te courtisait, non ? On s'est bien amusé, n'est-ce pas ?

Aucune réponse ne lui parvint.

— Qui ne dit mot consent ! fit-il en se redressant.

Il retourna dans la cuisine. Du salon, on pouvait l'entendre fouiller dans ce qui s'apparentait à une boîte métallique. Lorsqu'il réapparut, il tenait une scie à métaux. En deux pas de plus, il était près d'elle.

À portée.

À la manière d'une batte de baseball, il fit reposer l'outil sur sa propre épaule.

— Il est temps que tu marques les esprits. Je te découperai demain soir.

Le regard vide et la peau blanche comme l'os, la brune ne remua pas un cil. Cela faisait presque trois heures qu'elle se trouvait dans le même état que la rue.

Morte.

13

Au même moment
Maison des sœurs Penning

Le cri la réveilla en sursaut.

Prise de panique, Claire sentit son cœur faire des bonds incontrôlables dans sa poitrine. Elle dormait si bien et si profondément qu'elle hésita entre rêve et réalité.

Elle regarda l'heure. Trois heures trente-sept du matin, à peine deux heures qu'elle était rentrée. Enfin convaincue d'être dans la réalité, elle se leva et se dirigea vers la chambre occupée par Mélanie. Dans l'entrebâillement de sa porte, elle vit que sa sœur se tenait assise, la tête enfouie entre ses mains.

— Ça va ?

Surprise, Mélanie tressaillit. Elle haletait tandis que sa cadette s'approchait d'elle.

— Viens là, dit-elle en écartant les bras pour l'inviter à prendre place à côté d'elle.

Encore un peu perdue, Claire s'exécuta. L'aînée la serra alors si fort et si longtemps qu'elle ressentit à nouveau ce qu'elle avait fini par oublier. Aucun rapport, aucune comparaison avec les étreintes de ses amis ou amants, elle se sentit en un instant importante et paradoxalement, cela l'inquiéta.

— Tu es certaine que ça va ? insista-t-elle.

— Oui, murmura Mélanie en regardant le visage de sa sœur, maintenant oui. Excuse-moi, tu peux aller te recoucher. Ce n'était qu'un cauchemar.

Claire lâcha sa sœur et s'appuya sur le lit.

— Tu veux que je t'aide à changer les draps ? Ils sont trempés.

Mélanie regarda autour d'elle, ses mains à la recherche d'un bout de tissu encore sec. Elle examina ensuite son corps, en nage.

— Non, laisse, je vais me changer et finir la nuit sur le divan. Va te reposer. Vraiment, tout va bien.

Claire acquiesça et l'embrassa sur le front avant de regagner sa chambre dont elle ferma la porte. Mélanie l'entendit s'écrouler sans retenue sur son lit, ce qui la fit sourire.

Un nouveau T-shirt et une nouvelle culotte en main, elle se rendit dans la salle de bains qui faisait également office de buanderie. Elle se changea et jeta directement les vêtements humides dans le tambour de la machine à laver. Le miroir lui renvoya son visage fatigué, ses yeux creusés et son teint blême. *Putain, je ne ressemble plus à rien*, pensa-t-elle.

Retrouver le sommeil, même s'il ne restait plus que trois heures avant de repartir au boulot, c'était tout ce qu'elle souhaitait. Après avoir bu un grand verre d'eau dans la cuisine, elle se posa dans le divan qui jouissait, à défaut de stores côté jardin, d'une vue imprenable sur l'éclairage de rue que la végétation environnante faisait ondoyer.

Sous un plaid au centre de cette pénombre traversée de jaune, elle ferma les yeux. *Pense à autre chose,* se répéta-t-elle, *pense à autre chose*. Un mantra qui, rapidement, se transforma à nouveau en torture. Des semaines que cela durait.

Les images du petit garçon lardé de coups sur la table du légiste, l'attitude désinvolte de son meurtrier, le goût amer de l'injustice et un accablant sentiment d'impuissance s'engouffraient nuit après nuit dans son inconscient.

L'image de sa sœur lorsqu'elle était enfant se superposait chaque fois davantage à celle de Nicolas. Sans qu'elle puisse lui porter secours, c'est Claire qu'elle voyait subir l'acharnement de cet homme. C'est elle qui, ensuite, se retrouvait sur la table froide des pompes funèbres. Offerte en spectacle à une justice s'évertuant trop souvent à trouver des excuses à l'irréparable.

Le cauchemar devenait récurrent. Presque toutes les nuits, une malédiction l'obligeait à assister au spectacle du scalpel entaillant l'arrière du crâne de Claire. Le haut de son visage se recouvrait ensuite d'une partie de sa chevelure retroussée lentement par le légiste. Incapable de faire le moindre geste, aphone, Mélanie ne pouvait que subir.

Souffrir.

L'étape suivante était scandée par le moteur de la scie circulaire. Le son qu'elle produisait devenait plus atroce encore lorsque la lame touchait l'os de la tête, comme une disqueuse taillant le métal dans une gerbe d'étincelles incandescentes. Des escarbilles de poussière et des particules couleur ivoire propulsées par la puissance de la machine se répandaient alors dans l'air.

Une fois que la scie avait fait le tour de la boîte crânienne, celle-ci se détachait et, après quelques coups expérimentés de scalpel, le légiste lui tendait la cervelle grise et luisante trônant dans un bol métallique. Immobile, sans savoir qu'en faire, Mélanie observait ses mains saisir le récipient. Dans son champ de vision, l'homme en blouse blanche traçait ensuite une fine ligne de sang au milieu du corps.

C'était la dernière étape.

Celle qui la délivrait.

Cela se produisait toujours lorsque le bras de Claire remontait vers son visage pour libérer ses yeux de son cuir chevelu. Ils étaient grands ouverts et en larmes. Face à cette nouvelle vision atroce, face à sa sœur meurtrie une seconde fois, Mélanie se sentait absorbée par son regard qui plongeait en elle avant de l'entendre hurler de lui venir en aide.

Pour la seconde fois cette nuit-là, le réveil fut brutal.

Il n'y en aurait pas de troisième.

Le jour était levé et elle était déjà en retard. À son tour, le plaid était trempé de sueur et elle avait impérativement besoin d'une douche.

Pour la première fois, elle avait refait le même cauchemar à deux reprises en une nuit. À croire que malgré ses efforts, malgré son mantra, son corps réagissait à ce qu'elle avait de prévu aujourd'hui.

Réentendre Jimmy.

14

22 juillet 1996, 8h26
BSR de Montiry

— Tu as vraiment une sale gueule.

Comme souvent, à l'instar de l'androïde du film, Bishop parlait sans détour. Une manière d'agir qui lui valait la réputation de rustre antipathique, fatigué et fatigant. C'étaient du moins les mots utilisés quand les collègues usaient encore de politesse.

Exactement ce que Mélanie aimait chez lui, son côté franc du collier. *Au moins*, se disait-elle, *lui, il n'essaie pas de me sauter*. Leur entente n'avait jamais franchi la frontière professionnelle. Ni invitation à boire un verre, ni proposition ambigüe, ni même une boutade tournant autour des attributs féminins ; à croire qu'il n'était pas un mec comme les autres.

— Merci beaucoup ! dit-elle en levant les yeux.

— Mal dormi ? s'enquit-il. À cause de l'audition ?

— Non, pas à cause de l'audition, ironisa-t-elle tandis qu'elle feuilletait ses quatre pages de questions.

— OK, tu t'es dégoté un prétendant alors ?

— Pas du tout.

Elle finit par le regarder, stupéfaite.

— Depuis quand tu t'intéresses à ma vie ?

— À ta vie ? s'étonna-t-il. Ne t'emballe pas, je m'intéresse à la vie de tout mon personnel. Si ça se passe bien à la maison, ça se passera bien au boulot. Ce n'est pas plus compliqué que ça.

Sans rien ajouter, Mélanie se remit au travail. Une partie d'elle-même avait envie de sourire et d'encenser son patron pour sa constance. En un sens, à la manière d'un phare sur lequel elle pouvait compter pour la ramener à bon port, Bernard était le seul point fixe de son existence. Tout le reste avait changé. Son lieu de travail et son lieu de résidence étaient à des kilomètres de sa vie d'avant, ses fréquentations réduites à néant, sans parler de sa manière de vivre qui ne tournait qu'autour de son boulot. La jeune femme avait besoin de stabilité et, même s'il lui faisait faire un peu de tout mais surtout n'importe quoi, son chef en était le garant.

La sonnerie du téléphone de Bernard se déclencha et il se précipita dans son bureau pour prendre la communication.

Posée sur sa chaise, Penning relisait une à une chaque question et y annotait quelques précisions de dernière minute. Les analyses du laboratoire apportaient un éclairage nouveau sur les activités de Jimmy lors de cette funeste soirée. On savait désormais ce qu'il nettoyait ce matin-là, attirant ainsi l'attention de la voisine. Tassart s'était poudré le nez. Un snif de trop en l'occurrence, mais peu importait pour Mélanie : à ses yeux, ce type n'était plus un être humain. Si tant est qu'il l'eût été un jour. Tout ce qu'elle désirait, c'était l'enfoncer davantage et lui faire payer ses actes par les seules armes à sa disposition.

Ses procès-verbaux.

La plume est plus forte que l'épée, lui avait-on rabâché lors de son instruction. Cela n'était pourtant pas si lointain, mais les temps avaient changé brutalement, bien plus vite que toutes les prévisions, et la course semblait aujourd'hui perdue d'avance.

Ce qui se réglait il y a encore quelques années dans la rue ou au fond d'une brigade devait aujourd'hui être rapporté en trois exemplaires dans l'attente d'une décision.

Sans oublier la fameuse répartition des tâches. D'un côté, les prisons. Bondées, manquant de personnel, elles partageaient ironiquement le même espoir que les avocats : trouver dans les dossiers des détenus une faille qui permette leur libération, et alléger ainsi la condition de leurs résidents confinés les uns sur les autres.

De l'autre, les membres de la criminelle. Par respect pour les victimes et pour ceux qui souffraient en silence de leurs disparitions, aucun d'entre eux n'était disposé à offrir ce vice de procédure tant convoité. C'était là la principale raison de ne pas traiter Jimmy comme il le méritait. Cela devait se faire autrement, en suivant la nouvelle méthode.

La méthode administrative.

Consciente de cette évolution, Mélanie ne sautait aucun mot ni virgule. Ses termes étaient savamment choisis et, comme elle aimait le faire, ses questions comportaient déjà la vérité des faits. Aucune échappatoire possible. Confirmation ou infirmation ne feraient que renforcer le dossier.

Lorsqu'elle arriva à la dernière ligne, l'horloge du bureau indiquait neuf heures sept. Elle avait encore une vingtaine de minutes devant elle avant de se rendre au Coxon pour en extirper le responsable de ses cauchemars.

Devant elle se trouvaient les deux hommes avec qui elle partageait le bureau depuis plus d'un an. Un binôme bien rodé et composé de Cyrille Toutain, cinq ans de plus qu'elle, de taille moyenne et d'un blond presque cendré, le genre d'hommes qui attiraient les femmes sans le savoir, et de Guy Dubuisson, grisonnant et bedonnant, las de tout parce que bientôt à la retraite. Comme il le rabâchait souvent : *j'ai déjà vu pire, ça n'ira plus jamais, j'en ai marre de tous ces formulaires à remplir pour justifier le travail des autres, c'était mieux avant, vivement que je quitte tout ça.* Les deux flics se complétaient à merveille. Le premier, précis et dactylographe à ses heures, récoltait les lauriers en intégrant à la procédure les informations recueillies par son expérimenté collègue. Le second avait toujours une bonne raison de s'éclipser à la rencontre de sources potentielles et de se soustraire ainsi à ce boulot devenu trop lourd pour lui au fil des ans.

Tandis que Mélanie les observait tailler le bout de gras, le téléphone du patron sonna à nouveau et une fois de plus, il courut décrocher. Elle entendit ses pas dans le couloir et le vit passer devant sa porte comme s'il était poursuivi.

Dans son sillage, Christophe fit irruption dans leur bureau pour remettre des documents à Cyrille et jeta au passage un coup d'œil au thé que Mélanie venait de se préparer. Fruits des bois.

Un rictus se forma aux commissures des lèvres de l'enquêteur.

— On se fait un petit jus de Tampax pour ne pas gâcher ?

Des ricanements éclatèrent devant le sourire forcé de la jeune femme, qui attendait le bon moment pour répliquer.

Les railleries s'estompèrent peu à peu.

— Oui, rétorqua-t-elle en portant le thé à ses lèvres, je te ferai goûter un jour, c'est promis.

Sans prêter plus attention à leur mine stupéfaite et quelque peu dégoûtée, elle ôta son arme du premier tiroir de son bureau et en vérifia immédiatement le fonctionnement. Le GP 9mm de la FN Herstal était une arme de guerre fiable et solide mais elle réclamait de l'entretien et de la maîtrise. Penning commença par enlever le chargeur, puis tira les pièces mobiles vers l'arrière afin de les bloquer et de vérifier la chambre.

Vide.

Du pouce, elle actionna la sûreté pour rabattre la glissière et percuta. Alors qu'elle allait replacer le chargeur garni à treize cartouches, Bishop l'interpella.

— Oublie ton interrogatoire, Jimmy s'est fait démonter la gueule.

15

22 juillet 1996, 13h47
Prison de Montiry

Le gardien ne fut pas surpris de les voir débarquer. Non sans peine, il leur ouvrit les énormes portes et les laissa entrer. La voiture de service pénétra dans le sas et s'immobilisa devant le second portique. Au volant, Bishop suivit la directive inscrite sur une feuille blanche scotchée à même les parois : *Coupez le moteur et ouvrez le coffre*.

Après avoir refermé derrière eux, le geôlier s'assura qu'il n'y avait rien d'autre dans le véhicule que les deux enquêteurs.

— C'est bon, fit-il d'un ton las en claquant lui-même le coffre.

La voiture redémarra et ils se garèrent dans la petite cour intérieure. Mélanie se présenta la première devant la lourde porte de verre solide et de métal rouge qui donnait accès à la prison proprement dite. Elle pressa le bouton indiquant au personnel du greffe qu'ils avaient des visiteurs. Au lieu d'ouvrir à distance, l'un d'entre eux vint en personne déverrouiller l'entrée du bâtiment principal.

— Nous avons rendez-vous avec le directeur, imposa Bernard sans prendre la peine ni de s'identifier ni de saluer son interlocuteur.

— Nous sommes au courant. Il est à l'extérieur pour le moment mais je suis certain qu'il ne devrait pas tarder. Allez-y, installez-vous. Je présume que vous êtes déjà venu le voir ?

— Effectivement, répondit Bernard en forçant presque le passage et en entrant dans la foulée dans le premier bureau sur sa gauche.

Gênée de l'attitude de son chef, Mélanie, la mine pincée, exposa ses remerciements d'un hochement de tête. Le greffier lui renvoya son geste alors qu'elle rejoignait son collègue.

La pièce était plutôt vaste pour un bureau mais le mobilier restait très simple. Tout ici était fonctionnel. Une table, une lampe d'un certain âge, un buvard usé, un stylo de marque, un bloc de feuilles trônant au-dessus d'une pile de dossiers cartonnés et colorés, une chaise ergonomique d'un côté et de l'autre, deux plus basiques pour les invités. Quelques affiches proposaient des slogans censés remotiver quiconque aurait perdu foi en l'humanité ou dans les vertus du labeur. Sans aucun doute possible, que ce soit avec ses employés ou avec ses détenus, le directeur organisait ses entrevues dans son propre bureau.

Plusieurs dizaines de minutes passèrent sans le moindre mot. Tous deux écoutaient les cliquetis lointains des portes s'ouvrant et claquant sans interruption, ainsi que les murmures étouffés des détenus gueulant pour une pitance de plus à s'échanger d'un étage à l'autre à l'aide d'un drap arraché en lamelles nouées entre elles. À l'inverse de Bernard, Mélanie découvrait cette ambiance si particulière. Elle n'était jamais restée aussi longtemps entre les murs d'une prison. Dans sa routine, le dépôt ou le retrait d'un détenu ne tardait jamais. Cela aurait d'ailleurs dû être le cas ce jour-là mais un événement inattendu était venu contrarier le bon déroulement des choses – ainsi que le directeur, qui venait de faire irruption, allait justement le leur expliquer.

Dépourvu du moindre cheveu, grand et mince, sa sombre tenue civile reflétait son importance et l'affinait d'autant plus. Il portait des lunettes ovales, un choix probablement étudié pour apporter un peu de rondeur à son visage aux joues creusées. Lorsqu'il prit place derrière son bureau, il s'accorda un instant pour allumer une cigarette qu'il sortit d'un étui métallique.

C'était la dernière.

— Il fallait s'y attendre, marmonna-t-il d'une voix fragile en expulsant quelques volutes de fumée à chaque syllabe.

— Que s'est-il passé ? questionna Bernard.

Mélanie les observait, subjuguée par leur comportement. Ni l'un ni l'autre ne s'embarrassait de bienséance.

— Ce qu'il s'est passé, répéta le directeur en avalant une nouvelle bouffée, c'est que votre gars s'est fait rosser comme personne jusqu'à maintenant. En tout cas, entre ces murs. Et je peux vous dire que j'en ai vu.

— Ça, on avait compris, soupira le chef de la Crim. Comment c'est arrivé et comment va-t-il ? On doit le réentendre au plus vite.

Le directeur se mit à rire.

— Au plus vite ? Je viens d'avoir l'hôpital en ligne, il va falloir attendre quelques mois, à mon avis. Et encore, à condition qu'il en soit capable un jour.

À ces mots, une sensation s'apparentant à de la délivrance remonta des entrailles de Mélanie. Mais délivrée de quoi ? De l'interrogatoire ? Ou de manière plus primale, délivrée parce que Jimmy avait reçu la correction qu'elle espérait ?

— Qu'est-ce que vous entendez par là ? intervint-elle.

Les deux hommes la regardèrent. Le directeur enchaîna.

— Qu'il est entièrement paralysé, des pieds à la tête. Colonne vertébrale atteinte. Il est bon pour déguster son steak frites à la paille.

— Comment est-ce arrivé ? insista Bernard.

— Tassart n'a jamais voulu aller au préau. À juste titre d'ailleurs, au vu de ce qu'il a fait. Dès son arrivée, la nouvelle s'est répandue comme la vérole sur le clergé et les détenus ont horreur de ceux qui s'en prennent aux enfants. Assez paradoxalement, vous pouvez étrangler votre femme, assassiner votre voisin mais dans le milieu carcéral, vous ne pouvez pas toucher à un gosse.

Bref, en quelques jours, tout le personnel était au courant de la situation. Des précautions particulières avaient été prises et tout se passait très bien. Attention, ce n'est pas que je cautionne ce qu'il a fait, mais mon rôle est de maintenir l'ordre entre ces murs.

Les deux enquêteurs acquiescèrent.

— Je continue, dit-il en tirant une nouvelle fois sur sa cigarette. Hier, au retour du préau, dans l'aile où se trouve Tassart, une bagarre a éclaté.

— Tassart s'est battu ? coupa Bishop.

— Non, il n'était pas concerné. Enfin, c'est du moins ce que les trois gardiens ont cru. Tassart ne sortait pas mais sa cellule était ouverte comme toutes celles du couloir. Il pouvait ainsi bouger un peu sous l'étroite surveillance de mon personnel. Sauf que dans le cas présent, ceux-ci se sont jetés dans la mêlée et ont abandonné Jimmy. La bagarre s'est arrêtée d'un coup. J'imagine qu'ils ont su que le boulot était fait de l'autre côté.

— Vous allez mener une enquête interne ?

— Pour la forme, oui, je n'ai pas le choix. En revanche, pour ce qui est du fond, j'ai peu d'espoir. Personne n'a rien vu et personne n'a rien fait. Je peux les sanctionner, moins d'extérieur, moins de visites ou de douches, mais je sais qu'ils se serreront les coudes. Pour une fois qu'ils apprennent à bosser en équipe...

*

* *

À peine furent-ils dans leur voiture que Penning se tourna vers son chef.

— Et si ça me retombe dessus ? s'inquiéta-t-elle. C'est à cause de moi ? Il a dit : *dès son arrivée ici*.

— Calme-toi. Je dirais plutôt grâce à toi, non ?

Du coin de l'œil, Bernard la scruta. Elle semblait désorientée, luttant contre des sentiments opposés.

Les premières portes du sas donnant sur l'extérieur s'ouvrirent.

— Je ne sais pas, dit-elle, j'étais en colère quand je l'ai balancé mais je me dis maintenant qu'il y a le dossier aussi et que si cela s'apprend…

— Tu te fais des films. Perso, je ne vais pas pleurer cette merde. Le dossier n'aurait jamais été assez bien tourné, si tu veux mon avis. Et si ça peut te rassurer, le meurtre avait été relaté à la radio bien avant qu'on le jette ici. Les nouvelles vont vite et les détenus ne sont certainement pas dans des boîtes hermétiques. D'ailleurs, souviens-toi que le gardien savait de qui tu parlais. Tiens, quand on parle du loup…

Bishop avança la voiture jusqu'aux doubles portes suivantes puis coupa le contact, comme à leur arrivée. Mélanie reconnut alors le maton avec qui elle avait discuté lors du transfert de Tassart. À son approche, elle baissa sa vitre.

Il exposait un sourire satisfait.

— En prenant ma pause, j'ai vu votre voiture et j'espérais que ce serait vous. Vous êtes venus pour Jimmy ?

— Oui, répondit-elle, hésitante.

— Ce sont des choses qui arrivent ici. Le karma, parfois…

Le geôlier lui fit un clin d'œil.

— Surtout quand on le chauffe un peu, ajouta-t-il.

16

25 juillet 1996
Maison des sœurs Penning

Bonjour à ceux qui viennent de nous rejoindre, il est exactement 17h02 et le soleil brille encore. En vacances ou non, il est temps de se bouger un peu avec le nouveau titre de Robbie Williams ! Tout à fait, vous avez bien entendu, Robbie Williams, l'ex-membre des Take That, se lance en solo et nous sort un single qui fait déjà parler de lui. Alors en exclu, soyez libres en écoutant « Freedom » sur Fun Radio !

Attablée, un thé fumant entre les mains, Mélanie pensait à sa sœur et au fait qu'elle ratait probablement un moment historique. Autrefois collectionneuse endurcie du moindre support arborant la tronche des beaux gosses chantant à l'unisson, Claire aurait sauté de joie en apprenant que l'un d'eux tentait un come-back. *Peut-être l'écoutait-elle chez l'un ou chez l'autre ?* songea Mélanie.

Tandis que la chanson arrivait à son terme, elle voulut se débarrasser de sa tasse vide dans l'évier mais échoua à y déceler la moindre place disponible. Elle pesta alors contre sa cadette dont c'était la tâche principale. Malgré une répartition des corvées qui avantageait nettement Claire, de la vaisselle stagnait là depuis deux jours. Depuis qu'elle n'avait plus donné signe de vie.

Aucune nouvelle.

Même pas un coup de fil.

À force, Mélanie commençait à douter. Lors de sa séparation, elle s'était pratiquement imposée chez sa sœur et avait, par la même occasion, chamboulé sa routine, son intimité et sa vie. Comme c'était le cas aujourd'hui, Claire rentrait de plus en plus tard ou découchait. Peut-être en avait-elle simplement marre de l'entendre hurler en pleine nuit ?

Les deux sœurs n'avaient pas eu l'occasion de discuter depuis que Mélanie avait été informée de la raclée reçue par Jimmy, et Claire ignorait donc que les cauchemars de son aînée avaient cessé. Coïncidence ou non, il semblait que la justice carcérale avait eu raison de ses tourments.

Mélanie ouvrit le lave-vaisselle et le chargea au maximum avant de le faire tourner. *Je peux bien faire ça pour toi, sœurette*, se dit-elle. Elle monta ensuite se doucher. La journée avait été longue et elle souhaitait se mettre à l'aise. La fenêtre de la salle de bains lui confirma que le soleil était encore de la partie et selon la météo, il le serait encore les jours suivants.

D'ordinaire, quand elle était de garde homicide, le stress d'un rappel l'obligeait à tout faire à la va-vite. Manger sur le pouce, se contenter d'une toilette de chat au lavabo et se coucher au plus tôt au cas où. Néanmoins, pour une fois, elle avait envie de prendre son temps.

Elle fit couler l'eau de la douche et attendit la bonne température pour s'y glisser toute entière. Se laver les cheveux était devenu une nécessité. Ses nombreuses nuits agitées l'avaient fatiguée, elle s'était négligée et ses tifs faisaient partie de la liste des choses à réparer en urgence. Les pointes s'étaient transformées en nœuds et la sueur les avait graissés à souhait. Elle les shampouina à deux reprises avant d'appliquer un soin. Les minutes passèrent sous une eau bien chaude l'entourant avec autant de douceur qu'un cocon rassurant, bienfaiteur et réparateur.

The only easy day was yesterday[1], se dit-elle une fois sortie, en se fixant dans le miroir. La seule chose cohérente que son ex lui avait apprise. Cela et quelques rudiments de boxe anglaise qu'il devait regretter aujourd'hui. Cette devise était une ode à la résilience et à ce que chaque personne devait affronter dès son réveil.

L'affaire du petit Nico semblait à présent derrière elle. Peut-être l'avait-elle endurcie. Peut-être aussi que le simple fait de savoir que ses mots glissés au gardien avaient joué un rôle décisif l'avait délivrée d'un poids.

---

1. *Le jour le plus facile, c'était hier* : devise des Navy Seals, les forces spéciales américaines.

Qu'importe, elle était prête à rebondir.

Une longue serviette nouée autour d'elle, elle sécha ses cheveux avant de les lisser avec soin. Après avoir arraché à la pince quelques poils mal situés, elle se massa le visage avec une crème hydratante.

Pourtant superficiel à ses yeux, ce rituel, mis de côté depuis plusieurs semaines, la fit revivre et lui redonna confiance en elle.

Elle enfila ensuite une robe de chambre légère et descendit pour profiter des derniers rayons du soleil. Histoire de se prendre une dose de vitamine D et, pourquoi pas, bronzer un peu sur l'une des chaises longues de la terrasse donnant sur le jardin. Allongée sur le dos, elle s'évertua tant bien que mal à oublier la pelouse devenue trop haute pour leur petite tondeuse électrique et se laissa bercer par les piaillements de mésanges charbonnières faisant des allers-retours pour nourrir leur nichée.

Se sachant à l'abri des regards, elle osa ouvrir sa robe de chambre, jusqu'à exposer sa poitrine au ciel bleu. Une chaleur apaisante l'enveloppa doucement. Elle ne s'était pas sentie aussi bien depuis longtemps. Et à vrai dire, elle ne s'en souvenait même plus.

Les paupières closes, elle entendit d'autant mieux la sonnerie du téléphone. Elle pensa immédiatement à Claire. *Tu avais intérêt à m'appeler,* se dit-elle en nouant la ceinture de sa robe de chambre avant de se hâter de décrocher.

— Allô ?

— Mélanie Penning ? grésilla une voix masculine qu'elle ne connaissait pas.

— Oui.

— Bonjour, j'ai votre nom sur ma liste. Vous êtes bien de garde ?

— Absolument, dit-elle en resserrant encore sa ceinture, comme si son interlocuteur pouvait la voir.

— Parfait, ici l'adjudant Cuvelier, de Montiry. Je vous avise à la demande du procureur du roi qu'un tronc humain vient d'être repêché dans la rivière la Belle-de-jour, à hauteur de l'écluse.

— Un tronc humain ? s'étonna-t-elle.

— Oui, le tronc d'une femme. Les bras et jambes sont manquants. La tête aussi.

— Putain de merde ! s'exclama-t-elle.

— Ce n'est pas terminé...

L'adjudant chercha ses mots.

— Les mamelons. Ils ont également été découpés.

Sans s'en rendre compte, Mélanie plaça son bras et sa main libres contre ses seins, tout en poursuivant la conversation.

Elle collecta quelques informations supplémentaires avant de reposer le combiné. Après de courtes secondes de réflexion, elle monta rapidement se changer. La liste de garde comptait cinq noms et elle ne voulait certainement pas arriver la dernière.

Avant de partir, elle laissa un mot à l'attention de sa petite sœur. Elle verrouilla ensuite la porte derrière elle et grimpa dans sa Clio. Comme à chaque fois qu'elle la démarrait, au grand désespoir des voisins, le pot d'échappement claqua un grand coup.

Sur la route, une sombre pensée vint l'angoisser.

Claire.

17

25 juillet 1996, 19h17
Avenue Dutronc, Montiry

Le moteur de la Clio souffrait. Pied au plancher, l'aiguille du compte-tours tapait contre la butée à chaque virage. Par habitude, Mélanie se serait tout d'abord rendue au bureau pour prendre un véhicule de service, mais pas cette fois. Une douloureuse étreinte au milieu du ventre l'en empêchait. Tous les scénarii que son esprit créait tournaient au drame.

Tous se terminaient par la mort de Claire.

Arrivée au niveau du chemin de la Détresse, elle voulut bifurquer sur sa droite pour parcourir le sentier de terre longeant le cours d'eau. Toutefois, des véhicules de gendarmerie barraient aussi bien cette voie que le quai lui-même, où des hommes en faction filtraient les véhicules.

Dépourvue de gyrophare, elle dut exhiber sa carte par la vitre grande ouverte. Un gendarme ordonna alors à quelques curieux de s'écarter avant de lever la rubalise pour lui permettre d'accéder au périmètre.

Sans un merci, elle s'avança au plus près et abandonna sa voiture entre deux platanes. En contrebas du talus herbeux, les jambes tremblantes, elle reconnut sur le chemin de terre Christophe et Cyrille, qui examinaient un corps humain nu, sans tête ni membre. De là où elle se trouvait, Penning devina qu'il s'agissait effectivement d'une femme à la peau blanche et dont la corpulence pouvait correspondre à celle de sa sœur.

Sa respiration se bloqua durant un moment qui lui sembla une éternité tandis que la douleur dans son bas-ventre se renforça et lui donna des haut-le-cœur.

Autour d'elle fourmillaient des membres des services de secours, de la protection civile ainsi que des collègues en uniforme. Certains l'interpellaient mais comme enfermée dans une bulle au fond d'un océan de désespoir, elle ne percevait que des murmures étouffés.

Sans même être sollicitées, ses jambes se mirent mécaniquement en mouvement et elle descendit, un pas après l'autre, vers ce bout de dépouille. Concentrée sur son objectif, elle écarta sans ménagement deux de ses collègues de la recherche occupés à examiner l'objet de leur descente.

— Oh, ça va aller ? s'offusqua Christophe. On ne te dérange pas trop ?

Le cœur cognant comme s'il souhaitait sortir de sa poitrine, Mélanie n'entendit pas ni ne répondit.

Le tronc gisait sur le ventre et paraissait plus imposant que le corps de Claire, mais elle savait qu'un séjour dans l'eau entraînait toujours un gonflement des tissus.

Elle se jeta dessus pour le retourner.

C'était plus fort qu'elle. Elle devait vérifier.

Pris au dépourvu, les enquêteurs à proximité ne purent l'en empêcher et dans un râle provoqué par l'effort, Mélanie bascula le cadavre sur le dos.

Elle se figea alors, transie devant l'absence d'aréoles, découpées avec précision, comme décollées de la chair désormais apparente.

Derrière elle, ses collègues pestaient et l'un d'eux la bouscula pour l'inciter à s'écarter, mais elle n'en fit rien. Une cicatrice entre les seins de la victime attira son attention.

Claire n'en avait pas.

Elle poussa un long soupir de soulagement tout en passant ses doigts entre ses cheveux jusqu'à les croiser derrière la nuque. Le sourire béat qu'elle exposa alors troubla tout le monde, jusqu'aux personnes les plus éloignées, qui contemplaient la scène depuis la rubalise.

— Mais pauvre conne, l'insulta Dufour, casse-toi de là !

Mélanie, tout en gardant les mains derrière la tête et les pieds ancrés au sol, pivota son buste vers lui.

— J'ai cru que c'était ma sœur ! Franchement, souffla-t-elle, je suis désolée.

Tous les yeux s'écarquillèrent pour mieux la fixer.

— Quoi ? s'étonna Cyrille. Tu te rends compte que tu as touché le corps sans aucune protection et qu'en plus... (il hésita) ... tu as foutu tes mains dans tes cheveux alors que ce truc est recouvert de jus de cadavre !

Mélanie jeta un nouveau regard à la dépouille suintante et sentit au même moment la moiteur recouvrant sa nuque. Elle écarta les doigts et ramena ses mains devant elle. Elles étaient maintenant propres et sèches, ce qui rendait la situation d'autant plus désagréable. Cette substance fétide dont l'odeur collait sur tous les supports sans jamais s'en détacher s'était emparée de sa chevelure, dont elle avait pourtant pris si grand soin à peine quelques heures plus tôt.

— Penning !

Son chef la fit sursauter. Bernard venait d'arriver et l'avait trouvée là, les jambes écartées au-dessus du corps dépecé.

— Je... essaya-t-elle.

— Non ! Sors de là ! Laisse-les bosser !

— Mais je...

— Non ! Va voir si les badauds ont vu ou savent quelque chose. Rends-toi utile et ne m'oblige pas à le répéter !

Cette fois parfaitement réveillée, elle réalisa enfin que tous les regards se portaient sur elle. Pire, tout le monde la jugeait. Délicatement, elle s'extirpa de sa fâcheuse posture pour retourner sur le sentier. En levant les yeux, elle vit des curieux s'agglutiner tant bien que mal derrière le périmètre de dissuasion, ainsi que de nombreux journalistes qui eux non plus n'en rataient pas une miette.

La jeune femme pria pour que sa bévue ne se trouve pas déjà immortalisée par l'un des téléobjectifs pointés sur le cadavre. Elle chercha un mouchoir dans ses poches pour éponger le liquide encore présent sur sa nuque et qu'une brise légère léchait en lui procurant une répugnante sensation de fraîcheur.

Alors qu'elle frottait l'arrière de sa tête, elle entendit la voix de Christophe dans son dos.

— Bishop, interpella-t-il, non mais allez, c'est quoi ça ? Tu aurais mieux fait de ne pas accepter de gonzesse.

Mélanie tourna les talons assez vite pour voir la main de Christophe tendue dans sa direction. Elle s'emporta instantanément.

— Va te faire foutre ! gueula-t-elle. Tu étais bien content que je m'occupe du meurtre du gamin ! Pas vrai ?

— Mais je ne t'ai rien demandé, moi ! Tu crois quoi ? Il te l'a juste filé parce que t'as pas de gosse !

— Et alors ? Tu crois que c'est par choix ? Qu'est-ce que tu sais de ma vie ? ajouta-t-elle en approchant de lui les poings serrés.

— Je sais au moins que tu as une sœur, coupa calmement Bishop, et vu ton comportement, tu comprendras que cette affaire ne sera pas la tienne.

Le timbre posé de leur chef les interrompit dans ce qui allait devenir un règlement de comptes devant un public avide. Mélanie, rouge de colère, les yeux humides, se tourna vers Bernard qui les toisait d'un peu plus haut, imposant d'autant plus son statut.

— Va voir les badauds, dit-il sur le même ton. Dernier rappel.

18

25 juillet 1996, 22h28
Domicile de Bernard Brancart

— Tu ne comprends pas que ce n'est pas une collègue comme les autres ? Tu dois l'épauler davantage.

Depuis son mètre quarante-huit augmenté d'un chignon poivre et sel, fixant son mari de ses petits yeux marrons tout en lui caressant l'avant-bras de ses doigts potelés, Christiane n'était ni du genre à garder sa langue dans sa poche ni du genre à rester en retrait même quand cela ne la regardait pas. Un trait de caractère que Bernard connaissait bien après vingt-sept ans de mariage et qu'il n'arrivait toujours pas à accepter. Raison pour laquelle il s'en voulait maintenant deux fois plus de lui avoir raconté les événements de la journée.

Tous deux terminaient leur digestif, un petit rituel qu'ils s'accordaient à la fin du repas, dès que leur fille disparaissait dans sa chambre. C'était l'occasion pour Christiane de faire l'état des lieux de ce qu'il manquait ou de ce qui n'allait pas dans la maison ; et pour Bernard, de lui raconter ses journées de boulot et de vider son sac sans attendre une quelconque opinion en retour.

— Je dois l'épauler ? Je ne fais aucune différence entre les membres de mon personnel. Chez moi, tout le monde est logé à la même enseigne.

— C'est la seule femme de ton service ! Tu crois que tes hommes se comportent normalement avec elle ? Qu'est-ce qu'il a dit, Christophe, encore ?

Bernard pouffa.

— Il a dit : *Tu aurais mieux fait de ne pas accepter de gonzesse* mais c'était sous le coup de…

— Et ça, fustigea Christiane devant son ricanement, c'est un comportement normal ?

— Ma chérie (il se mit à rire), je ne te parle pas de ça.

— Mais moi si, fit-elle en hochant la tête. Cette phrase résume à elle seule ce que la petite endure tous les jours. Qu'est-ce que tu crois ? Quand je travaillais, c'était pareil. Tous les jours les mêmes conneries, s'emporta-t-elle, les mêmes allusions salaces ou sur le fait qu'on ne vaut pas un mec. (Elle se leva et se resservit un verre.) Pense à ta fille, ajouta-t-elle en pointant son doigt vers l'étage, qui va bien finir par grandir et devoir travailler deux fois plus pour prouver qu'elle a sa place dans ce monde. Surtout si elle veut évoluer dans un milieu d'hommes. Tu n'es pas idiot, tu vois très bien ce que je veux dire. La preuve en est qu'elle n'a jamais eu l'occasion de montrer qu'elle était aussi capable que les autres jusqu'au meurtre du gamin.

— Elle vient de l'intervention, c'est normal qu'elle apprenne le boulot.

— Arrête un peu. Tu n'as jamais fait ça avec les autres. S'il te plaît, ne sois pas ce genre de chef. Tu ne lui as fait faire que des bêtises mais quand ça t'a arrangé, tu l'as envoyée gérer le pire des cas.

— Je lui ai dit pourquoi.

— Pas toute la vérité, je parie ?

Bernard se décolla du fauteuil et se rendit dans la cuisine pour y déposer son verre vide.

— Allez, insista-t-elle, réponds, tu lui as dit pourquoi tu lui as confié ce dossier ?

— Calme-toi, souffla-t-il. Tu sais très bien que non.

— Oui, je le sais. Alors ne lui en veux pas d'être dans l'émotion quand ça la concerne. Sa sœur, c'est tout ce qui lui reste.

— Tu dis n'importe quoi. Je ne lui en veux pas du tout d'être dans l'émotion mais je ne peux pas la laisser partir en vrille sur le terrain. Elle peut se montrer très impulsive et ça ne fonctionne pas dans ce métier.

— Et vous alors ?

— Je l'attendais celle-là, souffla-t-il. C'était une toute autre époque et on l'avait fait intelligemment. Rien à voir avec son show d'aujourd'hui.

— Elle croyait que la victime était sa sœur, toi, tu voulais juste fracasser un pédophile. Un peu de compréhension et d'indulgence envers cette pauvre fille ne serait pas du luxe. En plus, je ne te comprends pas.

— Pourquoi ?

— Tu me dis qu'elle travaille bien, qu'elle a une façon moderne de regarder un dossier et tu la mets à l'écart alors que tu pressens que ce meurtre n'a rien d'un règlement de compte.

Bernard chercha ses mots, sans les trouver. Sa femme avait ce don, parfois. Celui de lui clouer le bec.

— Tu vas avoir besoin d'elle, alors on en revient à ce que je te disais tout à l'heure. Tu dois l'épauler davantage.

19

26 juillet 1996
Cafétéria de la société Alutex, Tournai

C'était la pause.

Les ouvriers avalaient leurs repas chauds tout juste sortis du micro-ondes tandis que la télévision diffusait une série de clips du Top Hits MCM. « Killing Me Softly With His Song » interprétée par les Fugees rendait ce moment encore plus plaisant, surtout pour les hommes assignés aux machines, dont le bourdonnement incessant épuisait les sens et l'esprit. Les uns et les autres discutaient, qui de sport, qui de leur famille ou de leurs aventures extra-conjugales que la fraternité au sein de l'équipe garderait secrètes.

Juste à côté, dans le vestiaire contigu à ce local blanchi par des néons de mauvaise qualité, Mimi ne prêtait nullement attention à des radotages qu'il considérait sans réelle consistance. Toutefois, lorsqu'un des ouvriers se mit à lire un article de journal à haute voix, il eut l'impression que l'une de ses oreilles se décollait pour s'orienter vers son nouveau centre d'intérêt.

Ils parlent d'elle ? s'interrogea-t-il.

Sans se montrer, Mimi se cala contre la paroi séparant les deux pièces, juste derrière la porte. L'homme dont il ignorait le nom parlait du tronc d'une femme découvert à Montiry. L'article était assez détaillé, on y exposait les amputations diverses, même celles des seins.

Un frisson le parcourut. Une sensation qui n'avait rien à voir avec la crainte ; bien au contraire, c'était une véritable exaltation.

De marbre, il admira ceux qui dépendaient de son travail. De son point de vue, aucune machine ici ne fonctionnerait sans son savoir-faire et ce sentiment de supériorité se trouvait aujourd'hui accru par ces lignes imprimées que chacun pouvait découvrir.

La première rose était restée ignorée tandis que celle-ci faisait parler d'elle.

Son œuvre sortait enfin de l'ombre.

Intérieurement, il souriait à pleines dents. Tout se déroulait comme il l'entendait. Peut-être un peu trop tôt à son goût mais l'occasion faisait le larron.

Le coupant dans ses pensées, un ouvrier pouffa.

— En plus, dans la Belle-de-jour ! On devait vraiment lui en vouloir à celle-là.

— Comment ça ? fit l'un de ses collègues.

— Tu ne connais pas ça, le jeunot ? La « belle de jour » est un terme qu'on utilisait avant pour désigner une pute. Je l'ai appris de mon grand-père, quand il insultait sa voisine parce qu'elle avait dû faire cocu son mec.

Bande d'ignorants, pensa Mimi, *vous êtes si loin du compte.*

Une fois encore, il écouta son envie et celle-ci lui dicta de s'emparer du journal. Il y réfléchit un instant et se dit qu'il n'aurait peut-être pas l'occasion d'en dégoter un autre exemplaire en rentrant chez lui.

Comme il travaillait en horaires décalés, en dehors des heures de production, sa journée était terminée.

Alors, il se fit oublier.

Il resta caché et patienta jusqu'à ce que le groupe reprenne le service. L'un des ouvriers jeta un coup d'œil rapide dans le vestiaire et, le pensant vide, éteignit les deux pièces en sortant.

Mimi attendit encore près de cinq minutes que plus aucun bruit ne lui parvienne, le temps également de s'habituer à la pénombre, puis enfila sa veste et passa dans la cafétéria.

Il eut un moment de panique quand il vit que le journal avait disparu.

Résistant difficilement à l'envie de frapper du poing sur la table, il se mit à sa recherche et finit par le retrouver dans une poubelle, couvert de ketchup, juste en dessous d'une barquette de macaroni au fromage.

Cela l'énerva au plus haut point.

Aucun respect, mais ça va changer, râla-t-il en silence.

Le quotidien roulé dans son sac, il pointa en quittant la firme, monta à bord de sa Peugeot 405 et prit la direction de son domicile, à Montiry.

Une fois débarrassé de ce qui l'encombrait, Mimi ouvrit son réfrigérateur, y attrapa une boîte de taille moyenne dont il ôta le couvercle, puis s'installa dans le fauteuil où, il y a quelques jours encore, se trouvait installée sa dernière victime. Le journal plié sur ses genoux, il déposa le contenu du réceptacle sur l'accoudoir de gauche et débuta la lecture à haute voix.

Le pouce de sa main gauche exerçait de lents allers-retours sur ce qui trônait sur le côté du fauteuil tandis que sa main droite jouait avec son sexe.

L'article l'excitait. On parlait de lui, de son œuvre, et il se sentait devenir grandiose. Plus il avançait dans sa lecture, plus il sentait l'extase monter. Au moment propice, les jambes tendues et tremblantes, il pivota sur sa gauche pour jouir en visant les mamelons de cette brune qui faisait, grâce à lui, les choux gras de la presse. Une bonne leçon pour celle qui avait refusé toute frivolité lors de leur rencontre.

Désireux de se laisser la possibilité de réitérer l'expérience, il essuya délicatement les bouts de chair avant de les déposer dans le récipient qu'il referma et replaça dans son frigo, réglé à la température la plus basse dans le but de conserver le plus longtemps possible les restes de la jeune femme. Ces précautions prises, il reprit le journal et remarqua avec étonnement que son enthousiasme avait maladroitement souillé l'article.

Ce fut au moment où il l'épongeait qu'il vit Mélanie, dans le coin inférieur droit de la photographie qui illustrait les propos du journaliste.

Sa mine, défaite et colérique, l'attira.

20

29 juillet 1996
BSR de Montiry

Assise derrière son bureau, Mélanie venait de terminer la lecture du rapport préliminaire du légiste. Celui qu'il fournissait à la hâte avec les constatations les plus simples pour débuter une enquête.

Le document et ses conclusions étaient très sommaires. Pas de trace de violences sexuelles, le corps semblait n'avoir séjourné dans l'eau que quelques jours, aucun hématome constaté, les amputations auraient été réalisées à l'aide d'un long couteau bien aiguisé suivi, pour les os, d'une scie de type boucherie. En sus de tout cela, la cause de la mort restait indéterminée mais on pouvait tout de même écarter la noyade.

La seule information exploitable pouvant permettre l'identification de la victime était cette cicatrice au milieu de la poitrine.

Elle referma le classeur qui portait le nom codé de l'enquête. Rangé dans une armoire, il pouvait faire illusion ; mais lorsqu'il était ouvert, il trahissait son manque de consistance. Hormis les procès-verbaux des premiers intervenants, le dossier photographique, quelques pièces d'expertises rapides et une enquête de voisinage infructueuse, il ne contenait pas grand-chose.

Aucune piste pour le moment et sans l'identification de la victime, l'enquête se résumait à se balader en pleine campagne, à entrer dans une grange au hasard, à choisir une botte de foin parmi toutes celles qui y sont entreposées, et enfin à tirer une paille de cette botte en espérant tomber sur cette foutue aiguille.

Lorsqu'elle releva la tête, Bernard la regardait depuis l'encadrement de la porte.

— Ça fait longtemps que tu es là ? demanda-t-elle.

— Pas trop. J'aimerais que tu viennes avec moi, dit-il en avançant de deux pas dans sa direction et en lui lançant les clés d'une des voitures de service. On va rendre visite à la famille d'une femme qui est portée disparue.

— On fait dans les disparitions, maintenant ? s'étonna-t-elle après avoir attrapé le trousseau.

— C'est en relation avec ce que tu lis sans ma permission.

Mélanie croisa les bras et s'adossa sur sa chaise de bureau.

— Ça alors, je pensais que je n'étais pas sur l'enquête, affirma-t-elle.

— J'ai dit qu'elle ne serait pas pour toi mais cela ne t'empêche pas de bosser dessus.

Une main sur le volant, l'autre appuyée contre la vitre dans le prolongement de son coude, Mélanie roulait en se remémorant les photos prises lors de l'autopsie. Dans un coin de sa tête, elle émettait ses propres conclusions : *Il n'y a aucun raté. Les découpes sont maîtrisées, nettes, preuve à la fois de sa détermination et de son absence de dégoût. Rien à voir avec quelqu'un qui serait pris au dépourvu et tenterait de se débarrasser d'un corps. C'est volontaire, ciblé, un assassinat plutôt qu'un meurtre.*

Bernard lui indiqua soudain de changer de voie.

— Chez qui on se rend ? demanda-t-elle en sortant de sa rêverie.

— On va dire bonjour à la sœur de la nommée Caroline Suros. Une femme qui ne donne plus signe de vie depuis plusieurs mois.

— Plusieurs mois ? s'étonna l'enquêtrice. La mort ne remonte qu'à quelques jours.

Comme à l'accoutumée, Bishop lui répondit sans aucune émotion apparente.

— Qui te dit qu'elle est morte le jour de sa disparition ?

— Elle aurait pu être séquestrée tout ce temps ? s'horrifia Mélanie.

— Pourquoi pas ? Ou simplement partie avec un type avant que ça ne tourne mal. Quoi que cela puisse être, d'après ce que l'on m'a dit, sa corpulence pourrait correspondre. C'est donc une piste à explorer.

— Je ne crois pas vraiment à la théorie de Christophe. Pour moi, ce n'était pas du dépeçage uniquement destiné à se débarrasser du corps.

Ça devait avoir un autre but, quelque chose de plus profond.

Avec un sourire naissant, le chef de la Crim se tourna vers Mélanie.

— Moi non plus, et pour la simple et bonne raison qu'on est à Montiry. Rien n'est jamais facile, ici. Entre les étudiants, les minables qui ne savent pas se trouver un boulot, les assistés, les rebuts du charbonnage qui n'ont jamais cherché à évoluer et les bourgeois qui crachent sur tout ça, rien n'est jamais simple. Et une fois encore, je doute que ce soit la seule et unique victime. C'est trop net, trop fou pour que ça reste isolé. Non, je pense qu'il y a un nouveau prédateur à Montiry. Et c'est à nous de le stopper avant qu'il ne recommence.

21

L'appartement se trouvait dans une tour de douze étages. Depuis des années, depuis la mise en œuvre d'une politique sociale visant à caser celles et ceux dont plus personne ne veut, le bloc des Hirondelles nc faisait plus partie des immeubles paisibles exclusivement réservés aux personnes âgées. Malheureusement pour ces dernières, chaque nouvel arrivant s'évertuait à donner à l'entrée un avant-goût de l'état des lieux. Graffitis, déchets, sonnettes brûlées, mégots de cigarettes, vitres de la porte d'entrée du sas brisées ou étoilées, l'accueil parfait pour tous les résidents et leurs visiteurs.

Les deux enquêteurs entrèrent dans l'immeuble sans s'annoncer. Une odeur de tabac froid se mélangeait à d'autres, moins évidentes. Humidité, c'était une possibilité ; urine, une certitude. Ils prirent l'ascenseur. Bernard se chargea d'appuyer sur le bouton, ce qui arrangeait Mélanie, dégoûtée par la saleté et les traces séchées de crachats sur la partie haute du tableau numérique.

L'autodestruction, pensa-t-elle, *un thème récurrent dans les cités sociales*.

Appartement 11/2.

Lorsque le flic frappa à la porte, il eut l'impression que son poing allait passer au travers. Au son qu'elle avait émis, Bernard sut qu'il avait affaire à une alvéolaire. Du carton entouré d'air, rien de plus. Il songea un instant aux dégâts répétitifs qui avaient dû, avec le temps, user les assureurs et les responsables de l'immeuble. Puisqu'il fallait changer régulièrement les portes, autant limiter les dépenses et choisir les moins chères.

Quand il discerna du bruit venant de l'intérieur, il s'annonça.

— Madame Suros, c'est la gendarmerie, BSR !

— C'est ça, couillon ! Gendarmerie de mon cul ! Foutez-moi la paix, les gosses !

Penning pouffa devant la tête décontenancée de son chef. Elle le pointa du doigt en répétant dans un murmure : « Couillon ! » Bernard lui désigna la porte d'un geste de la main pour lui faire comprendre que c'était à son tour d'essayer.

— Madame, je peux vous assurer que nous sommes bien de la Brigade de recherches, nous souhaitons vous parler de votre sœur, Caroline.

Un silence relatif s'installa dans le couloir, à peine interrompu par l'écho d'une émission de télévision et quelques bribes de paroles, ou bien étaient-ce les deux réunis. Soudain, le cliquetis d'une serrure suivi de celui d'une chaîne et d'un loquet se firent entendre.

La porte s'ouvrit lentement, laissant apparaître une femme élimée par cinq décennies et semblant avoir perdu toute dignité. Son pantalon de training moutarde et son T-shirt blanc trop petit mettaient en évidence ses bourrelets de manière disgracieuse. Derrière elle, Mélanie scrutait avec inquiétude et une pointe de dégoût l'épaisse couche de fumée grise et bleue qui embrumait la pièce. La même que celle qui s'échappait de la cigarette que Géraldine gardait au bec.

— J'ai déjà parlé à vos copains en uniforme, dit-elle doucement, en reprenant son souffle comme si elle venait de fournir un effort considérable.

— Bonjour à vous aussi, railla Bishop, c'est justement pour cela que nous sommes là. Nous avons peut-être, je dis bien peut-être, retrouvé le corps de Caroline.

La quinquagénaire le fixa avec étonnement.

— Les gamins sont au courant au moins ?

— J'ai dit que nous l'avons peut-être retrouvée. Peut-être, insista-t-il. Est-ce qu'on peut entrer pour en discuter ?

Géraldine hocha la tête et désigna les fauteuils couverts d'un tissu beige tavelé de brûlures de cigarettes.

— Vous voulez boire quelque chose ?

— Non merci, répondirent-ils en chœur.

Même si Mélanie avait moins l'expérience des enquêtes, elle connaissait bien le terrain et ses interventions l'avaient conditionnée à toujours refuser le moindre verre, alcoolisé ou non. Une simple question d'hygiène.

— Asseyez-vous, madame, s'il vous plaît, demanda Bernard.

— C'est bon, dit-elle, vous allez me dire qu'elle est morte ? Vous savez, je m'en doute depuis le jour où elle a disparu.

— Pourquoi cela ? intervint Mélanie.

— Parce qu'elle n'aurait jamais abandonné ses enfants. Moi à la rigueur, même si on se voyait souvent, mais ses petits, jamais. Je suis certaine qu'il lui est arrivé quelque chose.

Les deux enquêteurs se dévisagèrent.

— Très bien, accepta Bernard, comme vous voulez. Je ne sais pas si vous êtes au courant, mais le tronc d'une femme a été découvert dans un cours d'eau la semaine passée.

— La semaine passée ? Mais les flics sont venus me voir à ce sujet... je ne sais plus, il y a déjà quatre ou cinq mois.

— Comment ça ? balbutia-t-il. Je peux vous assurer que les faits datent de quelques jours.

— Et moi, je vous dis que des collègues à vous sont venus ici en début d'année. Ils m'ont posé un tas de questions sur ma sœur parce qu'ils pensaient avoir retrouvé un morceau d'elle dans une rivière en France. Le Flumen, il me semble.

Assise sur le bord du fauteuil pour éviter de trop s'y enfoncer, Mélanie observait la scène sans broncher. La femme et son chef exhibaient la même mine abasourdie. Bernard se tourna vers elle et marmonna.

— C'est quoi ce bordel ? dit-il en écartant les mains.

Penning lui répondit par un haussement d'épaules.

— Madame, j'avoue n'y rien comprendre. Nos collègues nous ont dit que le tronc que nous avons découvert dans l'eau de la Belle-de-jour pourrait être celui de votre sœur. Au milieu de la poitrine, il y a une cicatrice qui pourrait provenir d'une intervention chirurgicale. Ça vous dit quelque chose ? Est-ce que Caroline s'était fait opérer à cet endroit ?

La dame secoua la tête.

— Non, monsieur.

En dépit de ses efforts pour paraître détachée, des larmes se mirent à couler le long de ses joues. Même résignée, Géraldine gardait en elle l'espoir ténu de revoir sa sœur. Mélanie le comprit et se retint de l'accompagner dans ses sanglots.

— Ce n'est pas elle, alors ? demanda la quinquagénaire en pleurs.

— Apparemment pas, la rassura Bernard. Il s'agit manifestement de quelqu'un d'autre.

Le visage humide, Géraldine hocha la tête plusieurs fois comme pour s'en convaincre.

— Mais pour que nous puissions écarter définitivement cette piste, pourriez-vous nous confier un peigne ou une brosse à dents qui lui appartenaient ? C'est pour faire une comparaison ADN, vous comprenez ?

— Oui, je comprends mais non, je n'ai rien ici. De toute façon, ses enfants ont donné tout ce qu'il fallait lorsqu'ils sont allés signaler sa disparition.

— Très bien, on se débrouillera.

Bishop fit un signe de tête à sa collègue et tous deux se levèrent comme un seul homme. Mélanie salua cette femme qui, malgré sa vie presque marginale, lui avait renvoyé sa propre image, son propre amour pour sa sœur.

Ils la laissèrent reprendre une nouvelle cigarette dans un bac en plastique qui en contenait des dizaines qu'elle roulait elle-même, et s'apprêtaient à refermer derrière eux lorsque Géraldine les interpella.

— Je viens de me rappeler, en France, c'était un bassin, pas un tronc. Coupé net, ils m'avaient dit.

22

Mélanie n'était pas mécontente de quitter ce bloc. Elle huma ses vêtements imprégnés dorénavant, et jusqu'à leur lessive, de l'odeur méphitique de la cigarette. Un bouquet qu'elle détestait pardessus tout pour lui rappeler son futur ex-mari.

Le moteur de la Citroën AX démarra sans un bruit, sans le claquement que faisait sa « charrette », comme elle l'appelait. De la même manière qu'à l'aller, Mélanie roulait en appliquant les directives de Bernard. Ce dernier lui indiquait la route à suivre pour se rendre rue du Capitole, chez leurs homologues de la police judiciaire de Montiry. Il avait un oignon à peler. Son pote lui avait filé l'information concernant Suros mais avait omis de lui dire qu'un bassin avait été retrouvé en France. Un fait pourtant essentiel dans ce genre d'affaires.

Alors qu'il s'énervait tout seul, il remarqua l'attitude torturée de sa collègue. Partagée entre tristesse et colère, Mélanie présentait des yeux humides sous des sourcils froncés.

— Ça ne va pas ? demanda-t-il.

— Si, renifla-t-elle, ça va.

— Tu sais que tu peux me parler si tu as besoin ?

— Oui mais ça va, pas d'inquiétude à avoir.

— Si tu le dis.

Alors qu'ils roulaient sur le boulevard qui ceinturait Montiry, Bernard lui demanda de bifurquer sur sa gauche pour longer le ring intérieur.

— Cette dame m'a fait de l'effet, avoua-t-elle d'un coup.

Depuis qu'il exerçait ce boulot, les convictions du chef de la Crim avaient été maintes fois mises à l'épreuve. Cela allait du type chevauchant un pommeau de vitesse à celui qui ne pouvait s'empêcher de s'uriner dessus en public, en passant par le décès suspect d'un homme, grand fan de bondage et qui était parvenu à opérer en solo une pendaison érotique sur lui-même, manifestement très efficace quoique un tantinet trop longue. Dans le cas présent, ce n'était pas le fait que Mélanie éprouve de l'attirance pour une femme qui le perturbait ; en revanche, il avait beaucoup de mal à imaginer sa collègue en plein ébat avec la sœur Suros.

— Je pense que tu pourrais trouver mieux, murmura-t-il comme pour éviter de la brusquer.

Penning quitta un instant la route des yeux.

— Quoi ? Mais qu'est-ce que tu racontes ?

— Tu dis qu'elle t'a fait de l'effet. Tu fais ce que tu veux, si tu en as marre des mecs à cause de ta dernière embrouille, je peux tout à fait le concevoir. Mais, reprit-il hésitant, avec tout le respect que je te dois, de là à ressentir des trucs pour une femme aussi ravagée qu'elle...

— Attends, je te coupe mais tu es en plein délire là. Où tu vas chercher un truc pareil ? ricana-t-elle nerveusement. Tout ce que j'ai voulu dire, c'est que lorsqu'elle a pleuré pour sa sœur, ça m'a fait vraiment fait quelque chose. Ça m'a touchée, si tu préfères.

Les joues de Bishop rougirent. Autant il était habituellement à l'aise pour asseoir son autorité, autant il était à cet instant dans ses petits souliers.

— Désolé, je pensais que...

— C'est bon, pouffa-t-elle, on va clôturer là si ça te va ?

— Oui, oui, très bien et à vrai dire, ça m'arrange.

Bernard émit un rire pincé. Un phénomène dont Mélanie n'avait encore jamais été témoin.

— Pourquoi tu dis ça alors ? demanda-t-il. Explique.

— Parce que, derrière son allure je-m'en-foutiste, elle aime profondément sa sœur. Il y a deux jours, je me suis disputée avec la mienne à propos de ses sorties et de ses fréquentations. Elle a mal pris ma remarque et c'est parti en sucette. Au point qu'on ne se parle plus depuis. Mais tu vois, cette femme ravagée comme tu l'appelles, elle m'a donné une leçon sur le temps qui passe. Quelle perte de temps de se faire la gueule pour rien.

La Citroën entra dans la rue du Capitole et, à hauteur de la police judiciaire, Bernard indiqua un emplacement pour se stationner.

— Sur ce point, fit-il dans la foulée, je suis d'accord. Le temps est notre allié le plus précieux. Et c'est bien pour ça que je vais aller pousser une gueulante chez nos charmants collègues policiers.[1] Viens avec moi !

Un sourire marqua le visage de l'enquêtrice. Elle n'était pas friande des scènes entre collègues, mais en apprendre davantage sur les échanges informels piqua sa curiosité.

Lui emboîtant le pas, Mélanie suivit Bernard qui entra sans ménagement. Le préposé au planton[2] les accueillit pour leur barrer la route.

— Excusez-moi, vociféra l'agent Limani, vous vous croyez où ? Dans un moulin ?

— Et si j'ai des lettres ? rétorqua Bishop.

— Pardon ?

Le planton et Mélanie furent tous deux médusés par la réponse.

— Alphonse Daudet, ajouta Bernard.

Penning percuta.

— Il n'y a pas de Daudet ici, s'étonna Limani.

Bernard secoua sa tête déformée par le désespoir.

— Laisse tomber, petit, invectiva-t-il pour prendre le dessus. Fais venir Warzy. Dis-lui que c'est le chef de la Crim à la BSR qui le demande.

Limani hésita quelques secondes avant d'obtempérer. De son côté, l'enquêtrice osait à peine

1. Avant la fusion des polices, deux corps distincts étaient présents sur le territoire belge. La gendarmerie et la police se partageaient les interventions et les affaires courantes.

2. Personnel en poste pour recueillir les plaintes et doléances des citoyens.

lever la tête. Le moins que l'on pouvait dire était que son boss savait comment s'y prendre pour s'imposer.

À peine deux minutes plus tard, un homme vêtu d'un pantalon de costume gris, d'une chemise blanche à manches courtes et d'une cravate assortie à son pantalon ouvrit la porte du sas.

— Bishop ! La piste était la bonne ?

— Mais ferme-la, Warzy, asséna le chef de la Crim. Tu crois que je me déplace jusqu'ici pour te dire merci ? Et le bassin découvert en France, tu comptais m'en parler quand ? ajouta-t-il en haussant le ton, sans hésiter un instant à se donner en spectacle.

Gêné, le commissaire les invita à monter dans son bureau. Bernard refusa.

— Je veux tout ce que vous avez sur cette découverte, ordonna-t-il. Tu sais ce qu'on a repêché la semaine passée et tu omets de partager l'info ? Tu déconnes ou quoi ? Ce n'est pas rien, Warzy, merde !

— Mais partager quelle info ? Il y a quelques mois, on a reçu une demande des Français concernant de possibles correspondances entre leur bassin et des disparitions chez nous. On a fait la demande de comparaison pour Suros et c'était négatif. C'est pour ça que j'ai pensé à elle quand j'ai appris pour le tronc. Voilà, fin de l'histoire.

— Et alors ? Un bassin découpé, un tronc découpé. Il n'y aurait pas comme une redondance dans cette phrase ? Un mot qui se ressemble ? Et si c'était le même auteur ? Un Français, un Belge, un habitant de Montiry peut-être ? Qui sait ?

Warzy resta bouche bée, à la recherche de quelque chose à rétorquer.

— Alors ? insista Bernard. Qui sait ? Toi ?

— Mais non…

— Eh bien mon gars, moi non plus, répondit-il d'un ton plus posé. Alors, tu veux bien partager tout ce que tu as ? Qu'on sache si on a affaire à un tueur en série.

23

29 juillet 1996, 21h49
Quartier de la gare, Montiry

La nuit venait d'assombrir le ciel. Depuis les trottoirs de la rue de la Gare, les passants attentifs pouvaient entendre, sur fond de « Popular » de Nada Surf, les rires, les voix qui cherchaient à atteindre les oreilles de tous et les tintements de verres émanant du Capitaine. Une nouvelle fois bondé, le café rassemblait âmes en peine, jeunes et vieux ivres de folie passagère, courtisans et courtisées. Au fil de la soirée, l'une de ces dernières s'était rapprochée de Mimi. Elle ne l'avait pas remarqué tout de suite. Attirée d'ordinaire par des hommes charismatiques, elle le trouvait atypique à l'aune de ses critères. Sa discrétion lui conférait un côté mystérieux et sombre qui contrastait avec l'innocence de son visage. Alors qu'il s'apprêtait à vider son verre, elle lança les hostilités en leur commandant deux Rochefort.

Une tactique destinée à le déstabiliser, l'impressionner et au final, l'enivrer.

Elle fit mouche lorsqu'il vit la capsule bleue que le cafetier éjecta avec l'aisance due à son métier.

— Une dix degrés ? s'étonna-t-il. Carrément ?

— Pourquoi pas ? fit-elle en lui donnant un coup d'épaule. Tu n'aimes pas ?

— Si, mais ce n'est pas commun de voir une femme en prendre une.

— Ça dépend de ce que la femme recherche. Moi, ce soir, je veux me saouler et faire la débile.

Mimi la toisa tandis qu'elle plongeait la main dans son sac pour régler la note. De petite taille, mince, les cheveux bruns tombant jusqu'aux épaules, elle avait un charme naturel qui la dispensait d'artifices. Elle posa son perfecto en similicuir noir sur l'un des hauts tabourets avant de s'y asseoir. En plus de son jean et de ses bottines usées, elle ne portait qu'un T-shirt blanc à l'effigie de l'album *Appetite For Destruction* des Guns N' Roses. Le premier et le dernier mot du nom du groupe reposaient sur ses seins. Mimi pointa son doigt sur *Roses*.

— J'adore ! dit-il.

— Pour être franche, j'ai trouvé le T-shirt pas mal mais je ne connais pas le groupe, murmura-t-elle en approchant ses lèvres de son cou comme pour feindre une confidence.

— Moi, sourit-il, j'ai tous leurs albums. Mais je ne parlais pas du groupe, je parlais du mot.

— Roses ? s'étonna-t-elle à son tour.

— Oui, j'aime bien cette fleur. C'est quoi ton prénom ? demanda-t-il pour changer de sujet.

— Devine.

Mimi en profita pour la reluquer une seconde fois des pieds à la tête. Il posa un doigt sur sa bouche, mimant une fausse réflexion.

— Hum… Tu as des airs d'actrice porno, donc je dirais Traci ? Traci Lords ?

— Je ne lui ressemble pas du tout ! s'esclaffa-t-elle.

— Et comment tu sais ça ? ricana-t-il.

— Oh ça va hein ! dit-elle en lui frappant la cuisse. J'ai déjà vu des films de boules. Il n'y a pas que les mecs que ça excite.

Sans la quitter du regard, il souleva sa bière et la présenta devant elle.

— À la santé du cul, dans ce cas ! Mademoiselle… ?

— Catherine. Santé ! fit-elle en cognant son verre contre le sien.

Un CD tournait dans la mini-chaîne ; une acquisition récente lui évitant la corvée de déplacer à chaque fois son poste portatif. Il avait choisi l'album du dernier Batman pour accompagner sa fin de soirée. « Hold Me, Thrill Me, Kiss Me, Kill Me » de U2 commença au moment où il se plaça au-dessus de la jeune femme couchée sur le lit.

Elle voulut se redresser pour l'embrasser, mais de sa main, il maintint sa tête en arrière. Il parcourut d'abord sa nuque avec sa bouche puis avec sa langue, en s'attardant sur certains endroits plus sensibles, pour lui montrer qu'il savait y faire, pour qu'elle sache qu'il souhaitait surtout lui procurer du plaisir. Il traîna encore un peu à hauteur du creux séparant l'épaule et le cou, puis descendit vers son T-shirt qu'il releva de son autre main. Ce faisant, sa bouche remonta de son nombril vers son soutien-gorge qui ne résista pas longtemps. Avec dextérité, il glissa une main dans le dos de Catherine tout en l'embrassant et dégrafa ce qui l'empêchait d'atteindre ses seins pointant avec fermeté et envie.

— Laisse-toi faire, lui murmura-t-il à l'oreille.

Elle ne pipa mot, mais la voir mordiller sa lèvre inférieure lui suffit.

Il se redressa et défit le bouton de son jean avant de le lui ôter avec une relative violence trahissant son impatience. Il remonta ensuite ses jambes nues et douces avec sa langue jusqu'à toucher puis embrasser sa culotte cachant ses lèvres. Tous deux sentirent son désir humide et chaud à travers le tissu.

Elle posa alors ses mains pour enlever son dernier vêtement, mais il attrapa ses poignets et ramena ses bras au-dessus de sa tête en lui ordonnant de ne plus bouger.

Excitée, elle joua son jeu et lui sourit. Les mains de l'homme caressèrent sa peau depuis ses seins vers sa culotte. Après quelques instants, ils étaient nus tous les deux.

En rythme, son sexe raidi effleurant le corps allongé, il descendit en posant délicatement sa bouche sur chaque partie de sa poitrine. Il y abandonna une main tout en progressant lentement vers son intimité. Pour être plus à l'aise, il posa les genoux au sol, hors du lit, avant de placer sa tête entre les jambes de son invitée. Sa langue parcourut ensuite la peau frissonnante jusqu'à atteindre les lèvres humides qu'il embrassa. Chaque mouvement de sa bouche et de sa langue s'accompagnait d'une contraction du bas-ventre qu'il ressentait contre sa main posée sur celui-ci.

Fort de l'expérience prodiguée par son ex, Mimi jouait avec les sensations qu'il procurait et attendit le bon moment pour ajouter son majeur. « Kiss from a Rose », de Seal, débuta alors. En sentant le doigt de son partenaire s'enfoncer, Catherine comprit ce qu'il voulait et se laissa aller pour qu'il l'obtienne.

Elle se mordit la lèvre inférieure comme pour se retenir, ses abdos se contractèrent pour en faire autant, mais son corps finit par se relâcher dans une jouissance qu'elle avait peu connue. Personne ne s'était occupé d'elle de la sorte. Par à-coups et par vagues, son ventre se contracta sous l'effet du savoir-faire de son amant. Bien qu'elle ne voulût pas hurler sa satisfaction, elle ne put résister. À la grande satisfaction de Mimi, « Oh mon dieu » résonna dans la pièce.

Essoufflée, Catherine repoussa sa tête hors de ses cuisses.

— À boire ! haleta-t-elle. Tu as de l'eau ?

Il acquiesça en se levant. L'aller-retour entre la cuisine et la chambre ne mollit pas sa ferveur, dressée vers elle tandis qu'elle se désaltérait avec avidité.

— Ouf, souffla-t-elle. Viens ici, à mon tour de…

— Non ! coupa-t-il. Allonge-toi.

Elle lui sourit.

— Monsieur veut jouer les dominants ?

— Je ne joue pas, j'adore ça. Allez, dit-il en la poussant en arrière, couchée !

Il écarta ses jambes et s'introduisit en elle. Encore sensible et sous le coup de l'émotion, la sensation fut instantanément puissante.

— La vache ! fit-elle en serrant la housse de matelas entre ses doigts. Tu vas me tuer !

— On verra.

24

30 juillet 1996
Montiry

La chaleur était accablante, mais seulement par intermittence, grâce à quelques nuages jouant les trouble-fête au gré d'un vent venant de l'Ouest.

Chemise à manches courtes, le calot à la place du képi, trois maréchaux des logis et un logis-chef de gendarmerie entreprenaient de contrôler plusieurs sans-abri qui avaient planté leur éphémère quartier résidentiel à l'arrière du multiplex cinématographique Le Septième Art. Craignant un précédent et l'afflux de nouveaux locataires, le responsable de l'établissement désirait les éloigner le plus vite possible.

Reproduisant une tactique presque ancestrale, les gendarmes organisèrent une tenaille en cas de fuite de l'un des squatteurs. Depuis chaque coin de l'immeuble, ils s'invitèrent sur le terrain vague jouxtant l'autoroute, parsemé de tentes ou d'abris de fortune où un vieil homme, à en juger par les crevasses zébrant la peau de son visage, ainsi qu'une femme d'une trentaine d'années profitaient d'un bain de soleil autour de ce qui restait d'un feu de camp entouré de gravats et de canettes de Cara Pils.

Les forces de l'ordre visitèrent chacune des tentes en répétant le même message : *Vous avez le week-end pour quitter les lieux, les centres sont au courant et prêts à vous accueillir.* Sans pour autant convaincre, tout se passait tranquillement jusqu'à ce que Michel émette un appel à l'aide.

Il se tenait en face d'une tente de type patrouille et de couleur kaki à l'état proche du neuf. Ses trois collègues se précipitèrent tandis que Victor sortait de son abri. Celui-ci n'était vêtu que d'un short, ou plutôt d'un jean dont les jambes avaient été raccourcies, et chaussé d'une paire d'espadrilles trouées – l'une au niveau du talon, l'autre au niveau du gros orteil. Au milieu de son ventre bedonnant, l'homme arborait fièrement un tatouage représentant une femme qui se tenait en amazone au-dessus d'un homme. Ce fut en tout cas ce que déduisit le maréchal des logis-chef venant à sa rencontre. L'artiste avait probablement réalisé cette œuvre avec les moyens du bord, ceux que l'on fabriquait entre les murs d'un quelconque pénitencier. De la cendre de cigarettes mélangée à de l'urine pour l'ammoniaque, une aiguille désinfectée à la flamme et le tour était joué.

— Que se passe-t-il ? demanda l'officier.

Michel s'approcha de son chef et lui susurra que des ustensiles de boucherie se trouvaient sous cette tente. Toute une panoplie.

Et si c'était lui qui avait découpé la femme ? ajouta-t-il.

— Messieurs, interpella Victor, pas besoin de faire des messes basses. Je sais ce qui vous turlupine, mais je les ai achetés il y a quelques jours à un type qui voulait se faire un peu de blé. Je compte les revendre le double du prix à un boucher ou à un apprenti boucher. Ça sera toujours moins cher que des neufs.

Le maréchal des logis-chef entra à son tour dans la tente. Il vit le sac de sport bleu contenant lames et hachettes. Ni une ni deux, il ressortit et ordonna à Michel de contacter la BSR.

*

* *

Au même moment, Mélanie rédigeait le procès-verbal de leur visite chez Géraldine Suros, en relevant l'absence de corrélation entre les points d'identification sur le tronc et ce que l'on savait de la sœur disparue de la jeune femme. De son côté, Bernard avait épluché les procès-verbaux français et convoqué Christophe Dufour, le responsable de l'enquête de la Belle-de-Jour. Assis en face de son patron, celui-ci peinait à croire que le bassin découvert chez les camemberts, comme il disait, puisse avoir un lien avec le tronc repêché à Montiry. Il mettait en avant le fait qu'aucune personne signalée disparue sur leur territoire ne correspondait à la description du morceau retrouvé dans le Flumen. La seule possibilité était cette Caroline Suros, mais les collègues français étaient formels, ce n'était pas elle.

La discussion entre les deux hommes allait bon train lorsque la sonnerie du téléphone de Bernard se déclencha. Ce dernier décrocha dans la seconde. De sa main libre, il griffonna quelque chose sur un bout de papier qu'il tendit ensuite à Christophe.

Hôtel Rancho – Chambre de Maryse Meranti

Bernard raccrocha.

— C'est quoi ? demanda Christophe.

— Juste une info, rien d'officiel. Cette Meranti pourrait être la victime.

— Laquelle ?

Le chef de la Crim éclata de rire.

— Tu vois que l'idée commence à faire son chemin dans ta petite tête rousse ! Je parle du tronc, pas du bassin.

— Non, c'était en rapport avec notre discussion, se justifia Christophe. Je vais aller vérifier cette info, dans ce cas.

Tandis qu'il décollait ses fesses de la chaise et s'approchait de la sortie, le téléphone retentit une seconde fois. De nouveau, Bernard décrocha. Christophe patienta sur le pas de la porte. *Probablement un renseignement supplémentaire.*

Alors qu'il était encore en communication, Bishop l'invita à reprendre place. Lorsqu'il reposa le combiné, le chef reformula ses ordres.

— Laisse tomber l'hôtel. Prends Bruno avec toi et filez au Septième Art, une patrouille a découvert un sac contenant des ustensiles de boucher dans un camp de fortune installé par des clodos.

Ce n'est peut-être rien, mais s'il y a une minuscule chance que ce soient ceux qui ont découpé la bonne femme, je ne veux pas qu'on passe à côté. Va gérer ça sur place. Je m'occupe de la chambre avec Mélanie.

— Très bien, approuva Christophe. Fais tout de même attention que ta copine ne foute pas ses paluches un peu partout, ajouta-t-il en lui faisant un clin d'œil.

— Et toi, rétorqua-t-il sans ménagement, fais attention à ne pas te retrouver garde-barrière à Géruzet[1].

Dufour ne put retenir un discret quolibet.

— Tu avais raison de l'engueuler la semaine passée, continua Bishop, mais elle n'avait pas tort pour l'affaire du petit. Tu as un petit-fils du même âge que le gamin, tu aurais voulu aller à l'autopsie ? On reparle d'Anthony ?

— ...

— Voilà. Donc, puisque l'affectif t'aurait empêché de bien gérer ce dossier, je suppose que tu peux comprendre aussi quand ça touche quelqu'un d'autre.

— Ce que je...

— Cette discussion est terminée. Fais ce que je t'ai demandé. Un SDF avec des instruments de boucher dans son paquetage, ce n'est pas anodin.

1. La gendarmerie disposait de deux casernes destinées aux formations, à la réserve générale et aux unités spéciales. Elles se situent encore aujourd'hui à Etterbeek (Bruxelles) et sont toujours connues sous les noms de Géruzet et de Witte de Haelen.

Frustré, l'enquêteur quitta la pièce en silence. Mélanie, qui avait entendu l'échange depuis son bureau, le vit passer d'un pas décidé. Il ne fallut que quelques secondes de plus pour que Bishop apparaisse à son tour.

— Penning, dit-il, tu viens avec moi. Une piste pour l'identification du tronc. Si c'est bon, on est dans la merde.

25

L'immeuble se dressait à l'angle de deux axes très fréquentés permettant de contourner le centre-ville ou d'y accéder. Sur la façade composée de briques claires et de châssis noirs rectangulaires, une large bande de béton gris marquait la séparation entre le rez-de-chaussée et les étages, rendant ainsi l'hôtel Rancho plus imposant qu'il ne l'était.

Alors que le soleil tirait lentement sa révérence en reflétant ses rayons sur les innombrables fenêtres, le chef de la criminelle et sa collègue se présentèrent à l'accueil. Le préposé, un jeune homme proche de la trentaine, aux cheveux hirsutes et accoutré aux couleurs du Rancho, comprit immédiatement la raison de leur venue et, par divers gestes, les invita à le suivre dans la plus grande discrétion.

Tous trois prirent l'ascenseur jusqu'au dernier étage où les chambres étaient plus larges, mais inévitablement mansardées. Ce qui, en fin de compte, ne modifiait en rien l'espace, et par conséquent leur prix. Le réceptionniste s'arrêta devant celle que louait Maryse Meranti. Alors qu'il n'avait pas prononcé un mot jusque-là, il déballa tout ce qu'il savait sans donner l'occasion d'être interrompu.

Il leur expliqua qu'il renseignait les services de police depuis des années grâce à sa fonction au sein de l'établissement. En général, il s'agissait d'informations sur des dealers ou des proxénètes qui louaient cash des chambres tout en ajoutant quelques billets pour ne signer aucun registre. En récompense, lui qui aimait pousser le moteur de son Audi Quattro pouvait se permettre quelques petites infractions, dès lors qu'il ne mettait pas la vie des autres en danger. D'aucuns diraient qu'il s'agissait d'un échange de bons procédés.

Mais cette fois, il avait contacté son flic de confiance pour une toute autre raison. Cela faisait plusieurs jours qu'il n'avait plus revu Maryse. Cette femme torturée par la vie louait la même chambre depuis des mois. Il ignorait comment elle se débrouillait, mais ses paiements étaient toujours très réguliers. Durant son séjour, de ce qu'il avait pu remarquer, Meranti n'avait reçu aucune visite. Une chose étonnante de son point de vue, car malgré la différence d'âge, elle restait une femme attirante. Il ajouta qu'au cours de discussions improvisées, Meranti lui avait confié avoir eu des soucis avec son ex-compagnon et qu'elle ne cherchait désormais plus rien de sérieux.

La découverte du tronc dans la Belle-de-Jour avait à ce point exacerbé son inquiétude que ce matin, à l'aide du passe dont il disposait, le jeune homme avait visité rapidement la chambre de Maryse et constaté que les affaires de celle-ci s'y trouvaient toujours. Ne sachant pas exactement ce qu'elle y conservait, il avait demandé l'avis de l'une des femmes de ménage, qui lui avait certifié que rien ne semblait défait ou déplacé depuis la semaine dernière.

Au terme de son récit, il proposa de leur ouvrir également la porte. Ce que refusa immédiatement Bernard.

— J'ai quelques questions au préalable, dit ce dernier. Si je résume, vous êtes une source assumée des services de police. Une femme sans travail déclaré loue une chambre dans votre hôtel durant plusieurs mois. Vous dites qu'elle est ravissante et qu'elle semble avoir eu une existence chaotique. Jusque-là, c'est correct ?

— Absolument.

— J'avoue dans ce cas ne pas comprendre pourquoi vous ne la considérez pas comme une suspecte.

— Une suspecte ? Mais de quoi ?

— Comment paie-t-elle, à votre avis ? Il n'y a pas cinquante solutions. Stupéfiants, prostitution, je ne sais quelle autre activité criminelle.

Muette, Mélanie n'en pensait pas moins.

— Elle m'a dit qu'elle avait gagné une forte somme d'argent.

— Comme souvent, soupira Bernard. Je me demande si vos informations ont rendu service aux collègues, ironisa-t-il. Bref, vous prenez l'initiative de nous alerter parce que vous trouvez inquiétante la disparition de votre cliente et que cela pourrait avoir un lien avec le tronc découvert la semaine passée ? C'est bien ça ?

— Je n'aime pas trop le ton que vous prenez, monsieur. Je veux seulement rendre service et c'est tout juste si vous ne me traitez pas de moins que rien.

Bernard se présenta sur le seuil de la porte.

— Eh bien, rétorqua-t-il, sachez que j'utilise le ton que je veux. Vous pouvez ouvrir, maintenant.

Les dents et les sourcils serrés, l'homme s'exécuta.

Les deux enquêteurs entrèrent les premiers et découvrirent une chambre très simple, aux murs d'un vert pastel contrastant avec la moquette foncée et le mobilier ébène. Seul le couvre-lit, tirant sur le citron, amenait un peu de fraîcheur dans cette pièce abandonnée, véritable capharnaüm de sacs en toile de jute. Chacun d'eux contenait des vêtements ou des objets tels que de la vaisselle, des napperons ou un percolateur ; tout ce que l'on possédait généralement dans une maison. Il y avait également une mallette remplie de documents divers. Toute la vie de Maryse Meranti, ou du moins ce qu'il en restait, se trouvait dans cette chambre.

— Vous auriez une photo d'elle ? demanda Mélanie au réceptionniste.

Celui-ci secoua la tête.

— Avait-elle une cicatrice au niveau du buste ? Entre les seins, pour être précise.

Le regard fuyant, l'homme haussa les épaules. Penning fit deux pas vers lui.

— Si vous sortiez avec elle, nous, on s'en moque. On veut juste identifier le corps.

— Je n'ai jamais couché avec, c'était une femme respectable. Mais j'ai bien vu la naissance d'une cicatrice un jour où elle s'était penchée vers moi. Elle portait un chemisier entrouvert en dessous de son manteau et mon œil avait été attiré par son pendentif. Une croix dorée.

Il hésita un instant.

— Ce serait elle, alors ? demanda-t-il enfin.

Les deux flics échangèrent un regard.

— C'est possible, estima Mélanie.

Le léger tintement annonçant l'arrivée imminente de l'ascenseur retentit au fond du couloir.

— Vous allez vous faire remplacer et nous suivre au poste pour qu'on puisse prendre une audition circonstanciée, enchaîna Bernard.

— C'est impossible, mon remplaçant ne commence pas avant...

— Ce n'était pas une question, lança Mélanie.

Bernard ouvrit grand les yeux en étouffant un ricanement tandis que le réceptionniste souffla son désarroi.

— Monsieur, dit-elle, si c'est bien Maryse que nous avons retrouvée, vous et cette chambre serez probablement notre meilleure source d'informations.

— On va demander à une équipe de venir fouiller les lieux, informa Bishop. Est-ce qu'il serait possible de... On peut vous aider ? lança-t-il alors en direction de la porte de la chambre.

Penning tourna la tête à son tour et vit un homme d'une trentaine d'années, vêtu d'un survêtement de sport et d'une casquette de baseball suffisamment enfoncée pour masquer le haut d'un visage aussi fin que sa taille.

En un instant, comme s'il s'agissait d'un tour de magie, l'individu disparut. L'écho de sa course vers la sortie de secours s'estompait trop vite pour Bernard, mais pas pour Mélanie qui le suivait déjà.

26

Mélanie démarra si vite qu'elle eut l'impression que les muscles de ses jambes s'étaient déchirés.

Mais elle s'en fichait, sa cible avait une dizaine de mètres d'avance. Au bout du couloir, les portes de l'ascenseur s'ouvrirent à nouveau et deux personnes en sortirent. Même si elles entravaient le passage, la lumière émanant de la cage d'acier singeait à la perfection l'image d'un bout de tunnel, métaphore d'une liberté inconditionnelle.

L'homme se déporta légèrement sur la droite, incitant le couple à se mettre sur le côté pour le laisser passer. L'enquêtrice, qui entendait les pas lourds de son chef à la traîne, poussa davantage sur ses membres pour gagner en vitesse, quitte à enfoncer le mur de métal avant qu'il ne redescende. Cependant, juste après avoir dépassé le couple, le suspect se jeta sur la gauche, franchit la porte de secours munie d'une barre anti-panique et commença à dévaler l'escalier.

La manœuvre surprit Mélanie et elle dut se faire violence pour pouvoir le suivre. Elle hurla avant de passer la porte à son tour.

— Prends l'ascenseur !

Essoufflé par sa course de quelques mètres, Bishop renonça à toutes les règles de poursuite et de protection de l'équipier en se faufilant entre les portes de l'élévateur. Il appuya sur zéro à tout hasard en espérant faire le bon choix et pria pour que le fracas qu'il perçut en passant devant l'issue de secours ne provienne que de la course dans l'escalier.

Dès qu'il atteignit le rez-de-chaussée, Bernard brandit son arme chambrée, prête à l'emploi. Il bondit comme un diable, pointant deux touristes qui hurlèrent de peur.

Aucune trace des deux autres. Il fonça dans les escaliers dont il gravit la première volée avant de stopper net.

L'homme gisait là, couché sur le dos, la tête contre le mur de la cage d'escalier et recroquevillée vers son torse, les mains appuyant sa poitrine en se tordant de douleur. Mélanie était assise en face de lui, sur la quatrième marche, haletante, son arme pendante dans sa main droite.

— Mais qu'est-ce qu'il s'est passé ? s'étonna Bernard.

Penning pointa son arme vers le blessé.

— Il n'a pas voulu s'arrêter et quand je n'étais plus qu'à quelques enjambées de lui, dit-elle en tâchant de reprendre son souffle, il s'est retourné, alors je me suis jetée sur lui le genou en avant.

— Elle était en haut des marches ! cria le jeune homme avant de lâcher un râle provoqué par la douleur qui lui tailladait le pectoral gauche.

Bishop ôta la casquette du type et empoigna ses cheveux hirsutes. Il souleva alors sa tête avant de la claquer une nouvelle fois contre le mur de béton.

— Tu es qui, toi ? demanda-t-il en vociférant dès la première syllabe.

— Aïe ! Vous n'avez pas le droit de me…

Bernard réitéra, mais avec plus de fermeté.

— Mais putain ! éructa le jeune homme.

— Réponds ! ordonna Mélanie en donnant un coup de pied dans l'une des baskets du fuyard. Qui es-tu ?

— Je loue une piaule au bout du couloir où vous étiez ! J'ai passé une tête parce que je vous ai entendus parler, moi je pensais que vous vouliez vous faire ma chambre et quand je vous ai vus vous retourner vers moi avec vos armes, je me suis cassé ! Et l'autre folle m'a sauté dessus alors que je voulais seulement…

— La ferme ! l'interrompit Bernard en passant au-dessus de lui pour le retourner. Donne tes mains !

Il sortit ses menottes de la poche de sa veste et les lui passa.

— Appelle une équipe pour venir le prendre en charge et fouiller sa chambre.

— Mais non, vous n'avez pas le droit !

— La ferme, j'ai dit ! insista Bernard en lui écrasant la tête contre le sol de l'escalier. Je suis certain qu'on va trouver du lourd dans ta chambre ! Si tu as cru qu'on voulait se faire ta piaule, comme tu dis, c'est que tu avais peur qu'on vienne y chercher tes produits.

Une petite heure plus tard, la chambre du fuyard révélait un stock confortable d'herbe de bonne qualité, déjà conditionné pour les amateurs du centre-ville comme des alentours. Donnant ainsi raison au discernement de Bernard, le jeune homme n'avait ni le profil, ni l'étoffe pour commettre un meurtre suivi d'un dépeçage aussi précis. L'équipe en renfort l'embarqua avec la promesse d'oublier sur papier la rigueur de l'arrestation.

Une fois le remplaçant en poste à l'accueil de l'hôtel, Penning, Bishop et le réceptionniste ne mirent que six minutes pour faire le trajet à pied jusqu'au Nid. Entouré d'une grille en fer forgé surmontée de pointes acérées, le bâtiment grisâtre avait déjà l'aspect du bagne pour toute personne invitée malgré elle à y entrer. Lorsqu'ils arrivèrent, tout l'étage dédié à la section homicides était illuminé. *La journée est loin d'être terminée,* se dit Mélanie.

Ils longèrent le poste de garde pour rejoindre l'entrée arrière. À peine eurent-ils franchi le seuil que le planton héla.

— Mel ! Quelqu'un pour toi à l'accueil !

D'un hochement de tête, Bernard lui assura qu'elle pouvait disposer. Penning bifurqua et rejoignit l'accueil.

— Elle est arrivée cinq minutes après votre départ et n'a pas voulu repartir, poursuivit le planton. C'est la mère du petit, celui qui a été massacré par...

— Je suis au courant, coupa-t-elle. Merci.

Penning sentit une pointe d'angoisse la parcourir. Elle devait encore effectuer l'enquête de moralité, mais elle comptait bien repousser cette besogne le plus longtemps possible. La correction reçue par Jimmy en prison lui avait fait un bien fou et l'avait soulagée du malaise qui l'avait accompagnée durant des semaines. Sa stratégie, dorénavant, consistait à retarder l'échéance en espérant s'endurcir assez pour échapper aux cauchemars.

Elle prit une profonde inspiration avant d'ouvrir la porte du sas. La jeune mère ne remarqua pas tout de suite son arrivée. La mine fatiguée et torturée, elle examinait ses ongles rongés jusqu'au sang. Nerveusement, elle remit un doigt en bouche pour l'attaquer, mais se ravisa instantanément.

La douleur qu'elle s'infligeait pour se punir était devenue pernicieuse. Au lieu de l'absoudre de la culpabilité qu'elle éprouvait, elle ne faisait qu'amplifier le mal qui la rongeait depuis son retour, depuis qu'elle avait appris la mort de son fils.

Depuis l'encadrement de la porte, Mélanie continuait de l'observer sans broncher. Le souvenir de cette femme abattue et recroquevillée contre son dernier enfant l'avait presque autant marquée que l'autopsie qui avait empêché le petit Nicolas d'être serré, une toute dernière fois, dans les bras de sa mère. La flic hésita même un instant à faire demi-tour, mais les hurlements d'un ivrogne en dégrisement attirèrent l'attention de Charlotte qui se tourna vers elle.

— Bonsoir, madame Penning, dit-elle en se levant d'un bond.

Plus moyen de faire machine arrière, pensa Mélanie.

— Bonsoir, répondit-elle. Que puis-je faire pour vous, madame Lamy ?

— Charlotte, rétorqua-t-elle avec un sourire. On peut se parler en privé ? Je n'en aurai pas pour longtemps.

Étonnée par cette demande, l'enquêtrice l'invita à la suivre jusqu'à un bureau vide du rez-de-chaussée. Pas très loin de l'alcoolique qui n'avait toujours pas assimilé que le fait de vociférer à travers les grilles métalliques retardait inexorablement sa libération.

Entre deux cris, Charlotte prit les mains de Mélanie dans les siennes.

— Merci à vous d'avoir rendu justice à mon fils, chuchota-t-elle.

Penning craignit d'interpréter cette phrase.

— Autrement, poursuivit Charlotte, Jimmy n'aurait jamais eu ce qu'il méritait. Merci du fond du cœur.

Figée, Mélanie cherchait ses mots. Pourquoi lui disait-elle cela ? Surtout, pourquoi pensait-elle cela ? Jimmy avait été tabassé en prison. Loin d'elle. Et si… si… Elle se lança.

— Pourquoi pensez-vous que je sois impliquée dans ce qu'il s'est passé ?

Impliquée… maugréa-t-elle intérieurement. *Pourquoi pas responsable ou commanditaire, tant que tu y es ?*

— C'est le gardien qui me l'a dit. Celui avec qui vous avez parlé.

La gorge de plus en plus serrée, Mélanie trouva la force de lâcher quelques mots.

— Je ne comprends pas.

— Ce n'était qu'une question de temps avant qu'il ne soit transféré dans une autre prison. Le gardien a vu mon interview dans le journal et il est venu jusque chez moi pour m'expliquer que sans votre intervention, il n'aurait pas pu venger mon fils.

Des larmes se mirent à couler. De part et d'autre des mains jointes, presque en communion, l'empathie de l'une aspirait la profonde tristesse de l'autre.

— Vous savez, je m'en veux de les avoir laissés. C'est de ma faute.

Mélanie secoua la tête sans pour autant pouvoir s'exprimer.

— Je vous assure. C'était un client régulier et je savais qui il était. Je le savais, mais l'amour que j'éprouvais pour cet homme m'empêchait d'être aussi lucide que je le suis aujourd'hui. Il suffit de voir l'état de ma maison. J'ai tout abandonné pour lui, à croire que je l'aimais plus que mes enfants...

La mère desserra ses doigts puis frotta ses joues.

— Ne vous inquiétez pas, continua-t-elle en penchant la tête sur le côté, cela restera entre nous. Et je vous promets de me reprendre en main pour Jérôme. Merci encore, madame, merci.

Un nœud au fond de la gorge, l'enquêtrice ne put intervenir d'une quelconque manière tandis que Charlotte, le regard fuyant vers le sol, quittait le bâtiment en repassant par le corps de garde.

Mélanie voulut s'asseoir pour récupérer et remettre ses idées en place avant de monter à l'étage. Scindé en deux, son esprit souffrait. Ses pensées et ses réflexions fusaient d'un côté vers cette mère, déchirée elle aussi, et de l'autre vers ce maton qui la balançait à qui voulait bien l'écouter.

Ses jambes plièrent une fraction de seconde, mais se retendirent d'un coup. Bernard hurlait après elle.

— Penning ! Briefing ! On a quelque chose !

27

Au même moment
Café Le Comté, Montiry

— Deuxième rendez-vous en deux jours. Ça devient sérieux ?

— Ça, ça va surtout dépendre de toi.

Attablé au fond de la salle, le couple venait de commander deux Chimay. Le bistrot rectangulaire proposait uniquement des tables de quatre sur toute sa longueur. Posées sur un carrelage multicolore, la plupart d'entre elles étaient déjà occupées. Comme à l'accoutumée, habitués comme visiteurs d'un soir se tenaient tranquilles. « Queer » de Garbage sortait des haut-parleurs placés au-dessus du bar et berçait les conversations.

La patronne du Comté, Bernadette, vint elle-même leur apporter les bières.

— Dis-moi, Mimi, s'étonna-t-elle en fixant la jeune femme brune, je ne la connais pas celle-ci.

— C'est une nouvelle ! lança-t-il fièrement. Je te présente Catherine. Il fallait évidemment qu'elle fasse connaissance avec ton café. Une véritable institution à Montiry !

La tenancière secoua la tête avec un air moqueur.

— Mais qu'il est con celui-là, rétorqua-t-elle en le montrant du doigt.

— C'est vrai que je passais toujours devant sans jamais entrer, s'excusa Catherine. Les habitudes...

— Et tu as tes habitudes où ça ?

— Au Capitaine.

— Donc vous vous êtes rencontrés là-bas ? questionna Bernadette.

— Tout à fait ! confirma la jeune femme.

Comprenant où elle voulait en venir, Mimi grimaça.

— Et donc, reprit la patronne en s'adressant à lui, tu es allé dans un autre bistrot ! Con et infidèle, par-dessus le marché !

Mimi se leva et battit sa coulpe.

— C'est vrai que je suis parti, mais pour revenir accompagné ! dit-il en plaçant une main sur l'épaule de Catherine.

Bernadette le dévisagea avec un air renfrogné qui ne dura pas et se transforma en éclat de rire.

— Allez les enfants, je vous apporte des chips avec ça.

— Je peux vous poser une question ? interpella Catherine.

— Bien sûr !

— Est-ce que Mimi, comme tout le monde l'appelle, a un véritable prénom ? Parce qu'il s'arrange toujours pour ne pas que je le sache.

— Alors ça, ma chérie, je ne peux rien dire, répondit Bernadette avec un clin d'œil complice à son habitué.

*

* *

Il ne restait qu'une seule chaise libre lorsque Mélanie arriva dans le bureau de Bernard, qui était en communication téléphonique et lui fit signe de prendre place. Avec elle, six flics de la criminelle s'entassaient dans les douze mètres carrés entourés de cloisons recouvertes d'un papier peint usé par de nombreuses agrafes et punaises ayant rythmé, au fil du temps, des dizaines d'enquêtes.

Les yeux rougis par les larmes, elle fuyait le regard interrogateur de Christophe qui la toisait depuis son entrée. Elle n'était pas vraiment d'humeur à essuyer une nouvelle remarque de sa part et si cela devait arriver, elle n'était pas non plus d'humeur à rester calme.

Une fois sa communication terminée, Bishop se redressa sur sa chaise et s'adressa à son équipe.

— Bon, suite à une mise au point avec Christophe, j'ai décidé de faire un rapide topo sur les éléments que nous avons en notre possession. Surtout pour vous trois, dit-il en désignant d'un revers de la main ceux qui n'avaient pas encore participé à l'enquête. Vous êtes tous au courant de la découverte d'un tronc féminin dans la Belle-de-jour. Mais ce qu'il faut savoir également, c'est que le bassin d'une femme, avec des découpes apparemment similaires, a été découvert il y a quelques mois dans le Flumen du côté français. Je vous fais grâce des détails mais nous savons à ce stade que deux femmes de notre région sont portées disparues : Suros Caroline et Meranti Maryse. Les Français ont déjà dit que le bassin ne serait pas celui de Suros et d'après le réceptionniste de l'hôtel où logeait Meranti, on pourrait émettre l'hypothèse que le tronc serait celui de sa cliente.

Les trois nouveaux-venus consignaient dans leur carnet de renseignements les identités et les lieux de découverte. Bernard attendit que chacun redresse la tête.

— Aujourd'hui, continua-t-il, nous avons eu deux informations importantes. La première est que lors d'un contrôle de SDF juste derrière le Septième Art, des collègues ont découvert un sac rempli de couteaux et de hachettes comme on peut en trouver dans une boucherie. Le « propriétaire », dit-il en mimant les guillemets de ses doigts, prétend qu'il a acheté le lot à un certain Michel qu'il a rencontré dans un café à Montiry, mais il ne se souvient plus lequel. Entre parenthèses, il faut voir le spécimen... La seconde information est que, selon les premiers dires du réceptionniste, Meranti lui aurait confié avoir eu des déboires avec un ex, un certain Michaël.

— « Selon ses premiers dires », coupa Christophe, est-ce qu'il faut comprendre que son audition n'est pas encore actée ?

Mélanie le dévisagea. Les yeux de Bernard firent un aller-retour entre Dufour et elle.

— Pas encore, répondit Bishop. Alors, je sais qu'il se trouvera bien un guignol pour me dire qu'en changeant quatre lettres à Marc, ça fait bite, mais quand on voit le pochetron qui était en possession des outils, je suis certain qu'il pourrait confondre Michel et Michaël.

— Le sac et son contenu ont été saisis ? interpella Mélanie.

— Évidemment, répliqua Christophe du tac au tac.

— Et le gars ? rétorqua Penning.

Derrière son bureau, le chef de la Crim soupira. *C'est reparti,* pensa-t-il, *le ping-pong commence.*

— Pas inquiété pour le moment, dit l'enquêteur.

— Étonnant, provoqua Mélanie.

— Va dire ça au juge Pichard.

— Les juges se basent sur le compte-rendu des intervenants.

— Tu as raison mais moi, je n'ai pas l'intention de pleurer pour obtenir ce que je veux.

Stoïque jusque-là, Bernard en eut assez.

— Maintenant, fermez vos gueules ! cria-t-il tout en les fusillant du regard. Le prochain qui l'ouvre, avec ou sans famille, avec ou sans toit, je lui promets une réaffectation à l'autre bout de la Belgique.

Furieux, le chef se leva et désigna chaque personne en donnant ses ordres. Mélanie fut chargée d'acter les dires du réceptionniste en sa compagnie, Christophe de conditionner les ustensiles saisis aux fins d'analyses plus poussées par la scientifique, et les trois autres furent envoyés dans les bistrots de Montiry pour y trouver toutes les informations possibles sur un Michel ou Michaël.

— Et je veux tout ça pour hier ! hurla-t-il pour conclure.

*

* *

Une heure plus tard, bras dessus, bras dessous, Catherine et son « sans prénom » sortirent du Comté. Mimi lui avait proposé de repasser chez lui et elle n'avait pas hésité.

Sans le savoir, ils croisèrent Guy qui entamait sa tournée.

Une fois dans l'intimité de la chambre, avec « Bed of Roses » de Bon Jovi en fond sonore, ils étaient de nouveau allongés au lit, s'attelant à des préliminaires poussés et partagés.

Jusqu'à ce que l'homme en ait assez.

Il plaqua alors son amante contre le matelas, le dos tourné vers lui. Une main poussant son crâne et écrasant légèrement son visage contre l'oreiller, il lui susurra à l'oreille :

— Tu sais de quoi j'ai envie ?

28

31 juillet 1996
Brigade de recherches d'Ostrevent (France)

— Adjudant Millox ?
— Oui ?
— J'ai un rapport de l'IRCGN pour vous.
— Posez-le sur la pile, je vous prie.

Une expertise de plus pour un dossier de trop. Le bac débordait et Marius Millox ne savait plus vraiment ni où donner de la tête ni à qui accorder la priorité. Il tira sur sa cigarette avant de la reposer sur le bord ciselé du cendrier en verre transparent que lui avait offert sa femme il y a plus de quinze ans. Au même titre que le cadre posé sur son bureau dont il n'avait jamais renouvelé la photo. Elle les représentait. La petite famille parfaite. Loin des tracas, des heurts, des claquements de porte et de la vaisselle brisée.

Las de retaper une déclaration prise sur le terrain et au carnet, il jeta un coup d'œil aux références du dossier venu rejoindre l'amoncellement déjà en attente.

« Bassin découvert dans le Flumen ».

Il bondit de sa chaise pour saisir l'enveloppe cartonnée et scellée. Sans prendre la peine d'utiliser son coupe-papier, il déchira le rabat. C'était enfin l'expertise des ossements. Lorsqu'il fit tomber le contenu de l'enveloppe sur son bureau, en plus du rapport proprement dit, il trouva une coupure de presse datant de quelques jours ainsi qu'une note signée du directeur de l'IRCGN : *Peut-être en relation avec votre enquête, cordialement.*

Avant de consulter le rapport, il lut l'intitulé de l'article provenant d'un quotidien belge.

« UN CADAVRE MUTILÉ DANS LA RIVIÈRE
LA BELLE-DE-JOUR.

Le corps sans tête ni membres repêché avant-hier est celui d'une femme corpulente âgée de 30 à 40 ans. La mort remonterait à sept jours maximum. Elle portait une cicatrice chirurgicale sur la poitrine. »

Plus loin, il releva :

« Les restes humains repêchés sont constitués d'un tronc : la tête, les bras, les jambes et même les seins ont été coupés, vraisemblablement dans le but d'empêcher l'identification de la victime. Les parties restantes du corps n'ont pas été retrouvées mais rien ne permet à ce stade de dire si elles ont été jetées dans la rivière.

Par ailleurs, l'autopsie n'a pas permis de déterminer la cause de la mort : on n'a retrouvé sur la partie du corps repêchée ni trace de coups, ni blessure.

Le médecin légiste a en tout cas noté que les découpes étaient nettes, "propres" si l'on ose dire, réalisées avec le matériel adéquat comme le ferait un anatomiste ou un boucher. »

Marius se cala au fond de son siège. Il porta la cigarette entamée à ses lèvres puis se pencha en arrière. D'un geste, il tira sur le levier permettant de débloquer le dossier, le faisant ainsi basculer pratiquement à l'horizontale. Le regard perdu vers le plafond, il se parla à lui-même.

— Un bassin et un tronc de femmes. Des découpes nettes. Une cicatrice chirurgicale. Les morceaux jetés à l'eau. Que de points communs pour de si petites parcelles de vie.

L'adjudant se redressa aussi vite qu'il s'était allongé.

— Au boulot !

Il ouvrit le rapport qu'il parcourut d'un trait. Organisé, il revint sur certains points qu'il consigna dans son calepin dédié aux enquêtes. Il laissait toujours quelques pages vierges entre chaque affaire pour y apporter de nouveaux éléments et dans le cas d'espèce, cette méthode s'avérait judicieuse. Il dictait à voix haute ce qu'il notait.

— Séparations réalisées à l'aide d'une scie manuelle, de type à métaux ou de boucherie. Certaines découpes ont été interrompues sans raison apparente. Âge estimé de la victime : la quarantaine.

Il entoura la dernière phrase.
— Un autre point commun, constata-t-il.

*
* *

À la demande de son chef, Mélanie tentait de retrouver la trace des proches de Maryse Meranti.
Peine perdue.
Du moins, en Belgique.
Rien dans les bases de données exploitables, hormis le fait que cette dame vivait effectivement dans la région depuis plusieurs années mais qu'elle était originaire de France. Les membres de sa famille, s'ils respiraient encore, devaient vivre de l'autre côté de la frontière.
En tout cas, elle ne croisa aucun Michel ou Michaël dans ses recherches, à la différence des collègues préposés aux bars et bistrots. Ces deux prénoms n'étant pas rares, la liste des suspects potentiels ne faisait qu'augmenter. De plus, Meranti fréquentait régulièrement non pas un mais de nombreux cafés de Montiry, et comme elle était attirante, tenanciers ou habitués lui connaissaient pléthore de prétendants. Réduire cette liste à un seul nom devenait illusoire.
Derrière son bureau, Mélanie soupira. Un coup d'œil à l'horloge murale lui apprit qu'il était déjà dix-huit heures passées et comme par réflexe, son ventre grogna sa faim. Sa veste sous le bras, après avoir éteint sa lampe de bureau ainsi que son ordinateur, elle salua d'un côté les collègues qui faisaient quelques heures supplémentaires

et de l'autre, ceux qui s'apprêtaient à reprendre leur tournée auprès des piliers de comptoir du quartier de la gare.

Parvenue dans la cour arrière du Nid, Penning sentit une présence derrière elle au moment d'ouvrir la portière de sa Clio.

Dans un sursaut, elle fit volte-face.

Personne.

N'importe quoi, marmonna-t-elle le cœur battant. *Tu es fatiguée, ma vieille.*

Quelques minutes plus tard, Mélanie comprit en arrivant chez sa sœur qu'elle passerait encore la soirée seule. Il n'y avait aucune voiture dans l'allée, aucune lampe d'allumée, aucun signe de présence. Avant d'insérer sa clé dans la serrure, elle tenta d'abaisser la poignée de l'entrée mais la porte était bel et bien verrouillée et Claire ne fermait jamais lorsqu'elle était là. Un autre point qui les distinguait. Son métier avait appris à Mélanie que l'on n'était en sécurité nulle part, même chez soi.

Une fois dans la cuisine, elle fut rassurée de constater que sa sœur était repassée par ici. C'était déjà ça.

— Claire, râla-t-elle, je te promets que le lave-vaisselle ne mord pas.

Pestant dans le vide, elle secoua la tête devant l'amoncellement de vaisselle débordant d'un évier saturé. Par chance, elle mit la main sur un bol propre, qu'elle remplit sans attendre de céréales au chocolat. Son en-cas en main, elle s'adossa au plan de travail de la cuisine et repensa à Meranti. Elle visualisait le tronc, ses coupures, les lambeaux de chair, et chacune de ces images lui renvoyait celle d'un couteau ou d'une scie attaquant le corps. Elle alla jusqu'à imaginer un homme en tenue de chirurgien, masqué et ganté, chaussé d'énormes lunettes comme dans les séries B.

Tandis qu'elle enfournait sa deuxième cuillère, la porte d'entrée grinça. Sans même y réfléchir, Mélanie posa une main sur la crosse de son arme restée dans sa gaine. Elle s'attendait à voir apparaître Claire, mais ce fut un inconnu qui s'avança.

29

Le bol se brisa en touchant le sol, éparpillant son contenu aux quatre coins de la cuisine. Pendant sa chute, Mélanie avait dégainé et lorsque le choc se produisit, l'arme était chambrée et pointait en direction de l'homme qui lui faisait face.

— Bouge plus ! hurla-t-elle.

Il leva ses bras sans en avoir reçu l'ordre. Ses cheveux blonds en brosse, ses yeux clairs, son teint blanchâtre et sa grande taille lui conféraient une allure d'Ivan Drago dans le quatrième opus des aventures de Rocky Balboa. Avec quelques années d'entraînement en moins, tant il était maigrichon. Si frêle que Claire n'eut aucun mal à le faire valdinguer quand elle le poussa pour prendre sa place. Là même où visait Mélanie, le doigt encore tremblant contre la queue de détente.

— Mais putain, t'es malade ou quoi ? hurla la cadette.

Encore sous l'effet de la peur, Mélanie replaça son index le long du pontet tandis que le canon du 9mm pointa de nouveau vers la cible initiale.

— C'est qui celui-là ? interrogea-t-elle.

— Je suis le copain de Claire, bredouilla-t-il sans baisser les mains.

— C'est David, putain ! Mon copain ! Arrête, tu vas le tuer !

Le canon du pistolet descendit lentement vers le sol souillé de lait et de grains de riz soufflé qui avaient perdu autant de leur croustillant que de leur couleur.

— Je suis désolée, s'excusa Mélanie. Je suis un peu à cran à cause de mon travail et quand j'ai vu un type que je ne connaissais pas…

— Quoi ? mugit Claire. Quoi ? Tu ne connais pas quelqu'un et tu le descends ?

— Je suis vraiment désolée, répéta Mélanie en rengainant son arme.

Elle attrapa le rouleau d'essuie-tout et s'accroupit pour nettoyer.

— Mais baisse tes bras, pesta la cadette à destination de son ami.

Sans même assister à la scène, Mélanie se mit à glousser. Un rire si communicatif qu'il atteignit David. Ce qui énerva d'autant plus Claire.

— Tu plaisantes ou quoi ? fustigea-t-elle. Elle a failli te tirer dessus et tu te marres ?

— Mais c'est nerveux, se justifia David en levant une nouvelle fois les mains pour s'excuser.

Claire, dépitée, secoua la tête.

— OK, c'est bon, casse-toi de chez moi.

Mélanie tressaillit. Les morceaux de papier imbibés de lait serrés entre ses doigts, elle se remit debout, les yeux grands ouverts. Alors qu'elle pensait que sa sœur la mettait à la porte, elle vit qu'elle s'adressait au jeune homme et tenta de s'interposer.

— Claire, non, c'est moi qui...

— Ne t'en mêle pas, répliqua sa sœur, furieuse. On aura notre discussion après.

Mélanie avait rarement vu Claire dans cet état. *C'est peut-être l'occasion de se parler*, se dit-elle. Elle laissa les choses se dérouler et continua de ramasser les restes de ce qui était, il y a quelques minutes encore, son repas.

Devant le faciès rageux de sa copine, la motivation du jeune homme, qui avait envisagé une toute autre issue à leur soirée, s'évanouit en un instant. Il n'insista pas et partit la queue entre les jambes, sans même tenter un baiser.

Quelques instants plus tard, depuis la cuisine, tandis qu'elle passait un coup de torchon imbibé d'eau chaude, Mélanie entendit la porte grincer. Le moment était venu.

Elle jeta le linge humide dans l'évier et prit place à table. Claire surgit comme un diable et fit des allers-retours rapides entre les murs qui séparaient la pièce du hall et du salon. De temps à autre, elle lançait un regard furtif vers sa sœur. Attendant la faille, le moment où elle baisserait la garde ; sauf que Mélanie la prit de court et lança les débats.

— Je suis une charge pour toi dans cette maison, dit-elle, je le sais bien.

— Une charge ? C'est autant la tienne que la mienne, c'était celle des parents. En revanche, dit Claire en haussant le ton, que tu te prennes pour eux et que tu me surveilles, ça, ça m'emmerde !

Ne souhaitant pas enchérir, Mélanie adopta une voix monocorde.

— Je ne cherche pas à les remplacer. Tout ce que je veux, c'est te protéger.

— Me protéger de quoi ? Tu vois le mal partout avec ton foutu boulot ! Depuis que tu es flic, le monde, c'est de la merde. Attention à ci, gaffe à ça, ne va pas là-bas, tu étais où hier, mais bordel, va te faire sauter ! Ça te fera du bien !

Les sourcils froncés, l'aînée se redressa. La colère venait de gagner les deux camps.

— Mais pour qui tu te prends ? Tu sais ce que je vis ? Tu crois que je te raconte tout ? Attends, je vais te faire un petit tour d'horizon, hein. Alors, il y a eu ce gamin qui s'est fait massacrer par son beau-père et quand je dis massacrer, même le légiste qui a découpé le corps du petit devant moi n'en revenait pas. Il y a aussi le tronc d'une femme qui a été repêché. Juste un tronc. La tête, les bras et les jambes, on ne sait même pas où ils sont. Ah oui, détail sympa, on lui avait découpé les seins. Et ça, c'est ce qui sort un peu de l'ordinaire, ce n'est pas tous les jours. Pas comme des filles qui se font violer aussi bien en pleine rue par des inconnus que chez elles par des membres de leur propre famille. Pas comme des gamins qui se plantent les uns les autres pour une dose de plus. Pas comme ces gosses que leurs parents ont été trop cons ou trop fainéants pour attacher et qui valsent à travers la vitre de la voiture pour venir littéralement s'écraser contre le camion qui vient de les percuter. Ça, c'est tous les jours !

— Je le sais qu'il y a des accidents tous les jours ! hurla Claire.

La jeune femme plia sous son propre poids et fondit en larmes à même le sol. Sa grande sœur se maudit immédiatement d'avoir cité cet exemple qui la renvoya au pire moment de son existence.

Ce moment où elle ouvrit à ses collègues diligentés pour lui annoncer que leurs parents venaient de perdre la vie. Un chauffard, ivre, n'avait pas respecté un stop. Peut-être était-ce son premier, peut-être pas, mais ce fut son dernier.

Ce jour-là, les collègues avaient fait leur job, comme Mélanie l'avait fait des dizaines de fois avant eux. De la craie au sol, un plan, quelques photos, des prises de sang post-mortem et trois corps emportés par les pompes funèbres avant l'évacuation des amas de tôles froissées. La dernière chose à faire, dans ces cas-là, c'était l'annonce à la famille. Mélanie commit l'erreur de se charger elle-même de cette annonce auprès de Claire. Une image qui se graverait à jamais et qui pesait parfois sur leur relation.

Ce jour-là, tandis qu'elle enfouissait son désespoir au plus profond de son être pour paraître forte aux yeux de sa sœur, cette dernière s'était recroquevillée dans la même position qu'aujourd'hui.

Exactement comme elle l'avait fait à l'époque, avec la même douceur, Mélanie l'entoura de ses bras.

— Excuse-moi, dit-elle en lui embrassant les cheveux. Dès que j'ai appris leur départ, je me suis juré de te protéger. C'est ce qu'ils voulaient, c'est ce qu'ils me rabâchaient chaque fois qu'ils partaient. Souviens-toi, ils disaient…

— On te fait confiance, on veut retrouver ta petite sœur en un seul morceau, interrompit Claire d'une voix tremblante.

Soudain, la cadette explosa dans un fou-rire dont elle avait le secret, aussi incontrôlable qu'indéchiffrable, aussi désopilant que perturbant.

D'expérience, Mélanie savait qu'il fallait patienter et que de longues minutes s'écouleraient avant que toute discussion soit envisageable. Par intermittence, l'aînée accompagnait son hilarité d'un irrésistible gloussement ; parfois, c'était un ricanement où elle intercalait un « Tu es bête » ou « Tu t'es vue ? ».

Une fois calmée, Claire finit par retrouver suffisamment de souffle pour reprendre la parole.

— En un seul morceau, pouffa-t-elle encore. Un tronc, c'est suffisant ?

— Putain, souffla Mélanie, mais tu es grave. Non, ça ne suffit pas.

— Je sais, dit la cadette en se remettant debout. Mais avoue qu'elle est bonne ? ajouta-t-elle en se frottant les joues.

Sa sœur secoua la tête.

— Pas du tout. C'était horrible. Et c'est bien pour ça que tu devrais faire attention quand tu sors.

— Je ne suis jamais seule.

La tension, qui semblait désamorcée depuis le fou rire, remonta d'un cran.

— Ça veut dire quoi, jamais seule ? Ça veut dire accompagnée de ce genre de guignol ? demanda Mélanie en désignant le hall.

Claire se retourna et prit la direction de l'entrée. Elle ressortait.

— Quand bien même ! Ce n'est pas toi qui m'empêcheras de vivre ma vie.

Sa voix résonna dans le hall avant que la porte ne claque derrière elle.

30

31 juillet 1996, 20h03
Place de la Gare, Montiry

Trouve-la !

Oui, c'était son but, la raison de son énervement et de ses recherches.

Deux jours qu'elle devait venir le retrouver chez lui. Tout était prêt. L'alcool, le lit et ses fantasmes.

Deux jours sans nouvelles.

Essaie tous les cafés !

Il commença par celui de leur rencontre, là où elle l'avait trouvé – et pas l'inverse. Le Capitaine. À peine eut-il franchi le seuil que le tenancier l'apostropha.

— Mimi ! Qu'est-ce que tu bois, mon vieux ?

La technique bien huilée du cafetier l'obligea à ralentir. Tiraillé entre sa chasse et son image, il commanda une Rochefort 10 degrés. Autant se remettre dans les bonnes conditions, avec un air de déjà-vu. Il balança un billet pour régler la note et commença à boire dès que le verre toucha le bar. Lampée après lampée, ses yeux scrutaient l'espace. Ils s'arreterent sur chaque table, chaque chaise. En plus d'être un bistrot, l'établissement proposait également des chambres. Il se tourna vers le barman.

— Tu as des chambres disponibles ?

— Aucune réservation pour l'instant, tu veux laquelle ? Si tu veux l'impressionner, murmura-t-il en s'approchant de lui, je te loue la grande au prix d'une petite.

Elle n'est pas là. Bouge ! Va voir ailleurs ! Tout de suite !

Mimi acquiesça.

Le tenancier crut d'abord que ce hochement lui était destiné mais ensuite, pris d'un doute devant le regard perdu de son client, il demanda confirmation.

— Tu prends la grande chambre, c'est ça ?

Mimi ne répondit pas. Il porta son verre à ses lèvres et se lança dans un cul sec tandis que de sa main libre, il lui fit comprendre qu'il reviendrait.

*

* *

Toujours rien.

À moins de cinq cents mètres de là, à l'étage de la BSR, Christophe venait de clôturer sa troisième audition de la journée en alternant un Michel et deux Michaël.

La fatigue commençait à s'installer. Il se frotta les yeux et bascula sa chaise en arrière en posant ses pieds sur le coin du bureau.

— Putain que j'en ai marre, maugréa-t-il à voix haute.

Il jeta un œil à sa montre. Dix-neuf heures cinquante-sept. Le mental prenait le pas sur le physique, il eut soudain un coup de mou et bâilla à s'en décrocher la mâchoire. De l'autre côté du couloir, Dominique, son comparse depuis l'instruction, l'entendit.

— C'est une vache ou c'est toi ?

— C'est bien moi, soupira Christophe. J'en peux plus, on va s'en boire une ?

— Avec plaisir, mais je termine d'abord mon procès-verbal. On peut se rejoindre chez Joseph si tu veux ?

Christophe se redressa et, dans le même mouvement, se leva et enfila sa veste. Il éteignit sa lampe, sortit de son bureau et s'avança devant celui de son collègue, qui frappait de plus en plus fort et de plus en plus vite sur les touches de son Olympia.

— Quand est-ce que tu vas apprendre à te servir d'un PC ?

— Quand une loi m'obligera à transmettre cette saloperie de paperasse par ordinateur. Estime-toi heureux que je ne rédige plus à la main. Ce n'est pas interdit, tu sais ?

— Avec tes pattes de mouche ? J'imagine le résultat, se moqua Christophe. Bon, je te commande déjà quelque chose ou tu le feras en arrivant ?

— Non, je ne suis pas Anglais moi, il n'y a rien de pire qu'une mousse tiède.

Christophe le salua et se dirigea vers les escaliers. À hauteur du bac à courrier destiné à la section, il repéra un pli qui lui était destiné. C'étaient les résultats des analyses réalisées sur les ustensiles de boucherie. Sans prendre le temps de se mettre plus à l'aise, il l'ouvrit et en lut le compte-rendu.

Derrière lui, le cliquetis envoûtant de la machine à écrire s'arrêta. L'obscurité prit possession du bureau de Dominique au moment où le flic en sortit, sa veste sur l'épaule, une main dans la poche de son jean. Il rejoignit son collègue dont le visage exprimait une profonde lassitude.

— C'est quoi ?

— Le rapport sur les trucs de boucherie que j'ai saisis dans la tente du clodo.

— Et ? Du sang ?

— Ouais, s'exclama Christophe, plein ! Animal uniquement.

*

* *

Pas ici non plus ! Cherche encore ! Trouve-la !

C'était le quatrième café qu'il visitait et il était toujours bredouille. Il décida de remonter le long de l'abbaye Sainte-Populi pour se rendre sur la place des Combattants, où il y avait aussi pléthore de bistrots et de bars où cette garce pouvait traîner et aguicher de nouveaux pigeons d'un soir. Lorsqu'il y parvint, il eut presque mal aux yeux tant la luminosité était différente. Aux antipodes du quartier de la gare, l'immense place du centre-ville était entourée de spots frappant les pavés qui la recouvraient. Le long de la chaussée, le halo des réverbères amplifiait encore cet effet, de même que les innombrables phares de voitures et de motos circulant dans un bourdonnement incessant. Les multiples enseignes rivalisaient entre elles pour se démarquer, et même la statue du canari – un hommage aux morts du charbonnage – attendant une caresse en échange d'une protection espérée avait droit à ses propres halogènes pour la magnifier. Cet endroit de la ville n'était qu'une façade. Une véritable hypocrisie, qu'il détestait.

Il se fit néanmoins violence et s'aventura dans le café qui lui parut le plus prisé. En plus de proposer la plus grande surface d'accueil, le Républicain comptait deux étages et une vaste terrasse, mais en dépit de tout cet espace, l'établissement semblait à l'agonie tant les gens s'agglutinaient de partout. Collés les uns aux autres, un verre à la main et en fins connaisseurs, les clients ne laissaient qu'une fine allée praticable pour permettre aux serveurs de serpenter entre eux. La stratégie de l'approvisionnement.

Empruntant la même voie, Mimi se fraya un chemin jusqu'au bar où il reprit une bière forte. La cinquième depuis qu'il avait entamé son infructueuse battue à la recherche de Catherine. Pris dans un étau humain, il s'imagina devoir se battre pour gravir chaque étage et renonça à se lancer.

Monte !

Énervé, résolu à arrêter, il secoua la tête et but une gorgée. Pendant que son visage se déformait sous le coup d'une haine qui le brûlait de l'intérieur, sa jambe battait une mesure inaudible mais soutenue. *C'est injuste*, répétait-il, *c'est injuste.*

Fortuitement, une jeune femme qui voulait commander une nouvelle tournée le bouscula. Elle lui présenta tout de suite des excuses alors qu'il ne l'avait ni sentie ni entendue. Il était dans sa bulle, dans sa rage. Catherine lui avait fait exactement la même chose que sa sœur. Du jour au lendemain, sans aucune explication, elle l'avait abandonné. Cela devint soudain insoutenable, il devait partir, sortir de cet enfer bruyant qu'il ne maîtrisait pas.

— J'aurais dû la tuer comme les autres ! lança-t-il au milieu de ce tohu-bohu.

Il laissa son verre en l'état et joua des coudes pour s'extirper du bar et de la terrasse. La place était elle aussi très fréquentée mais il y avait de l'air et de l'espace pour marcher. Il fit quelques pas en prenant de profondes inspirations, loin du tumulte des étudiants et des « prout-prout », comme tout le quartier de la gare les avait surnommés.

Reviens ! Là !

Il avait envie qu'elle se taise et qu'elle lui foute la paix. Sa détresse lui suffisait.

Retourne-toi !

Sa tête tournait dans un sens puis dans l'autre. Il s'arrêta alors de déambuler et ferma les yeux.

Je t'ai dit de te retourner !

Plus par dépit qu'autre chose, il lui obéit et lorsqu'il fit de nouveau face au Républicain, il compris ce qu'elle voulait dire. Elle parlait de la flic de l'article de presse.

Elle était là.

Seule.

En larmes.

Il sourit.

31

1er août 1996
Maison des sœurs Penning

Les yeux rouges, allongée dans son lit, Mélanie fixait l'un des murs de sa chambre, hypnotisée par la paresseuse course du soleil daignant enfin illuminer les ténèbres d'une nuit sans sommeil.

Rongée par les remords de la veille et les regrets d'une vie, elle avait passé des heures à refaire les scénarii de son existence. La mort de ses parents, son mariage raté, son infertilité, la colère de sa sœur et ce fichu maton qui n'avait pas pu fermer sa gueule. Elle avait tout réinitialisé dans sa tête et s'était à chaque fois posé les questions qui faisaient mal et qui, au final, ne changeaient rien.

Aucun schéma ne finissait bien.

Pas pour elle, du moins.

Elle avait sauté le repas du soir et son estomac n'était plus qu'un vide douloureux. Résolue néanmoins à ne pas écouter son corps, comme si elle cherchait à le punir en refusant de le satisfaire, elle décida de se lever et de se préparer pour une nouvelle journée de travail. Toutefois, dès qu'elle ouvrit la porte de sa chambre, elle fut intriguée par les effluves gourmands émanant du rez-de-chaussée. Elle n'avait pas entendu Claire rentrer et descendit donc les marches de l'escalier avec une certaine appréhension.

Son flair lui indiqua que le café était passé ou en passe de l'être, et le crépitement d'une poêle annonçait a priori des œufs sur le plat. Le petit-déjeuner de prédilection de Claire. Mélanie entra dans la cuisine et fut de nouveau surprise.

Cette fois-ci, elle pesa ses mots ainsi que ses gestes.

— Bonjour, entama-t-elle, vous êtes ?

Une louche dans une main, l'homme faisait couler lentement de la pâte dans la crêpière tout en la penchant d'un côté puis de l'autre pour en recouvrir toute la surface. Dans une assiette jouxtant la plaque de cuisson, une dizaine de crêpes étaient déjà prêtes à être dévorées. La table aussi était mise.

Pour deux.

Depuis le hall, le son de la chasse d'eau résonna.

L'homme se retourna vers elle.

— Bonjour, dit-il avec assurance. Sympa le T-shirt, je suis fan aussi. Tu dois être Mélanie ?

Décontenancée, elle regarda ce que son haut représentait. Lorsqu'elle releva la tête pour rétorquer, Claire la surprit par un baiser sur la nuque.

— Coucou sœurette ! dit-elle enjouée. Vous avez fait connaissance ?

— Pas encore, dit l'inconnu.

— Dans ce cas, je te présente Mélanie, indiqua Claire de la main, et, ma bien chère sœur, voici Mike.

— Michaël en réalité, corrigea-t-il en faisant une révérence.

Mélanie tiqua tandis que l'homme se concentrait de nouveau sur sa crêpière.

— Je préfère Mike, chuchota Claire en direction de sa sœur, c'est plus classe.

Sans détourner le regard du nouvel arrivant, Mélanie hocha la tête.

— Vous vous êtes rencontrés comment ? interrogea-t-elle en revêtant soudain son habit d'enquêtrice.

— Figure-toi qu'il m'a secourue d'un emmerdeur qui m'a prise pour toi.

— Pour moi ? s'étonna Mélanie.

— Ouais, il a vu ta photo dans un article de journal, apparemment. Il m'a demandé comment avançait l'affaire du tronc et il était tellement bourré qu'il a eu un mal fou à intégrer que je n'étais que ta sœur. Il insistait, encore et encore, il commençait même à devenir agressif, tu vois le genre. Il pensait que je me foutais de lui. Je sais qu'on se ressemble, mais bon. Heureusement, mon chevalier servant est arrivé, conclut-elle en rigolant. Il l'a viré en moins de deux.

Mélanie n'écoutait plus que d'une oreille et toisait le fameux Mike. Grand, athlétique, cheveux bruns et mâchoire carrée, ses yeux d'un noir profond lui conféraient un charisme plus qu'imposant. *Il serait tout à fait capable de le faire,* conclut-elle intérieurement, *capable d'emmener Meranti*.

— Michaël comment ? demanda-t-elle.

— Wilmotte, lui répondit sa sœur.

— Vous étiez dans quel café ? questionna-t-elle.

Occupé à empiler des crêpes, Mike lui tournait toujours le dos.

— En face du Républicain, et après on a traîné. Mais attends, tu repars en mode flic, là ? fit Claire d'un ton trahissant son agacement.

— Mais pas du tout, éluda son aînée, j'ai juste l'impression de l'avoir déjà rencontré.

— Ça m'étonnerait, ça fait deux jours qu'il est arrivé pour ses études qui commenceront en septembre.

La flic prit cette dernière information avec des pincettes.

— Je sais que vous ne voulez pas que j'entende, mais j'ai des oreilles, intervint Mike. Ne vous chamaillez pas à mon sujet, je serai heureux de répondre à vos questions. En attendant, enchaîna-t-il en coupant le gaz de la cuisinière, le petit-déjeuner est prêt.

Claire s'installa sans ajouter un troisième couvert pour sa sœur. Mélanie hésita mais préféra se retirer.

— Je vous laisse en tête-à-tête. Le devoir m'appelle, comme on dit.

La cadette ne protesta pas, signe que Mélanie avait choisi la bonne option.

— C'est dommage, dit Mike, il y en a assez pour tout le monde. Et puis je suis curieux d'en savoir plus sur cette histoire de tronc.

L'enquêtrice haussa les épaules.

— C'est mieux comme ça, Michaël. Ravie d'avoir fait ta connaissance. Au moins, je sais qui tu es et qui aller chercher s'il arrive quelque chose à ma sœur.

Le jeune homme ne sut comment réagir. L'étonnement marqua son visage. Quant à celui de Claire, il n'affichait que du dégoût.

Mélanie leur répondit par un rictus pincé et monta se préparer. Consciente d'avoir commis un nouvel impair en frisant la paranoïa, elle accrocha son T-shirt floqué du logo F.R.I.E.N.D.S ainsi que son short de pyjama sur les crochets vissés derrière la porte de la salle de bains. Elle se jeta sous la douche en se maudissant. Après s'être séchée, elle se faufila dans sa chambre seulement entourée d'une longue serviette qu'elle cintra ensuite sur la chaise de sa coiffeuse. Elle enfila des sous-vêtements ainsi qu'un jean et un chemisier blanc aux lignes bleutées avant de se poser devant le miroir pour tenter de corriger ses traits tirés par le manque de sommeil. En quittant sa chambre, elle vit que celle de sa sœur était fermée. Quant aux bruits qui en émanaient, il ne fallait pas avoir fait Sciences-Po pour comprendre que Claire et Mike ne dormaient pas et que les crêpes n'avaient pas suffi à les rassasier.

Une pointe de jalousie la frappa sans pour autant pouvoir en déterminer l'origine. L'insouciance de Claire ? Le fait que son boulot de représentante en pharmacie lui permettait de choisir ses horaires pour un salaire plus conséquent que le sien ? Ou plus simplement, le fait qu'elle osait profiter du moindre instant ?

Mélanie retourna dans la cuisine en espérant y trouver de quoi mettre un terme à l'agonie grandissante de son estomac et comme elle l'avait prédit, il restait des crêpes. Elle en prit une, saisit la cuillère abandonnée dans le pot de cassonade et traça une ligne au milieu, de bord à bord, avant de rouler la crêpe et d'en engloutir une bonne moitié.

En plus d'être providentiel, se dit-elle lorsque sa langue goûta la pâte, *ce Michaël sait cuisiner.* Au même moment, elle constata que la veste du « chevalier servant » traînait sur l'une des chaises de la cuisine.

C'était plus fort qu'elle. Elle se devait de vérifier.

Tandis que sa petite sœur faisait selon toute vraisemblance exprès de donner de la voix à l'étage, elle leva l'un des pans du vêtement.

Un portefeuille en tissu bleu dépassait de la poche intérieure. Mélanie le sortit et consulta la carte d'identité. Il s'appelait bien Michaël Wilmotte, de six ans plus jeune que sa sœur, domicilié à Bruxelles. Un coup d'œil supplémentaire lui permit de découvrir sa carte d'étudiant. Selon ce qui était indiqué, monsieur se prédestinait à être chirurgien. Tout semblait cohérent.

Aussi irritée par son propre comportement que par la performance vocale de sa sœur, Mélanie remit les objets à leur place et quitta la maison.

Dans l'intimité de sa chambre, Claire cessa ses cris à la seconde où elle entendit le claquement du pot d'échappement. Par la même occasion, Mike, en sueur, passa du statut de dieu du sexe autoproclamé à simple mortel.

*

* *

Bernard venait d'entrer avec un café fumant lorsque la sonnerie du téléphone de bureau se déclencha. Le temps de s'asseoir et de boire une gorgée brûlante, il décrocha.

— Adjudant Bernard Brancart, à qui ai-je l'honneur ?

— Bonjour, suis-je bien à la criminelle de la BSR de Montiry ?

— Absolument, et vous êtes ? insista-t-il.

— Pardon, je dois être votre homologue français, adjudant Marius Millox de la Brigade de recherches d'Ostrevent. Je suis le responsable de la section homicides. Je me permets de vous contacter suite à un article de presse faisant état de la découverte d'un tronc humain dans votre région.

— Effectivement, nous sommes en charge de cette affaire. Je m'étonne en revanche que les quotidiens français relaient ce genre d'événement.

— C'était un journal belge, et l'article nous a été transmis par le directeur de l'Institut de recherche criminelle en complément de son rapport d'expertise suite à la découverte du bassin d'une femme dans le Flumen, de notre côté de la frontière.

— Je suis au courant. Des collègues m'en ont informé peu après le début de notre enquête. J'ai d'ailleurs reçu, il n'y a que quelques jours et officieusement, la copie de vos procès-verbaux, ceux faisant état des constatations anatomiques sur le bassin pour une éventuelle identification de notre côté.

— Parfait ! s'exclama Millox. La raison de mon appel est simple. Les découpes, les cours d'eau, ça nous fait beaucoup de similitudes, non ?

32

Au même moment

Ses seins étaient d'une extrême douceur.

C'était imprécis, comme s'il avait devant les yeux un voile transparent qui ne lui permettait que de discerner, sans toutefois altérer la sensation sous ses doigts.

Arriva le moment qu'il attendait, celui où il pourrait la pénétrer. Elle refusait, elle le hurlait et il l'entendait, mais il ne l'écoutait pas.

En réalité, il savait qu'elle était trop gênée pour accepter, trop gênée pour l'inviter au lieu de le repousser. Alors il l'obligeait jusqu'à ce qu'elle y arrive. Pour les satisfaire tous les deux, pour oublier sa gêne, elle avait besoin d'être forcée.

C'était bon.

Divin.

Et ils gâchèrent tout.

Avec leur retour imprévu et leurs cris incessants, ils mirent fin à leur relation et leur avenir. Elle dut continuer de jouer la comédie, de se comporter comme si cela lui déplaisait. Quant à lui, il tentait de nouveau de leur faire comprendre que c'était ce qu'elle désirait. Il le gueulait même.

Jusqu'à ce que le poing serré de son père vienne le percuter.

Comme chaque fois qu'il rêvait d'elle, le choc contre sa joue provoqua son réveil. S'il était frappé dans son inconscient, la souffrance, elle, ne survenait que dans la réalité.

Celle de l'abandon.

En nage dans son lit, il se remémora que tout cela était de leur faute. C'était à cause d'eux et de la pression qu'ils exerçaient qu'elle avait mis fin à ses jours avec la ceinture qui lui avait été offerte deux semaines plus tôt, pour ses seize ans.

Malgré leurs remontrances et leurs sermons, ce jour-là, ils les avaient encore laissés seuls et elle en avait profité. Lui n'avait pas pu faire grand-chose. Il était déjà trop tard quand il avait entendu le fracas à l'étage.

Il était monté la rejoindre et elle l'avait accepté sans mot dire.

Elle lui avait prouvé son amour une dernière fois, même morte.

De nouveau, ils ne comprirent pas. De nouveau, ils le maudirent.

Le secret de famille avait beau être bien gardé, tout le monde l'avait jugé. Tout le monde avait jugé et condamné leur amour. Et tant pis si autour de lui, la perversion était omniprésente. À la télévision, au cinéma ou dans la vraie vie, ils étaient si nombreux à être devenus fous, aveugles et insensibles. On priait la virginité d'un côté et on avalait une ribambelle de queues de l'autre. On se devait d'être libre et de le revendiquer, mais pas trop.

Des années plus tard, le geste de sa sœur n'avait toujours aucun sens pour lui. Personne, ni chez lui ni chez le psy, n'avait pu lui fournir la moindre explication logique. Seul son dernier dessin offrait une piste qui le rassurait, et que lui seul pouvait comprendre. Une rose aux cinq pétales détachés. Une fois de plus, elle lui disait qu'elle l'aimait. Comme quand, petits, ils jouaient à épétaler les marguerites pour savoir à quel point ils s'aimaient, et qu'elle lui répétait immanquablement que c'était à la folie. Cette même folie qui l'avait poussée à s'ôter une vie impossible à vivre au grand jour.

Aujourd'hui, si ses sentiments étaient toujours aussi forts, le visage de sa sœur, lui, avait disparu. Heureusement, il pouvait compter sur sa fidèle accompagnatrice pour le seconder dans le choix d'une remplaçante temporaire. Pour qu'il puisse faire ressurgir le passé avec sa Rose de substitution, morceau par morceau et pétale par pétale.

Jusque-là, c'était un sans-faute.

Mais dans ce cas, pourquoi ne l'avait-il pas écoutée au sujet de Catherine ? Encore une qui ne le comprenait pas. Encore une qui s'amusait à le faire souffrir jusqu'à lui faire commettre des erreurs. Jusqu'à le pousser à aller causer avec cette flic.

Il sentit soudain la colère le ronger de l'intérieur en repensant à cette scène.

Parce que, même si elle n'avait pas voulu l'admettre, il l'avait bel et bien reconnue. Cela, il en était certain. En revanche, il ne se souvenait plus exactement de leurs échanges, de ce qu'il avait bien pu lui révéler, et il craignait maintenant qu'elle vienne frapper à sa porte.

— Il serait peut-être préférable de se débarrasser des restes, murmura-t-il, au cas où.

Non seulement c'est trop tôt mais en plus, je doute que ce soit réellement nécessaire. Tu les as méritées, ce serait du gâchis.

— Si ça s'arrête maintenant, hurla-t-il, tout cela n'aura servi à rien ! Il me faut mes cinq pétales ! Cinq roses pour la reconstruire, elle, la mienne ! Et je n'en ai que deux !

En se levant, il chercha en vain ses vêtements autour du lit. Il n'avait aucun souvenir de ce qu'il en avait fait. Pressé, il enfila un caleçon qui traînait dans la salle de bains, se rendit dans le garage, ouvrit la trappe et descendit dans les caves. Ses habits de la veille étaient là, devant la citerne d'eau de pluie. Il faisait déjà très frais au sous-sol mais pour plus de précautions, il avait immergé les sacs hermétiques contenant deux bras, deux jambes et deux pieds. Ce n'étaient pas ses morceaux préférés ; contrairement à d'autres, il n'aimait pas particulièrement les ressortir. Mais les garder près de lui accentuait le sentiment de supériorité qu'il avait sur elle. Il restait le seul à pouvoir encore décider de leur sort.

En quittant la maison de ses parents, il avait dû se résoudre à tout abandonner de la première. Ici, il avait aménagé son nouvel espace de façon à pouvoir en conserver plusieurs. Toutefois, ce qu'il avait à accomplir requérait la plus grande prudence et ses erreurs de la veille le plaçaient face à un choix. Durant plusieurs minutes, il pesa le pour et le contre. Puis, il se décida.

Fini les conneries, murmura-t-il plusieurs fois.

Il remit son pantalon et passa sa chemise chiffonnée qu'il prit soin de boutonner correctement. Une volée de marches plus haut et sous le couvert du toit ondulé du garage, ses pensées se tournèrent soudain vers son voisin. Comme tous ceux de sa génération, la boîte à images, même en couleurs, ne passionnait sans doute pas le vieux, qui devait dès lors passer de longues heures à la fenêtre. Plus il y pensait, plus il avait l'impression d'être observé. Il se représentait son voisin guettant le moindre de ses mouvements, attendant pour le voir sortir et passer par le jardin, espionnant et notant même ses allées et venues dans un misérable petit carnet.

Longeant le mur de briques, il s'avança en crabe jusqu'à entrevoir d'abord la façade arrière, puis la baie vitrée de la maison de son voisin. Il soupira.

Toutes les tentures étaient fermées, le vieux devait encore dormir.

Presque honteux de se faire des films improbables, il traversa la pelouse pour rejoindre la salle de bains où il se rafraîchit et se changea.

Lors de ses préparatifs, il s'était posé la question de l'évacuation des morceaux et avait sillonné la région à la recherche de points de chute potentiels. Certains pour son œuvre, d'autres en cas de coup dur. Ce matin, il était partagé entre les deux options. Le risque d'une perquisition imminente lui fit choisir l'urgence et la proximité. Un seul passage lui permettrait de se débarrasser de tout, dans un fossé bordant une route aux virages serrés où peu de piétons s'aventuraient. Cependant, étant donné que les sacs qu'il utilisait jusque-là provenaient et portaient le logo d'Alutex, l'entreprise où il travaillait, il lui était impossible de les sortir en l'état. Marquer les esprits était une chose, se faire prendre avant d'achever son tableau en était une autre.

Il empoigna les clés de sa voiture et prit la direction du centre de Montiry. Il avait déjà exclu les supermarchés et les commerces spécialisés qui estampillaient les sachets plastiques à leur effigie. Il lui fallait du vrac, quelque chose d'impossible à retracer et que n'importe qui pourrait utiliser.

Il pensa alors à la solderie. Celle où il s'était procuré certains de ses outils. Ce magasin rachetait pour une bouchée de pain des lots émanant de faillites ou du matériel refusé faute d'être aux normes. Les produits étaient ensuite revendus au détail à un prix qui permettait à la fois au gérant de conserver une marge intéressante et à ses clients de faire des économies. Dans une région où les fins de mois étaient difficiles pour beaucoup, la boutique cartonnait.

Dès son arrivée, il comprit que cette journée ne dérogeait pas à la règle. Le magasin était bondé, on se battait presque pour s'arracher certains articles.

Lentement, il déambula parmi les acheteurs jusqu'à tomber sur son Graal : des rouleaux de sacs-poubelle estampillés au nom d'une commune située à l'autre bout de la Belgique. Non conformes au cahier des charges en vigueur, ils avaient été déclarés inutilisables pour le ramassage des ordures ménagères. C'était si improbable que Mimi hésita, mais elle le convainquit.

Il n'y a pas de hasard ! Prends !

Avec son consentement, il sut qu'il faisait le bon choix et acheta deux rouleaux. Il ne traîna pas et rentra chez lui pour préparer ses colis. Avant de partir pour son service de nuit, il ferait quelques pas dehors et, discrètement, se séparerait d'une partie d'elle.

Quant à ce qu'il conservait dans le réfrigérateur, il avait déjà son idée.

Il avait envie de faire en sorte de les garder à jamais près de lui.

Il avait envie de goûter.

33

15 août 1996
Maison des sœurs Penning

C'était la météo parfaite. Un vent léger mais constant se mêlait à la douceur d'un soleil bien présent pour rendre l'atmosphère agréable. Une fraîcheur bienvenue qui rassura Mélanie après plusieurs jours où la température avait dépassé les normales saisonnières. Elle redoutait particulièrement les fortes chaleurs et pour une fois qu'elle était en congé, elle s'était attelée, limite forcée, à ne rien faire.

Elle profita du jardin, qui reprenait peu à peu vie grâce à Michaël, pour brunir sa peau sous le chant des oiseaux. Un cadre idyllique pour un repos devenu le maître-mot de la journée.

Pour finir sur une touche gourmande et gastronomiquement belge, Claire avait opté pour la friterie. Deux mitraillettes fricadelles sauce tartare pour les sœurs Penning et deux boulettes avec un grand cornet de frites sauce andalouse pour Mike.

Lorsque Claire et son petit ami rentrèrent avec le repas, ils trouvèrent Mélanie debout dans le salon, les mains jointes devant son visage et les yeux rivés sur la télévision qu'elle avait allumée en les attendant.

Les mêmes images tournaient en boucle sur toutes les chaînes.

Une planque, des fillettes retrouvées vivantes, d'autres qu'on ne reverrait plus jamais. La voix off racontait l'horreur, ces abominations commises par un homme dont le nom inspirait un jeu de mots si mauvais qu'il en devenait obscène tant il était inconvenant dans pareil cas.

Dans le salon, le couple s'était assis pour écouter et pour tenter d'ingurgiter ce dont l'être humain pouvait se montrer capable. D'ordinaire, l'odeur s'échappant du sachet en plastique blanc provoquait une envie incontrôlable d'y plonger les doigts, mais ce jour-là, ni le cœur ni l'estomac ne répondaient présents.

Mélanie n'avait pas bougé d'un centimètre. Sans le vouloir, sans même y penser, elle revoyait les images du petit Nico. Celles de son corps qui portait les stigmates d'un supplice qui heureusement, contrairement aux petites dont on parlait, n'avait que peu duré. Depuis les profondeurs abyssales de ses pensées refoulées, le visage de Charlotte, la mère de Nicolas, fit également son apparition.

Des larmes glissèrent en silence le long de ses joues. Incapable d'esquisser le moindre mouvement, elle ne pouvait que pleurer pour tenter d'évacuer cette empathie dévastatrice qui la rongeait de l'intérieur. Personne ne prit garde à ce douloureux spectacle jusqu'à la question de Claire.

— Tu as déjà eu ce genre de truc ? demanda-t-elle en se tournant vers elle.

Prenant alors conscience de sa détresse, la cadette se leva pour la prendre dans ses bras. Mike éteignit la télévision, rendant ainsi perceptibles les sanglots de Mélanie.

— Qu'est-ce qui t'arrive ? s'inquiéta Claire. Viens, on va s'asseoir.

Sous le regard stupéfait et quelque peu inquiet du jeune homme, les deux sœurs s'installèrent dans le divan. D'une brève grimace, Claire indiqua à Mike qu'elle ne comprenait pas ce qui se passait.

— Raconte-moi, Mel. Parle-moi, s'il te plaît.

Les secondes passèrent, lentement.

— Pardon, finit-elle par bredouiller en relevant la tête et en se frottant les joues. C'est juste un trop-plein. Je suis désolée, vraiment désolée.

Michaël alla chercher dans la cuisine un mouchoir en papier qu'il lui tendit.

— Merci, lui dit-elle. Pardon, je gâche cette belle journée.

— Ce n'est rien. C'est à cause de cette bande d'enfoirés, répondit Mike en désignant la télé de la tête.

— Je ne comprends pas et plus les jours passent, moins je trouve de réponses. Comment peut-on faire ça ? Comment peut-on s'en prendre à des enfants ?

— Tu repenses au petit ? demanda Claire.

Mélanie acquiesça.

— Je suis trop sensible pour ce boulot, dit-elle. Je ne sais pas comment font les autres pour que cela ne les atteigne pas.

Michaël trouva une place sur la table basse longeant le divan. Il se pencha vers Mélanie.

— Tu sais, dit-il doucement, mon père était ambulancier et lui aussi, il en a vu durant ses missions. Je me souviens qu'il se disputait souvent, lors de soirées ou à la sortie d'un restaurant, avec des gens qui ne pouvaient plus aligner deux mots mais qui voulaient tout de même reprendre le volant. Je te raconte ça parce que malgré les coups durs, il n'a jamais abandonné son travail. C'était sa vocation, il se sentait utile et adorait ça. Tout comme toi.

Plus interrogative que surprise, Mélanie fronça les sourcils. En réponse, Mike montra du doigt la commode jouxtant la petite table dédiée au téléphone de la maison.

— On est tombés dessus en cherchant des papiers mais là, il y a un classeur avec tes dossiers. Ceux que tu dois certainement consulter quand nous ne sommes pas là et en dehors de tes heures de service. Tu es une passionnée qui a envie de bien faire, comme mon père.

Ces paroles lui mirent du baume au cœur et elle se rasséréna.

— Tu ne m'avais jamais parlé de ton père, s'étonna Claire.

— Il est mort il y a cinq ans, lors d'une intervention sur un accident. Un chauffard est rentré dans le dispositif. Il est mort à l'hôpital où il bossait régulièrement. Un peu comme s'il nous avait quittés dans sa seconde maison.

— Oh, je suis désolée, réagit Claire.

— Ne t'inquiète pas. Ça date, maintenant.

— Merci, en tout cas, intervint Mélanie. Je vais prendre sur moi et ça finira par passer.

— Des coups de blues, rassura Mike, tout le monde en a. On regarde si les frites sont encore chaudes ?

Mélanie hocha la tête puis observa le jeune couple s'attabler et disposer les différents sachets en papier contenant leurs commandes. Claire piocha une frite qu'elle goûta.

— Ça va, elles sont encore croustillantes. Tu viens ? fit-elle à sa sœur qui opina.

Non sans difficulté, l'aînée dut s'aider de ses bras pour s'extirper du divan. Ses jambes tremblaient, comme si elle était soudain trop faible. Les pensées toujours tournées vers ce qu'elle venait d'apprendre, elle sentait la colère grandir en elle et se substituer peu à peu à la tristesse. Elle était aux premières loges, témoin de son inutilité. Oui, elle mènerait l'enquête du petit Nicolas jusqu'au bout, mais à quoi cela servira-t-il ? À apporter des réponses aux familles ? Est-ce que cela le ramènera ? À cet instant précis, elle n'hésiterait pas une seconde à remonter le temps jusqu'à la veille de sa mort et abattre Jimmy de sang-froid.

Là, au moins, elle servirait à quelque chose.

*

* *

À un kilomètre à vol d'oiseau de là, Mimi remontait de sa cave. Lui aussi avait profité du jour férié pour améliorer l'aménagement des lieux et la disposition du matériel. Une fois dans son salon, il entendit les informations que la radio diffusait en boucle.

Les flics vont être à cran. Ils vont contrôler davantage et mieux surveiller les disparitions.

Il se gratta l'arrière du crâne en maudissant les journalistes. Et lui dans tout ça ? Son œuvre ? Déjà que ces incompétents de flics n'arrivaient pas à faire le lien entre ses deux premières roses... Son message ne passait pas et au vu de l'importance de son concurrent médiatique, cela n'intéresserait plus personne.

Pour le moment.

Tu ferais mieux de patienter un peu avant de recommencer.

Il pesta tout en capitulant.

Elle avait raison.

Une fois de plus.

34

16 août 1996, 15h01
Rue des Croix, Montiry

Enfoncé dans son vieux fauteuil, Gustave se réveilla en sursaut. La porte arrière, qui donnait sur l'allée latérale et qui méritait un coup d'huile depuis des années, venait de grincer.

Comme à son habitude, l'octogénaire avait fermé le volet en façade pour assombrir son salon pendant sa sieste. Ainsi plongé dans la pénombre, les rais de soleil côté cuisine l'éblouissaient d'autant plus et l'empêchaient d'identifier la silhouette avançant vers lui à contre-jour.

— Qui est-ce ? demanda-t-il.

Aucune réponse.

— C'est toi, gamin ?

Gustave pensait à Gilles, son petit-fils. Il était encore tôt mais il avait pris l'habitude de venir le voir pour le goûter et ensemble, ils discutaient de la vie de tous les jours, évoquaient leurs soucis et se rappelaient les bons moments ; tout cela autour d'un café et quelques biscuits.

L'ombre s'approchait de plus en plus, toujours silencieuse, tandis que la vue du vieil homme commençait à s'habituer à l'obscurité. Il comprit alors que ce n'était pas Gilles. La silhouette était trop petite, trop frêle. Gustave s'appuya sur ses mains, s'arracha du fauteuil avec toute la peine due au poids des années et fit quelques pas empotés vers l'intrus qui n'était plus qu'à quelques mètres de lui.

Il distingua enfin ses vêtements et cela n'augurait rien de bon. Casquette retournée, lunettes de soleil, pull, col montant sur une partie du visage, pantalon de training et baskets. Tout l'accoutrement était sombre, jusqu'aux gants. Une tenue incongrue sous cette température estivale et qui laissait peu de doute sur les intentions du visiteur.

À peine Gustave eut-il le temps de lui ordonner de partir qu'il vit la silhouette sortir un couteau de sa poche et en déplier la lame.

— File-moi ton argent !

Gustave eut un mouvement de recul. *Je connais cette voix*, pensa-t-il.

— Mais vous êtes qui ?

La silhouette se fit menaçante, dirigeant la pointe du couteau vers le buste de Gustave. Même si le vieil homme n'avait jamais eu froid aux yeux et comptait à son actif de nombreuses actions de bravoure durant la Seconde Guerre mondiale, les années l'avaient rendu faible et il craignit pour sa vie. Il leva les bras.

— Donne-moi ton fric !

— Zoé ? Tu es revenue ?

Il n'était pas trop tard : l'intrus aurait encore pu choisir d'abandonner, de renoncer et de partir. Mais au lieu de cela, il planta la lame dans le corps de l'octogénaire. La douleur fut saisissante. Comme un choc électrique gagnant ses poumons. Avec la peur, sa respiration s'emballa. Aussi vite que ses jambes le permirent, le vieil homme se retourna et s'enfuit vers la porte d'entrée. Le métal s'enfonçait et se retirait au rythme de ses mouvements, provoquant à chacun de ses pas de vives douleurs dans le haut de son dos.

À bout de forces mais encore en vie, Gustave finit par tomber.

Son assaillant le retourna et plaça ses genoux sur les bras de sa proie. Incapable de se protéger, la respiration sifflante, le vieil homme vit la main armée se lever et se baisser.

L'intrus le poignarda, encore et encore.

Sans s'arrêter.

Les secondes devinrent minutes.

La souffrance ne prit fin que lorsque la pointe du couteau transperça une partie du cœur.

Haletant et en sueur, l'individu, en partie aspergé du sang de sa victime, se servit du corps inerte comme d'une serpillière. Il frotta la lame avant de la replacer dans sa poche.

Sans attendre, il fouilla la maison en ouvrant tiroirs et portes, sans néanmoins trouver ce qu'il cherchait. Déçu, il regarda l'heure ; il était temps d'y aller. Il se hâta de sortir par la cuisine puis, une fois sur la route, ralentit le pas pour ne pas attirer l'attention.

La maison de Gustave était la dernière au bout d'une rue en cul-de-sac que l'individu dut remonter pour retrouver sa voiture, stationnée plus haut, loin des regards. En chemin, il se débarrassa du couteau dans une haie bordant l'une des propriétés et jeta ses gants dans l'unique poubelle publique. Gardant tout le reste, les mains dans les poches, il ne croisa que deux enfants qui rentraient de l'école à vélo. Les gamins furent étonnés de croiser quelqu'un aussi chaudement vêtu en cette belle journée ensoleillée, si bien que l'un d'eux lâcha l'une des phrases fétiches de son paternel en pareil cas : *On se demande bien ce qu'il va mettre en hiver, celui-là !*

Une fois à l'intérieur de son véhicule, le meurtrier ôta casquette, pull et col. Garée dans la bonne direction, la voiture démarra pour rejoindre la Chaussée de Bruxelles. Au croisement, l'heure de pointe l'obligea à patienter. Un homme lui fit la politesse de le laisser s'intercaler dans la file.

En tournant sur sa droite, le fuyard n'eut pas le temps d'apercevoir Gilles, qui roulait au pas à bord de sa Toyota Corolla pour entrer dans la rue de son grand-père. À quelques mètres du croisement, son attention fut immédiatement attirée par la même voiture que la sienne. Même couleur et mêmes options. Il la reconnut au premier coup d'œil, ainsi que sa conductrice. Le couple qu'il formait à l'époque avec Zoé Bellis avait décidé de remplacer leurs tacots respectifs par deux nouveaux modèles similaires. Une fantaisie qui, par la force des choses, était devenue ridicule.

Cela faisait deux ans qu'ils ne s'étaient plus vus. Depuis qu'elle était entrée dans la police.

35

17 août 1996, 08h16
BSR de Montiry

Une heure plus tôt, Bernard avait réveillé la maison des Penning d'un simple coup de fil. Conviée à venir bosser un samedi sans davantage d'explication, Mélanie fut surprise de trouver la barrière bloquée en position verticale lorsqu'elle arriva au Nid au volant de sa Clio. Dans le parking situé à l'arrière du bâtiment, en plus des véhicules habituels de la section de recherche, deux équipes en uniforme se préparaient. Les collègues s'aidaient mutuellement à enfiler et à ajuster l'un de ces gilets pare-balles que l'enquêtrice ne supportait pas. Vingt kilos de grandes plaques épaisses et dures qui entravaient tout mouvement naturel. Prévus exclusivement pour des hommes, il fallait un gabarit solide pour s'y sentir à l'aise et ce n'était pas son cas.

Sans poser de questions, elle gagna son étage où il n'y avait pas plus d'effervescence que d'ordinaire. Chacun semblait travailler sur le dossier qui lui incombait. Ce n'était pourtant qu'une impression. Lorsqu'elle passa devant le bureau de son chef, il l'interpella sans ménagement.

— Penning !

— Oui ? dit-elle en se penchant en arrière et en ne laissant apparaître que sa tête.

— Je fais un topo dans dix minutes dans la grande salle. Il y a eu un meurtre hier et la garde est descendue. Cette affaire sera pour toi.

— Pour moi ? Et l'affaire du tronc alors ?

Bernard la toisa.

— À quel moment je t'ai dit que c'était ton dossier ?

— Mais je suis cette enquête depuis le début.

— Peut-être bien mais ici, on n'est pas dans un polar à l'ancienne. Un meurtre n'en empêche pas d'autres. Prévois déjà de quoi intervenir parce qu'on ne va pas traîner.

Quelques minutes plus tard, tout le monde était attablé dans la grande salle. Elle servait surtout aux réunions interminables entre officiers mais pour l'occasion, Bernard en était le tenancier. Il s'adressa à tous.

— Hier, aux alentours de seize heures, au trente-cinq de la rue des Croix à Montiry, Gustave Henin, un homme de quatre-vingt-huit ans, a été poignardé une cinquantaine de fois. La maison a été retournée pour y trouver, selon Gilles Henin, le petit-fils de la victime, une vieille sacoche contenant une forte somme d'argent, planquée depuis peu dans le grenier. Apparemment, rien n'a été volé. Même si des gamins ont croisé ce qu'ils ont décrit comme un jeune homme habillé trop chaudement, tous les soupçons convergent vers la nommée Zoé Bellis, qui n'est autre que l'ex-copine du petit-fils. Et pour ajouter un peu de piment à cette affaire, je vous informe que c'est une collègue de la police de Montiry. Concernant les éléments à charge, c'est très simple, le petit-fils l'a croisée alors qu'il rendait visite à son grand-père. Il ne l'avait plus vue depuis deux ans. De son côté, si c'est bien elle, elle ne semble pas l'avoir remarqué et c'est une chance pour nous. Elle est censée faire la nuit ce soir et vous savez comment ça se passe, elle sera probablement en train de se reposer. Pour ce qui est de l'opération, sans compter son vestiaire au commissariat, nous avons deux points de chute. Le domicile de ses parents où elle réside officiellement ainsi que l'adresse d'une amie. Pour cette dernière, on est au courant grâce à son binôme. Autant vous dire que nos collègues policiers n'y croient pas et nous insultent déjà. Toutefois, en ce qui me concerne, je n'en ai rien à battre de leur avis. Le juge Pichard nous confie ce dossier et je compte bien vérifier les soupçons du petit-fils. On a trois ordonnances de perquisition. Je prendrai un groupe pour aller chez les parents, un autre ira vérifier chez l'amie et un dernier au commissariat de police. Des collègues en uniforme joueront du bélier pour une entrée en force dans chaque habitation. N'oubliez pas qu'elle possède également une arme de poing. Des questions ?

— Oui, dit Christophe, qui fait quoi ?

— Toujours aussi impatient, toi, railla Bernard.

Le chef de la Crim lui lança un fin classeur en carton contenant la répartition des équipes ainsi que l'ordonnance de perquisition pour le domicile de l'amie.

— Tu prends Bruno et Dom avec toi, ordonna Bernard. Et vous, dit-il à Cyrille et Guy, direction le commissariat. Je compte tout de même sur vous pour faire preuve de diplomatie. Mel et moi, nous irons chez les parents.

Quelques minutes plus tard, sur le parking, les équipes se séparèrent. En colonne, le tandem Brancart/Penning en tête, ils foncèrent jusqu'à leur objectif.

Les parents de Zoé Bellis occupaient une maison de plain-pied, flanquée de petites allées latérales donnant sur un immense jardin. Une partie du dispositif se plaça à l'arrière tandis que les gars équipés de gilets lourds se présentèrent devant la porte de bois blanc. Ils testèrent d'abord la solidité et constatèrent qu'il n'y avait qu'un unique point d'ancrage. Un geste de la tête fit comprendre aux autres intervenants que le moment était venu.

Le choc fit vibrer chaque cloison et chaque vitre. Tous les occupants de la maison se figèrent de peur et se retrouvèrent en joue.

Seule manquait Zoé.

Interpellée, sa mère répondit en hurlant qu'elle était dans sa chambre.

Dehors, une pluie dense et violente commença à s'abattre, faisant crépiter les fenêtres. Même à l'intérieur, tout devint sombre. Aussi vite que possible, les bras tendus vers l'inconnu, Mélanie s'aventura entre les pièces jusqu'à tomber sur la seule chambre encore fermée.

— Gendarmerie ! gueula-t-elle en frappant la porte du pied.

Elle braqua immédiatement son arme sur Zoé qui brandissait la sienne en direction de Penning.

Bishop vint s'accroupir derrière sa coéquipière. Le pire scénario était en train de se produire.

— Zoé ! gueula-t-il. Lâche ça, ne déconne pas.

— Je ne voulais pas le tuer, je ne voulais pas !

— Je te promets qu'on va en discuter mais baisse ton arme, cria Mélanie. Putain, baisse ton arme !

Les deux flics entendirent la mère de Zoé, à l'autre bout de la maison, implorer de ne pas tirer sur sa fille.

— On va calmer le jeu, dit Bernard en rengainant son pistolet. OK ?

À genoux sur son lit, le corps tendu et tremblant, les joues couvertes de larmes, la forcenée continuait de braquer Mélanie.

— Baisse ton arme, rappela l'enquêtrice, s'il te plaît.

— Et si je refuse ? Tu vas me descendre ?

Tétanisée, Mélanie ne trouva pas les mots pour lui mentir.

— De toute façon, reprit Bellis, à quoi bon ?

En un mouvement circulaire, la jeune femme retourna l'arme contre elle et dès que le canon toucha sa joue, elle pressa la détente.

Le sang de tous se glaça instantanément. Puis, au bout de quelques secondes d'un silence mortuaire, des voix s'élevèrent. Certaines pour insulter les forces de l'ordre, d'autres pour hurler leur peine. Dans l'encadrement de la porte, Mélanie semblait figée sur place. Son corps n'avait pas bougé d'un millimètre, ses bras pointaient maintenant le vide. Seuls ses yeux avaient suivi le corps tombant sur la moquette qu'il rougissait de plus belle à chaque battement de cœur.

La balle n'avait fait que traverser la mâchoire en arrachant une partie du visage. Sous le choc, Bishop mit lui aussi un temps à comprendre, avant de s'obliger à sortir de sa torpeur pour faire appel à une ambulance. Pendant ce temps, Zoé gisait. Sa langue gigotait dans le vide en n'exprimant que râles et borborygmes.

Dehors, la pluie avait cessé.

À l'intérieur ne résonnaient que les cris d'un père et les pleurs d'une mère, tous deux ceinturés et contraints par les collègues de leur fille.

Quant à Mélanie, elle ne faisait que répéter la même phrase dans sa tête.

Pitié, faites-moi disparaître.

36

17 août 1996, 19h07
Domicile de Mimi

Le journal télévisé en faisait son titre principal. Alertées par une source bien informée ou des scans calés sur les ondes des services de secours, les caméras s'étaient rapidement installées devant la maison, juste à temps pour en voir sortir Mélanie accompagnée de deux officiers de l'état-major de la gendarmerie chargés de l'entendre sur les faits.

Ces images laissèrent Mimi pantois. Une fois n'était pas coutume, il mangeait devant sa télé. Il fut stupéfait par le visage de l'enquêtrice, qu'il avait tout loisir de bien mieux détailler. Manifestement, lors de sa dernière soirée, il l'avait confondue avec quelqu'un d'autre.

— Merde, maugréa-t-il, ce n'était pas la flic. Elle lui ressemblait, pourtant.

C'était donc bien sa sœur. Je t'avais dit que ce n'était pas nécessaire de te débarrasser de ces restes.

Il fit non de la tête. À l'aide d'une fourchette, il sortit un morceau de viande de son plat et le porta à sa bouche.

— C'est le dernier, dit-il en mâchant lentement, mais il y en aura d'autres, et là, je te promets que je marquerai l'histoire.

*

* *

Au même moment, la sonnerie du téléphone retentit chez les sœurs Penning. Subjuguée elle aussi par les infos télévisées, Claire décrocha le combiné in extremis.

Allô… Qui ?… Ah… Non, elle n'est pas encore rentrée… Je ne sais pas… Pourquoi ?…

Affalé dans le divan, Mike écoutait les mots décousus de sa copine s'entremêler avec ceux des journalistes.

Je ne sais pas à quelle heure elle va revenir ou même si elle va rentrer ce soir… Je ne suis pas certaine qu'elle voudra… OK… Donne toujours, tu verras bien…

Claire saisit le bloc-notes et y inscrivit une suite de chiffres tandis qu'un faisceau de lumière coupa la pièce en deux. Elle vit alors la Clio s'introduire dans l'allée.

Patiente un peu…

Quelques instants plus tard, Mélanie fit irruption dans le salon.

Depuis qu'elle avait quitté le Nid, elle hésitait entre monter immédiatement se réfugier sous sa couette ou affronter les questions de la ou des personnes présentes. Déjà que l'interrogatoire des officiers avait duré plus que nécessaire, elle n'avait pas du tout envie de remettre le couvert. Elle espérait simplement un peu de réconfort familial sans mélodrame et sans jugement d'aucune sorte.

L'enquêtrice trouva sa cadette le combiné contre l'oreille, attirant son attention à l'aide de grands gestes qu'elle ne déchiffrait pas, hormis le fait que l'appel semblait la concerner d'une manière ou d'une autre.

Elle s'approcha de sa sœur qui lui murmura les initiales JC. Cette journée avait été la plus longue de sa vie et elle mit un temps à comprendre ce que ces deux lettres signifiaient.

— Je te le passe ? demanda Claire en couvrant le micro.

Jean-Christophe. Depuis qu'ils étaient en instance de divorce, aucun appel, aucune lettre, uniquement des règlements de compte par avocats interposés, et il fallait qu'il appelle aujourd'hui. Pourquoi ? Elle n'était pas naïve, il avait sans nul doute vu les informations, comme tout le monde d'ailleurs, mais cela la ramena à la mort de ses parents et à la manière qu'avait JC de lui apporter du réconfort. L'une des rares fois où son côté égoïste laissa la place à un homme prévenant et attentionné.

Du réconfort et de l'attention, deux choses qui lui faisaient défaut à ce moment précis.

Elle acquiesça.

Claire lui tendit le téléphone.

37

— Allô.

— C'est moi, dit-il simplement, comme s'ils s'étaient vus la veille. Des collègues m'ont raconté ce qui t'est arrivé. Comment tu vas ?

Sa voix. Rien que sa voix lui fit chaud au cœur. Certains de ses amis s'étaient détournés d'elle en apprenant qu'elle intégrait la gendarmerie et la vie avait peu à peu éliminé les autres lorsqu'elle s'était consacrée à lui, à ce qui était devenu à l'évidence l'amour de sa vie. Même au bureau, les gars se méfiaient d'elle après qu'elle eut envoyé un direct au milieu du visage de son interlocuteur.

Elle était seule. Elle se sentait seule. Seule avec une petite sœur qui n'avait plus besoin d'elle et de temps en temps, seule avec un chef qui lui enseignait le plus maladroitement du monde le boulot d'enquêteur à la Crim.

— J'ai connu mieux, se lança-t-elle après une bonne inspiration.

— Tu n'as rien fait, toi, tu n'as pas tiré, tu n'as pas à t'en vouloir.

— Je sais mais bon, ce n'est pas toujours évident de voir quelqu'un se mettre une balle en pleine tête. Côtoyer des cadavres, c'est une chose, être confronté à un truc aussi abominable, c'en est une autre. Ça n'a pas du tout le même impact et la gendarmerie n'est pas vraiment là pour nous soutenir. Regarde, j'ai été cuisinée pendant des heures alors que je n'ai absolument pas fait usage de mon arme. On aurait dit qu'ils cherchaient quelqu'un à mettre en pâture aux parents pour justifier le geste de leur fille. Je suis en congé forcé jusqu'au vingt-six alors que j'ai plein de boulot et en plus, maintenant, les collègues de la police de Montiry veulent ma mort. Merci Zoé Bellis…, soupira-t-elle.

— J'ai des potes à la police de Montiry, je leur en toucherai un mot. Ils vont peut-être se dire que cela aurait pu être géré autrement mais c'est comme pour tout, ça passera. Tu sais, on commet tous des erreurs.

Mélanie se demanda s'il parlait de lui.

— C'est gentil mais ne t'embarrasse pas devant les collègues. Je vais gérer ça toute seule, j'ai l'habitude maintenant, conclut-elle comme un reproche qui se voulait également être un test.

— Toute seule… répéta-t-il en laissant un blanc. Mel, tu n'es pas obligée d'être seule. Je sais que nous sommes séparés mais malgré tout, je suis là. Si tu as besoin de moi, je répondrai présent.

Son cœur se mit à percuter l'intérieur de la cuirasse forgée par les larmes et les cris qui avaient suivi leur rupture. Une protection qui avait aidé

Mélanie à s'éloigner de lui, à prendre son envol. Et là, quelques mots suffisaient à mettre en branle ses convictions. Des mots qu'il n'avait jamais prononcés jusque-là.

Elle l'avait quitté pour une bonne raison. Mais était-elle plus heureuse aujourd'hui ? Un coup d'œil dans le rétroviseur lui rappela combien sa vie d'avant était plus simple. Plus ordonnée, plus prévisible aussi. Le déroulement de ses journées ne souffrait d'aucune remise en question et même son ennuyeuse routine avait le don d'être rassurante.

Un instant, elle s'imagina revenir en arrière. Pourquoi ne pas retrouver un semblant de sécurité au milieu de cette folie qu'était devenu son quotidien ? Dans son état, le qu'en-dira-t-on était le cadet de ses soucis.

— Tu penses ce que tu dis ? se risqua-t-elle.

Jean-Christophe perçut un sourire dans sa voix, et sourit à son tour.

— Bien sûr que je le pense. On pourrait tout reprendre de zéro et vivre à Montiry.

— À Montiry ? s'étonna-t-elle. Pourquoi ici ? Tu as tout, chez toi. Ton job, ta maison, ta famille, tout.

— Tu ne vas tout de même pas quitter ton boulot à la BSR maintenant que tu as un pied dedans ? En revanche, si tu leur touches un mot pour moi, je pourrais peut-être l'intégrer aussi et on bosserait ensemble.

Tu n'es qu'une conne, Penning ! hurla-t-elle intérieurement.

— Tu sais que j'y ai cru, l'espace d'un instant ?

— Comment ça ? demanda Jean-Christophe.

— J'ai cru que tu avais changé, que tu appelais vraiment pour moi, pour prendre de mes nouvelles, pour me soutenir ou pour me rassurer. Mais non, tu n'es qu'un sale connard d'égoïste !

— Mais non...

— Mais si ! cria Mélanie. Si ! En plus, je t'imagine très bien apprendre ce qu'il vient de m'arriver et te dire, putain, c'est le bon moment pour l'appeler, elle sera à genoux, cuite à point pour retomber dans mes bras et j'en profiterai pour débarquer à la BSR... Tu crois que j'ai besoin de toi après ce que tu m'as fait ? continua-t-elle, la voix entrecoupée de sanglots. Je n'ai besoin de personne ! Va te faire foutre ! Si tu fais encore un pas dans ma direction, je te descends !

De rage, elle claqua le combiné à plusieurs reprises comme s'il pouvait encore entendre sa fureur une fois la communication coupée. Sans marquer la moindre pause, elle se tourna vers sa sœur, les joues empourprées par la colère.

— Ne laisse jamais un mec te faire du mal !

Machinalement, Claire acquiesça. Elle suivit ensuite du regard Mélanie trouver refuge à l'étage jusqu'à entendre claquer la porte de sa chambre.

— Toi, dit-elle enfin en direction de Mike, tu n'as pas intérêt à faire le con avec moi, parce qu'elle va te coller une balle au milieu du front.

Pour toute réponse, le jeune homme émit alors un rire nerveux.

38

26 août 1996
Maison des sœurs Penning

Pour la toute première fois depuis qu'elle avait intégré la BSR, Mélanie appréhendait son retour au bureau. La veille déjà, tandis qu'elles regardaient un film, Claire avait compris, en la voyant se tortiller dans le divan à la manière d'un animal cherchant à se débarrasser d'un filet invisible, que la journée du lendemain s'annonçait délicate pour sa sœur.

Et c'était pour lui mettre un peu de baume au cœur qu'au petit matin, Mike et elle lui avaient confectionné un petit-déjeuner digne des grands hôtels : viennoiseries, jus de fruits, œufs brouillés, tartines grillées et confitures.

Sans grand appétit et avec un nœud au milieu de l'intestin, Mélanie se força malgré tout, touchée par ces marques d'attention. Le dicton prétendant qu'à quelque chose malheur est bon se confirmait : force était de constater que son coup dur professionnel, amplifié par la maladresse de son ex, lui avait valu le réconfort de sa sœur. La hache de guerre était enterrée. Il y avait eu des larmes, des étreintes partagées et jour après jour, tout était rentré dans l'ordre.

Même la frivolité de Claire se trouvait apaisée entre les bras de Mike. Aux yeux de l'aînée, le garçon pouvait à la fois être très posé et se montrer insouciant. Une inconstance due à son jeune âge et qui convenait manifestement à sa sœur. Moins de sorties, plus de lit. De toute manière, Mélanie avait passé le plus clair de son temps dans le salon, sous une couverture, allongée devant le poste de télévision sans vraiment le regarder.

Le ventre plein et peut-être même un peu trop, la flic prit la direction du Nid. Elle s'était déjà fait mille films. Accueil chaleureux, indifférence totale ou réprimandes. Aucun de ces scénarios ne la tentait. Revenir quelques semaines en arrière, faire les choses différemment, voilà ce dont elle rêvait.

Un rêve impossible.

Dès qu'elle atteignit son étage, la discussion émanant du bureau du chef de la Crim attira son attention. Elle déposa ses affaires et, non sans hésitation, s'aventura jusque-là. À peine eut-elle passé la tête dans l'embrasure de la porte que Bernard l'invita à entrer. Celui-ci faisait le tour des dossiers. Les avancées, les conclusions et les désillusions, tout y passait.

Penning prêta davantage attention quand ce fut au tour de Christophe. L'affaire du tronc stagnait.

Aucun témoin, aucune trace, aucune piste. La comparaison ADN avait confirmé l'identification de la victime et malheureusement, peu de gens connaissaient Maryse Meranti. La cicatrice au centre de sa poitrine les conduisit à consulter son dossier médical qui les mena à son tour à son dossier financier. Elle avait eu un grave accident et sa récente fortune provenait des versements de l'assurance. Le réceptionniste avait raison.

La piste d'un Michel ou Michaël était devenue bancale depuis que l'analyse du sang retrouvé sur les accessoires de boucherie n'avait rien révélé d'humain. On savait que Maryse fréquentait le quartier de la gare, ses bistrots, ses commerces et ses habitués. Personne n'avait touché à ses comptes, en apparence du moins, et selon les informations officieuses transmises par les Français, aucun membre de sa famille encore en vie ne lui connaissait d'ennemis. Si tant est qu'ils la voyaient encore.

À ce stade, tout restait envisageable. L'auteur pouvait aussi bien être une connaissance de la victime qu'un passager en transit à Montiry et dans tous les cas, l'enquête souffrait de l'absence d'une scène de crime. La chambre que Meranti louait n'avait rien révélé et aucun employé ne l'avait vue ramener qui que ce soit.

Bernard revint alors sur les informations qu'il avait reçues en provenance de France et les similitudes entre les deux affaires. Les découpes, le cours d'eau et l'âge des victimes. Du point de vue de Dufour, Meranti était une ancienne prostituée devenue une riche marginale et qui était tombée sur la mauvaise personne, soit pour son fric, soit pour son cul ; mais de là à parler d'un tueur en série, il y avait un monde. On était loin des Américains Bundy et Kemper. Néanmoins, il était tout à fait d'accord pour réaliser une CRI[1] en France en vue d'un échange global et légal des procédures.

Il n'avait rien d'autre, de toute façon, et même si certains pensaient que le dépeçage n'avait pour objectif que la dissimulation et l'évacuation du corps, l'ablation des aréoles ne collait pas avec cette hypothèse. Qu'est-ce que cela signifiait, dans ce cas ? Une dépersonnalisation de la victime ? Un trophée ? Ils avaient besoin de plus d'éléments et la France pourrait peut-être leur en fournir.

Après quelques palabres supplémentaires, les choses furent entendues. Christophe n'avait plus qu'à en rédiger la demande officielle au juge d'instruction. Tenu au courant des avancées, Pichard avait déjà marqué son accord verbal et préparé dans la foulée les documents nécessaires, mais la procédure écrite ne tolérait aucun à-peu-près. Pas de demande officielle via un procès-verbal, pas de commission rogatoire.

Cette décision marqua la conclusion de la réunion et tous les enquêteurs présents se levèrent comme un seul homme. Mélanie, elle, reçut toutefois l'ordre de rester, par un simple regard de son chef.

Elle se colla contre le mur près de la porte et attendit. Beaucoup la saluèrent chaleureusement

1. Commission rogatoire internationale.

en passant. Même Christophe s'arrêta pour lui demander timidement si elle allait bien. Surprise, elle répondit par l'affirmative d'un signe de la tête.

Bernard ferma son bureau et invita sa collègue à prendre place.

— Comment vas-tu ? s'inquiéta-t-il.

— Disons que les congés m'ont fait du bien, mentit-elle.

— J'ai récupéré ton arme et tes munitions, dit-il en ouvrant le dernier tiroir de son bureau.

Mélanie se leva pour reprendre possession de son GP et des treize cartouches qu'elle avait confiées aux officiers venus la chercher. Même si elle avait compris la nécessité de prouver que le tir ne venait pas de son arme, se retrouver du mauvais côté de la table lors de l'interrogatoire fut un moment éprouvant.

— Je préfère t'avertir, lança Bernard, tu risques d'entendre des blagues débiles à ton sujet.

— Du style ?

— Ils te surnomment la croque-mitaine de la Crim, soupira-t-il, parce que les suspects de tes enquêtes ne finissent jamais entiers. Ce genre de trucs.

— Je vois, dit-elle en baissant la tête.

— Oh ! fit Brancart pour la faire réagir. Moi, ce que j'ai besoin de savoir, c'est si tu veux rester chez nous ?

Mélanie sentit un frisson lui parcourir l'échine.

— Pourquoi tu dis ça ? questionna-t-elle d'une voix tremblante. Tu me vires ?

— Mais pas du tout, assura-t-il, je veux juste savoir si tu tiendras le coup. Je sais que ce que tu viens de vivre n'était pas facile mais être flic aux homicides n'est pas donné à tout le monde. Il faut constamment être sur la balle, concentré sur le pire. Tu rentreras régulièrement chez toi avec la puanteur des cadavres coincée dans tes narines ou imprégnée sur tes vêtements et au début, je peux t'assurer que tu en feras des cauchemars. Puis, au fil des années, ça passera. Mais en attendant, je dois savoir si je peux compter sur toi.

Au lieu de la dissuader, le speech de Bernard ne fit que la rassurer sur ce qu'elle vivait. *Au fil des années, ça passera*, c'est tout ce qu'elle avait retenu.

Elle acquiesça.

— Oui, dit-elle, tu peux compter sur moi.

Il marqua une pause tout en opinant du bonnet.

— Dans ce cas, poursuivit-il, je vais te remettre dans le bain tout de suite. Zoé a beau avoir la tronche en charpie, elle reste l'auteur d'un meurtre, peut-être d'un assassinat, et dès que ce sera possible, elle ira en taule. Tu gardes le dossier. Tout est sur ton bureau.

— Et pour l'affaire Meranti ?

— Pour le moment, c'est le calme plat. Occupe-toi de la fliquette.

— Très bien.

— Je vais te le faire répéter, insista Bishop tandis que l'enquêtrice se levait, est-ce que je peux compter sur toi ?

Mélanie acquiesça de nouveau.

— Parfait, parce que malgré ce qu'en pensent les autres, je ne peux pas croire que Meranti sera la dernière.

39

7 septembre 1996
Domicile de Mimi, Montiry

En contemplant, depuis la baie vitrée donnant sur le jardin, le ciel sans nuages orné d'étoiles et d'une lune étincelante, Mimi comprit que la nuit serait froide et sèche. Comme la chaleur des bars contrastait trop souvent avec la fraîcheur des rues, il ajouta une veste par-dessus son pull à col roulé.

— Prêt pour la chasse, s'enjoua-t-il en admirant son reflet dans le miroir du salon.

Il est trop tôt pour la troisième. Tu ne devrais pas.

— Alors comment veux-tu que je rattrape mon erreur ? s'énerva-t-il.

Tu en feras une autre en fonçant tête baissée ! Tu ne finiras rien en t'y prenant comme ça !

Son reflet trembla lorsque son poing, d'un geste vif, cogna le mur en face de lui. Elle l'énervait mais elle avait raison.

Il le savait.

Mais l'envie était là.

Oppressante.

Quelques minutes plus tard, il se stationna à proximité de la gare. Une fois le moteur éteint, il ouvrit sa portière mais une soudaine bourrasque la referma sur sa cheville.

— Putain ! grommela-t-il en posant sa paume à l'endroit qui le faisait souffrir.

C'est un avertissement, ça...

Il ne répondit pas.

D'autant plus irrité, il descendit de voiture et affronta un vent naissant mais fort qui semblait le repousser, comme pour lui interdire le quartier. Il ferma sa veste, renonça à remettre en place des mèches de cheveux s'envolant dans tous les sens et rasa les immeubles pour rester un peu plus à l'abri des rafales. Il passa devant le Capitaine, toujours aussi bondé, et trouva refuge au Comté.

Occupés, les tenanciers lui firent signe de s'installer. Il traversa la salle et y dégota la dernière table du fond. Bientôt, Gilbert remarqua son agacement à son visage fermé et à ses doigts pianotant nerveusement la petite table. Il ne le fit pas attendre davantage et attira son attention en lui exhibant le verre vide d'un autre client. Au vu du logo gravé sur la chope, le gérant lui proposait une Duvel.

Mimi accepta d'un signe de tête avant de balayer la salle du regard.

Il n'y a rien ici, pensa-t-il.

Tel un assoiffé, dès que la commande arriva, il porta le verre à ses lèvres et but plusieurs gorgées. Le patron le toisa avec une pointe d'étonnement.

— Tout va comme tu veux ?

— Oui, ça va, éluda-t-il en reposant son verre. J'avais soif. Et toi ? Quoi de neuf ?

— La routine. Les flics ont fini par nous laisser tranquilles, du coup, les clients commencent à revenir.

— Les flics ? s'inquiéta Mimi. Pourquoi ?

— Pour le tronc de femme retrouvé dans la Belle-de-jour ! Au début, ils cherchaient un Michel ou Michaël, puis ils nous ont interrogés sur la femme en question. Je l'avais déjà eue comme cliente mais à part ça, soupira-t-il, je ne connaissais même pas son nom.

— Moi non plus, coupa l'homme assis à la table voisine.

Gilbert se tourna vers lui et lui sourit. Puis il revint vers Mimi qui avalait une nouvelle gorgée.

— Apparemment, ricana-t-il, j'ai la voix qui porte. Je vous laisse, je vais voir si la grosse a besoin de moi.

Le voisin, un peu trop curieux au goût de Mimi, pouffa à son tour. Il pivota ensuite la tête vers ce qu'il pensait être son comparse d'une soirée mais ce dernier avait rapidement sorti un livre de sa veste. Tête baissée, il parcourait les lignes tout en tenant son verre de sa main libre. Il pressait les pages et écartait au maximum le format poche, au point d'en plier le dos.

Aussi stoïque que possible pour éviter le regard du fouineur, Mimi poursuivit sa lecture jusqu'à ce que son verre soit vide. Tout en gardant le silence, il se leva, enfila sa veste et rangea le livre dans sa poche.

Surpris par son départ, Gilbert l'interpella et le prit en aparté.

— Toi, tu la connaissais, non ?

— Qui ça ? demanda Mimi un peu déstabilisé.

— La femme du tronc. Maryse Meranti.

— Ça ne me dit rien, nia-t-il.

— Mais si ! Tu te souviens quand je t'ai croisé au Quai Zéro ?

40

La peur s'amusait à faire des allers-retours le long de la colonne de Mimi. Elle l'obnubilait, accaparant toutes ses pensées. Les conversations, les conneries, les invectives, les piaillements, les rires qui résonnaient dans la salle du Comté ne formaient plus qu'un bourdonnement indistinct en toile de fond.

— Vaguement, répondit-il.

— Un client m'a dit qu'il t'avait vu en train de lui parler, poursuivit Gilbert.

— Qui t'a dit ça ? interrogea Mimi, les poings serrés.

— Calme-toi, fit Gilbert en constatant son énervement. Il l'a dit sur le ton de l'humour, comme pour laisser entendre que tu cachais bien ton jeu.

— Mais putain, qui t'a dit ça ? Et quel jeu ?

— Comme quoi tu n'en avais pas l'air mais que tu sortais avec plein de femmes. Mais oh ! Qu'est-ce qui te prend ? Tranquille Émile ! Il ne faut pas te foutre en rogne parce qu'un abruti parle sur ton dos.

— C'est qui, cet abruti ? demanda-t-il en marquant une pause entre chaque mot.

— Personne, OK ? On va pas en faire un fromage. Tu fais chier ! Moi, je te préviens au cas où les flics viendraient te poser des questions, c'est tout.

Mimi émit un long soupir et tenta de se remémorer l'intérieur du Quai Zéro lorsqu'il avait accosté Maryse. Une fois attablés ensemble, ils n'y étaient pas restés longtemps. Peut-être le gars qui lui parlait et qu'il avait viré ? Le tenancier ? Et quand bien même il lui avait parlé ? Cela ne prouvait rien et cela ne changeait rien à ses plans. Au moins, personne ne l'accusait, c'était déjà une bonne chose.

Quelque peu rassuré, il hocha la tête et posa une main sur l'épaule de Gilbert.

— Excuse-moi, dit-il, je suis fatigué. Merci à toi. Même si je n'ai aucun souvenir de cette nana, si les flics veulent me parler, ils sauront où me trouver. Quant à ton gars, ajouta-t-il en serrant les doigts de sa main toujours posée sur l'épaule du patron, tu lui diras de ma part que je fais ce que je veux de ma vie et qu'il se tienne bien loin de moi.

Sans un mot de plus, il zippa sa veste et quitta l'établissement. Le vent soufflait toujours. Brutal, froid et coupant. Il longea les murs et les vitrines de la rue de la Gare jusqu'au Capitaine. Lorsqu'il entra, elle était juste en face de lui. Peut-être un peu jeune, mais elle avait tout pour lui plaire. De taille moyenne, mince et vêtue à l'image des habitués du quartier, modestement. Au premier coup d'œil, il sut que c'était un bon choix et fonça sur elle aussi assurément qu'un missile calé sur son objectif.

La chaise à côté d'elle se libéra au même moment et il en profita.

À peine eut-il posé sa veste qu'il tenta une approche, sans prendre de gants.

— Qu'est-ce que je t'offre ?

Elle enleva une mèche de sa chevelure blonde cendrée qui obstruait la partie droite de son visage et posa ses yeux sur lui. Injectés de sang et légèrement jaunes, ils portaient déjà les stigmates d'une solitude noyée et d'un manque de sommeil.

Presque trop facile, pensa-t-il.

— Je ne vais pas te manger, tu sais.

Sa propre phrase le fit sourire.

— Alors dis-moi, insista-t-il, qu'est-ce que tu bois ?

— Si tu insistes… Vodka.

Immédiatement, il comprit qu'elle le testait et se prêta au jeu. Il passa commande en prenant soin de ne s'octroyer qu'une bière légère. La discussion pouvait enfin débuter. Une étape qu'il n'appréciait guère, mais qui était absolument nécessaire s'il voulait voir, le moment venu, la surprise et l'effroi dans leur regard lorsqu'il changeait de ton. Et puis ce petit jeu lui rappelait l'expression que prenait sa sœur quand elle singeait ce que la norme lui imposait.

Après avoir bavardé un peu et commandé un second verre, il l'avertit d'un besoin urgent de se rendre aux toilettes. Il croisa alors le barman et lui demanda s'il avait encore une chambre de libre. L'homme acquiesça.

— J'ai vu que c'était bien engagé avec la blonde, se marra-t-il, tu peux prendre la grande au prix d'une petite mais ne me refais pas le coup de la dernière fois. Je t'ai attendu pour rien.

— Je sais, je suis désolé. Je te la prends mais uniquement si elle accepte. OK ?

— Ça marche.

— Au fait, tu la connais ?

— Un peu, elle est déjà venue deux ou trois fois. Elle repart chaque fois avec un gars différent, quand c'est pas deux. Il me semble que son prénom, c'est Nadia. C'est ça ?

— Je ne sais pas encore, avoua-t-il en riant.

Après être passé par l'urinoir, il ne rangea rien et se posa devant la vasque pour s'admirer un instant, le sexe dépassant de son pantalon déboutonné. Il se mouilla les mains, prit du savon liquide et nettoya son membre.

Un homme, plus âgé que lui et qu'il ne connaissait pas, entra alors et se mit à rire instantanément.

— Elle sent le poisson, mon gars ?

Sans se décontenancer, il hocha la tête.

— Disons que j'aimerais bien qu'elle mette son nez dessus.

— Bonne chance, dans ce cas, dit l'homme en lui tournant le dos pour se soulager.

En sortant des toilettes, il constata que soit personne ne s'était invité, soit elle avait gardé la place pour lui. Dans les deux cas, en son for intérieur, l'affaire était entendue. Il ne lui restait plus qu'à bien manœuvrer et elle serait à lui.

Que comptes-tu faire ?

Enjoué jusque-là, son visage se ferma.

C'est trop tôt ! Et en plus ici ? C'est de la folie !

— Je sais ce que je fais, murmura-t-il, je ne suis pas débile.

Il poursuivit son chemin vers elle et l'interpella.

— Tu veux qu'on monte ? J'ai pris la plus grande chambre. Salle de bains, grand lit, tout le confort.

— Pourquoi pas chez toi ? demanda-t-elle. T'es marié ?

— Peut-être un jour, répliqua-t-il. Je n'ai juste pas envie de rentrer chez moi et je sais que ça fait longtemps que tu n'as pas eu droit à une chambre digne de ce nom. Ça te tente ?

Elle n'hésita pas longtemps.

Il fit un signe de tête au barman lorsqu'ils quittèrent leurs chaises. Celui-ci lui tendit la clé.

— Amusez-vous bien.

— Ça va être mortel, répliqua-t-elle.

41

14 octobre 1996
Brigade de recherches d'Ostrevent

La caserne était immense, bien plus grande que celles que Bernard et Christophe avaient eu l'occasion de côtoyer. Et bien qu'elle n'ait connu que celle d'Etterbeek, Mélanie avait cette même impression.

Les locaux de la recherche se trouvaient aux étages supérieurs. En arrivant à l'entrée du complexe, les enquêteurs belges avaient reçu les indications nécessaires pour s'y rendre mais malgré cela, ils se perdirent à deux reprises.

De son côté, l'adjudant Millox s'impatientait. Le poste de garde l'avait avisé de la présence des collègues en commission rogatoire et il avait déjà servi du café à leur attention.

Lorsqu'ils pointèrent enfin leur nez dans la salle bardée de fenêtres carrées découpées par des croisillons de bois élimé, Bernard ravala ses remontrances à la vue de l'assemblée et de la documentation disposée sur la table de réunion. Marius n'avait pas fait les choses à moitié, fidèle à l'impression qu'avait le chef de la Crim belge de son homologue.

Chacun salua ses collègues de l'autre côté de la frontière, mais seuls les adjudants prenaient la parole pour la désignation des noms et grades respectifs. Jusque-là, tout était très protocolaire, à l'ancienne.

L'ambiance changea dès l'instant où tout le monde fut assis autour de la longue table rectangulaire. Millox prit la parole.

— Alors, on va se le faire ce petit enculé ?

— Oh putain, s'exclama Mélanie, ça me rassure ! Je trouvais tout ça tellement prout-prout…

Tous rirent de bon cœur. Quelques instants seulement.

Marius ouvrit alors le dossier qui se trouvait juste devant lui, en sortit la photographie de Maryse Meranti diffusée dans la presse belge ainsi que celle du bassin, et les exhiba à la vue de tous.

— Comme la plupart d'entre vous le savent, nos collègues belges sont venus nous voir à propos de ces deux affaires. Le but de cette commission rogatoire est simple, l'adjudant Brancart et moi-même sommes d'accord sur le fait qu'il existe de fortes similitudes entre la mort de cette femme et le bassin découvert en début d'année dans le Flumen. C'est la raison pour laquelle j'ai convié Yvan Beaulac et Olivier Belenger, qui sont les deux premiers intervenants lors de la découverte du corps et qui m'ont aussi aidé sur le sujet des voies navigables. Nous avons également reçu les rapports détaillés concernant le mode opératoire des découpes et enfin, je pense qu'il serait judicieux de remettre en question les éléments d'identification de la victime.

De l'autre côté de la table, Mélanie buvait les paroles de l'adjudant français. C'était simple, clair, et à l'instar de Bernard, il savait s'y prendre pour faire un briefing. Il suffisait d'ailleurs d'observer les regards de tous se poser sur les deux collègues de la territoriale pour s'en rendre compte. Les étapes de la réunion étaient définies et chacun les suivait.

Tandis qu'Yvan distribuait aux Belges le dossier photographique de la découverte, Olivier prit la parole.

— Voilà, se lança-t-il avec une pointe de timidité, comme énoncé, nous étions les premiers sur place. Nous avons été avertis de la présence du bassin par un joggeur. Si jamais vous vous posez la question en regardant les photos, il faut savoir que le morceau était en équilibre instable sur la berge et nous avons été contraints de le bouger pour qu'il ne replonge pas dans l'eau. On peut avoir l'impression qu'il a été déposé là mais ce n'était pas du tout le cas.

— C'est intéressant, ça, coupa Bernard, les yeux plissés pour mieux analyser les clichés.

— Quoi donc ? demanda Millox.

— Que le bassin n'ait pas été sciemment placé à cet endroit, rétorqua Brancart.

— Tout à fait ! confirma l'adjudant français. Mais laissez-le poursuivre. Vas-y, dit-il à Belenger.

— Bien évidemment, nous avons fait le tour des disparitions de notre région. Il n'y en avait aucune. Il faut dire qu'il fait très calme ici. À part une bagarre de ci de là, des accidents et des incivilités, il ne se passe jamais rien. Par conséquent, les recherches concernant l'identification de la victime ont été très rapidement réalisées et n'ont rien donné.

— C'est pourquoi, poursuivit Marius, j'ai demandé aux autorités belges si une disparition pourrait correspondre de leur côté. Et là, bingo, il y en avait une. Celle de la nommée Suros Caroline. Mais cela s'était dégonflé, principalement à cause d'une opération au niveau des organes génitaux dont la famille n'avait pas connaissance.

— Et nous, s'interposa Mélanie, lors de la découverte du tronc, nous sommes justement allés chez la sœur de Suros en pensant qu'il pourrait s'agir du corps de Caroline. Mais ce n'était manifestement pas le cas non plus.

— J'allais justement y venir euh… ton prénom ? demanda l'adjudant Millox à destination de Penning.

— Mélanie, répondit-elle avec une pointe d'embarras.

— Mélanie, voilà, je poursuis donc.

Marius se racla la gorge.

— Quand je vous ai envoyé ma demande, je cherchais initialement à savoir si une femme signalée disparue en Belgique n'aurait pas été tuée et découpée sur notre territoire. Mais en apprenant la découverte du tronc d'une autre femme près de chez vous, j'ai demandé aux collègues de la territoriale de se renseigner auprès de la fluviale. Olivier, à toi l'honneur, explique.

— Nous le rencontrons officiellement demain, reprit Belenger, mais nous sommes déjà allés voir le responsable des voies navigables. Ce monsieur est catégorique quant au fait que le bassin pourrait provenir de votre région. Il m'a expliqué que le Flumen était alimenté par plusieurs cours d'eau, notamment la Belle-de-jour. Au moment de la découverte, les conditions étaient optimales pour que le morceau dérive et s'échoue chez nous.

— Si c'est le cas, annonça Millox, cela signifie qu'il y aurait un tueur en série sur Montiry.

42

— On va un peu trop vite, là.

Tous les regards se tournèrent vers Christophe qui, jusque-là, s'était montré discret. À la manière de quelqu'un pris en train de fauter, il gardait la tête basse et les lèvres pincées. Bernard le toisait. Celui-ci s'attendait à une remarque de sa part au cours de leur séjour mais certainement pas au beau milieu de cette réunion. En voyant la stupéfaction sur les faciès, le chef de la Crim belge sentit l'embarras gagner du terrain.

— Mon collègue n'est pas très fan de l'hypothèse du serial killer, dit-il en arborant un rictus moqueur.

Sourire que Millox renvoya par courtoisie juste avant de rétorquer :

— C'est justement pour cela que nous sommes tous réunis. Pour regrouper nos informations.

— Je suis bien d'accord avec ça, reprit Christophe, mais on est loin d'un tueur en série. Avant de chercher midi à quatorze heures, il me semble que la solution la plus simple est toujours la meilleure. Deux victimes, bien séparées, ont été débitées pour empêcher l'identification ou pour faciliter l'évacuation des corps. Ce n'est pas plus compliqué que ça. Ce n'est pas la première fois qu'on découpe un foutu cadavre.

— Attends, coupa Mélanie, et les aréoles ? C'est ton dossier et tu oublies ça ?

— On me rabâche toujours les oreilles avec les aréoles, et si c'était uniquement parce qu'elle avait une difformité ?

— Mais n'importe quoi, souffla Penning.

Christophe s'emporta.

— Oh, la croque-mitaine, tu n'as rien d'autre à foutre ? cria-t-il.

— Maintenant, tu fermes ta gueule !

Un lourd silence s'empara de la pièce. Une fois encore, Bernard ou plutôt, dans le cas présent, l'adjudant de gendarmerie Brancart, avait réussi à capter l'attention de tous.

Dans son coin, son homologue français n'en revenait pas. Il avait droit à son spectacle à la belge. *À croire qu'ils ne se sont même pas concertés avant de venir ici*, pensa-t-il.

Bishop se pencha vers son subalterne.

— Je sais que je t'ai confié ce dossier mais je reste à la tête de la Crim, asséna-t-il à Christophe. J'espère vraiment me tromper et qu'il n'y a pas un prédateur prêt à recommencer. Mais si j'ai raison et si tu continues comme ça, je peux te dire que tu vas gicler parce que là, tu n'aides pas du tout. Quant à toi, ajouta-t-il en pointant du doigt sa collègue, tu arrêtes aussi tes conneries. Bourrez-vous la gueule ou baisez, peu importe, mais foutez-moi la paix avec vos gamineries ! C'est ça ou je m'arrange avec le commandant de district pour qu'il vous colle dans une camionnette jusqu'à ce qu'il y en ait un qui crève...

De l'autre côté de la table, Yvan se tourna vers Olivier qui, les bras croisés et tout sourire, n'en perdait pas une miette. *La croque-mitaine*, lui chuchota Beaulac, *elle me bouffe quand elle veut*. Olivier hocha discrètement la tête pour montrer son accord. *Pareil*, lui rétorqua-t-il dans un murmure.

— ... Alors à partir de maintenant, continua-t-il, vous la bouclez et vous laissez les collègues ici présents faire leur job. Je vous rappelle qu'ils en ont fait deux fois plus que vous alors qu'on ne leur a rien demandé.

Après s'être assuré d'avoir été bien compris, Bernard, d'un geste de la main, rendit la parole à son homologue. Ce dernier avait perçu les railleries des deux gars de la territoriale et les ramena également au calme d'un simple regard.

— Bon, commença-t-il, je propose que tout le monde se reconcentre. Je peux comprendre les doutes du collègue mais il faut aussi envisager l'hypothèse d'un tueur prêt à recommencer. Dans ce cas-là, des deux côtés de la frontière, on doit se préparer au pire. Pourquoi ? dit-il en regardant Christophe. Parce que si ce n'est pas un dépeçage à visée purement pratique, c'est que c'est rituel et ça, les gars, continua-t-il en faisant un tour de table des yeux, autant appeler un chat, un chat, c'est la merde. On pourrait très bien avoir affaire à un type organisé, qui possède un lieu adapté, mobile ou non, qui prête une attention particulière à ce qu'il réalise et qui connaît nos méthodes.

Le chef Dufour resta muet mais son visage en disait long. Millox le remarqua.

— Ce que je propose, pour mettre un terme une fois pour toutes à mes propres doutes concernant l'identification du bassin, poursuivit Marius en posant les mains sur son torse, c'est de réaliser une comparaison ADN via la famille de Caroline Suros, dont nous avons déjà les prélèvements. À l'époque, le procureur de la République s'y était opposé à la lecture des déclarations de la famille mais comme me l'a dit ma femme, parler à ses enfants d'une opération aux organes génitaux, ce n'est pas une chose facile à faire. Et pour être franc, malgré nos recherches, nous n'avons rien d'autre qui pourrait correspondre. Qu'en pensez-vous ? Au moins, on serait fixé. Nous, si c'est positif, on aura une identification et vous (il se mit à rire), vous aurez un sérieux problème.

43

16 octobre 1996
Ostrevent

Le soleil frappait fort et éblouissait les rétines usées par la fatigue et l'ivresse, obligeant Mélanie à porter des lunettes fumées et à baisser le pare-soleil. Après la soirée arrosée de la veille en compagnie des collègues français et par deux voix contre une, elle avait été désignée conductrice pour le retour. Pour couronner le tout, Bernard avait décidé de siéger seul à l'arrière, abandonnant ainsi le tandem infernal à l'avant, où l'on pouvait entendre une mouche voler.

Tandis que la voiture avalait les kilomètres, le chef de la Crim piochait des documents dans une boîte en carton posée à côté de lui et prévue initialement pour des blocs de feuilles blanches au format A4. Il sélectionnait ci et là les procès-verbaux et rapports qui constituaient une partie de la procédure française et qu'il souhaitait consulter plus en détail. Si Bishop avait encore assez d'énergie pour se remettre au travail, il n'en allait pas de même pour Christophe et Mélanie, qui avaient voulu montrer à leurs collègues français que leur capacité à aligner les verres n'avait rien à envier à la leur.

— Ils ont fait du bon boulot, les gars de la territoriale, dit-il en feuilletant le procès-verbal de descente. Schémas, dossier photo, auditions, ils n'étaient que deux et n'ont vraiment pas chômé.

— Pas d'officier de descente[1] ? s'étonna Mélanie.

— Si, mais il s'est contenté des avis au proc et de la coordination. Nos amis Olivier et Yvan ont fait tout le reste. Pour leur première, ils ont géré.

— Pourtant, ricana Mélanie, apparemment, ils ne faisaient pas les fiers. Yvan m'a dit qu'ils avaient failli gerber lorsqu'ils sont arrivés à proximité du bassin.

Après un haussement d'épaules que la conductrice ne vit pas, Bernard continua son exploration et parcourut le rapport de l'IRCGN concernant la coupe des os du bassin. La mention *à l'aide d'une scie manuelle de type boucher ou à métaux* l'attira.

— Christophe, pour le tronc, est-ce qu'on a déjà reçu le rapport du légiste concernant les découpes ?

Dufour, qui subissait l'assaut d'une solide migraine, secoua timidement la tête.

— Il serait intéressant de savoir si la séparation des membres a été réalisée de la même manière, poursuivit Bernard.

1. Sur une scène de crime, la gestion des effectifs et des moyens, la mise en relation avec les autorités compétentes ainsi que les suites d'enquête urgentes à mener sont à charge de l'officier de descente.

— Et si on attendait plutôt les résultats de la comparaison ADN ? répliqua l'enquêteur. À quoi bon perdre son temps si c'est le bassin d'une bonne femme qui n'a aucun lien avec Meranti ?

— Et si, enchérit Bernard, je crois plus à un seul auteur, un tueur en série, qu'à deux faits bien distincts ? Ce serait tout de même intéressant de se préparer, comme en prêtant plus attention aux disparitions inquiétantes, par exemple.

— Un tueur en série ? Rappelle-moi un peu à partir de combien de meurtres ça devient une série ? Un ? Deux ? Douze ? Je te rappelle qu'il n'y a rien eu depuis des mois.

Les yeux rivés sur la route, Mélanie pouvait sentir la tension monter d'un cran au sein de l'habitacle. Pour elle, c'était le moment de marquer des points auprès de son chef.

— Bernard, dit-elle sèchement, si ça te convient, je peux me renseigner auprès du copain de ma sœur, il fait des études de médecine et se destine à être chirurgien. Il doit pouvoir donner un premier avis.

— Tu as deux dossiers en cours, se mêla Christophe, termine déjà ça avant de t'occuper des affaires des autres.

— Ça n'empiétera pas sur mon temps de travail, s'énerva-t-elle. Il est souvent chez ma sœur et dès qu'on aura le rapport du légiste, il pourra y jeter un œil. Au moins, nous ne serons pas obligés d'attendre encore plusieurs semaines avant d'être fixés sur la comparaison entre les deux cas.

Christophe, une main sur le front en guise de visière, se tourna vers Mélanic.

— Tu fais encore de l'esbroufe ou quoi ?

— Taisez-vous, tous les deux, coupa Bernard. Dufour, tu regardes devant toi et tu la boucles. Penning, occupe-toi d'abord de tes propres dossiers. Franchement, à moins d'y être obligés, c'est la dernière fois que vous faites quelque chose ensemble. C'est peut-être ce que vous souhaitez et si c'est le cas, félicitations, mais je n'en peux plus de vous entendre. Silence total jusqu'au bureau et c'est un ordre !

Dans sa tête lacérée par mille lames, Christophe n'eut qu'une pensée qu'il mura dans ce silence contraint : *Sale petite pute d'arriviste !*

Mélanie, elle, s'en voulait d'avoir encore perdu une occasion de se taire. Chaque fois qu'elle faisait un pas en avant, la vie la repoussait dans le sens inverse. À croire qu'elle avait souscrit un abonnement avec le diable. Se faire une place dans sa nouvelle fonction lui avait semblé au départ très simple. Un peu de fausse confiance, une façade à appliquer dans les moments pénibles, imposer ses acquis tout en apprenant les subtilités et le tour était joué.

Tout en repensant aux mots d'Yvan, elle regarda un instant son reflet dans le rétroviseur. *Des études ont prouvé que les gens avec un physique agréable ont plus de chance dans la vie, que ce soit en société ou au boulot*, avait-il dit entre deux verres. *C'est une manière comme une autre de draguer*, avait répondu Olivier durant leur combat de coqs. Elle avait ri en affirmant que c'était grâce à cela qu'elle était à la Crim.

Toutefois, avec du recul et grâce aux trois cafés du matin, Mélanie se faisait maintenant la réflexion que ces études avaient omis un paramètre pourtant non négligeable. Celui en vertu duquel on ne prenait pas forcément ces personnes au sérieux. Beau dehors n'a jamais voulu dire bon dedans, alors que belle à l'extérieur ne suscite aucune autre interrogation. Une belle femme n'est forcément qu'une potiche, un bijou qu'on expose, dépourvu d'intelligence. Avec son ironie et son recadrage à deux vitesses, Bernard lui infligeait une nouvelle fois ce sentiment désagréable, suscitant chez elle une rage qui la faisait bouillir de l'intérieur.

Alors qu'il ne restait qu'une vingtaine de minutes de trajet jusqu'au bureau, Mélanie avait le sentiment de se morfondre depuis plus d'une heure. Lorsqu'elle gara la voiture, Christophe en descendit et ouvrit le coffre. Elle le vit partir avec son sac de voyage et rien d'autre. Devant ce même spectacle, Bernard souffla sa désolation et sortit à son tour. Il débarrassa les sièges arrière de la procédure française et remisa l'ensemble dans la boîte en carton, à l'exception d'un mince classeur cartonné.

— Tiens, dit-il à l'attention de Penning. Christophe bosse bien mais c'est un con. Tu me diras ce qu'en pense ton beau-frère.

Mélanie n'y comprenait plus rien. Elle s'emporta.

— Tu te fous de ma gueule ? Tu crois que tu peux jouer à ça sans arrêt ? Un jour je suis au top et le lendemain, je suis une moins que rien.

Le matin, je suis prête pour prendre en charge mes propres enquêtes et le soir, je suis tout juste bonne à te servir de secrétaire. Tu as peur de Christophe ? C'est ça ?

La remarque le fit tressaillir mais il garda son sang-froid.

— On est combien actuellement dans la section ? demanda-t-il calmement.

— Quoi ?

— Réponds ! s'énerva-t-il d'un coup. On est combien dans cette putain de section ? Sans compter les renforts occasionnels, bien sûr.

— Sept.

— Bonne réponse ! Bravo Penning ! Si un jour tu deviens chef de ta propre unité, tu comprendras que j'ai six problèmes sur les bras. Je dois ménager les susceptibilités et manœuvrer avec les capacités de chacun, c'est ce qu'on appelle le management. Quand je te dis qu'il bosse bien, oui, c'est évident ! Si je te dis que tu as encore énormément de choses à apprendre, tu peux me croire. Tu proposes d'enquêter de ton côté, via ton beauf, c'est génial, j'adore l'idée. Est-ce que ça vaut la peine de me disputer avec Dufour ? Pas du tout. Alors, tiens, dit-il en claquant le classeur sur le toit de la voiture, si tu le veux, tu en fais une copie. Si ce n'est pas le cas, tu le déposes directement sur mon bureau en remontant.

Essoufflé par sa tirade, le chef de la Crim emporta ses affaires et la boîte en carton. Il laissa Penning à sa frustration ou à son désarroi, peu lui importait. Une fois à son étage, il salua les collègues présents et s'arrêta à hauteur de Christophe qui s'était servi un café.

— Si je comprends bien, lui demanda-t-il, je garde ça jusqu'à ce qu'on ait les résultats ADN ?

L'enquêteur hocha la tête en portant sa tasse à ses lèvres.

— Comme tu voudras ! s'exclama Bernard.

— Un instant, l'interpella Dufour.

— Quoi ?

— C'est la dernière fois que tu me menaces. Tu as l'air d'oublier que je ne partirai jamais seul. Je pense que tu n'aimerais pas qu'on retrouve notre copain.

— Sans preuve ? nargua Bishop.

— Peut-être, peut-être pas. En tout cas, ta carrière s'arrêtera là et tu le sais.

— Tu penses me tenir par les couilles ?

— Bien sûr que oui. Il ne fallait pas rester ici après ça, tu aurais dû briguer un poste de chef ailleurs, comme je te l'avais dit.

— Si je t'avais laissé les rênes, beaucoup de victimes attendraient toujours que leur meurtrier se retrouve derrière les barreaux et tu le sais très bien. Mais je n'espère que ça, que tu commettes une belle bourde pour te faire gicler d'ici. Maintenant, je te laisse glander mais n'oublie pas qu'on est deux à jouer, mon pote.

Évidemment, enfoiré, que tu me tiens par les couilles ! pensa-t-il en se rendant à son bureau.

Avant d'y entrer, il vit Mélanie atteindre à son tour l'étage et s'affairer directement à la photocopieuse.

Quelques instants plus tard, elle était de retour avec le classeur qu'elle lui remit. Bernard ne fit aucune réflexion, il plaça les documents dans la boîte en carton déjà soigneusement rangée dans son armoire métallique. Il se rassit ensuite à son bureau, sur lequel un amas de papiers divers l'attendait.

Toutefois, énervé et n'ayant pas le cœur à les trier dans l'immédiat, il préféra se planifier quelques jours de congés, histoire de décompresser un peu. Il consulta son agenda et remarqua alors, sur la page de la semaine en cours, une annotation dans la dernière colonne de droite.

— Ah oui, murmura-t-il, c'est ce dimanche.

44

16 octobre 1996
Maison des sœurs Penning

La vieille porte en bois de l'entrée grinça. Avec l'humidité de l'automne, elle semblait gonfler et frottait davantage contre le carrelage du hall. Il suffirait peut-être d'un réglage mais jusqu'à présent, personne n'avait envisagé d'y remédier. Mélanie entra, jeta ses affaires sur le divan et avança jusqu'à la cuisine.

Sur la table, un sandwich dans lequel on avait déjà mordu, mais à une seule reprise, ainsi qu'une bouteille de Coca décapsulée, mais pas encore entamée. La jeune femme perçut le bruit caractéristique de leur douche, dont l'évacuation des eaux usées passait par la même tuyauterie que celle de l'évier de la cuisine. Un bricolage orchestré par son père lors de la création de cette salle d'eau supplémentaire permettant à ses filles d'être plus indépendantes. Un choix qui n'avait pas toujours été judicieux, tant elles s'en disputaient la priorité.

L'enquêtrice déplaça le sandwich et la bouteille afin d'étendre les pages du rapport de l'IRCGN. Avec la plus grande concentration, elle examina les photos montrant le bassin sous différents angles ainsi que les os dépouillés de leur chair, ne relevant la tête qu'au son des pas résonnant dans la cage d'escalier.

— Hello Mike ! s'annonça-t-elle.

Il fit son apparition, uniquement vêtu d'une serviette autour de la taille. Ses cheveux encore humides laissaient s'échapper quelques gouttes d'eau ruisselant le long de sa nuque.

— Ah, je ne savais pas que tu rentrais aujourd'hui, ça s'est bien passé en France ?

Sans attendre de réponse, il fronça les sourcils.

— Au fait, comment savais-tu que c'était moi ? questionna-t-il.

— Nous, les filles, on boit du light, dit-elle en pointant du doigt son soda. Et oui, c'était intéressant.

— C'est pour ça que tu es enquêtrice à la Crim, dit-il en écartant les bras comme pour accentuer l'évidence.

Elle lui sourit et le toisa par la même occasion.

— Je n'avais pas fini de me préparer mais je crève de faim, s'excusa-t-il en voyant qu'elle s'interrogeait sur son accoutrement minimaliste.

— Pas de souci. Quand tu auras fini, j'aurai un truc à te montrer, si cela ne te dérange pas. C'est confidentiel.

Son sandwich entre les dents, Mike ne fit qu'acquiescer. Tout en mâchant, il s'approcha de la table et examina les photographies.

— C'est le fameux bassin ? demanda-t-il après avoir avalé.

— Yes, et le tronc est là.

— Impressionnant.

— Nous avons le rapport complet des Français mais de notre côté, nous n'avons que le rapport préliminaire du légiste. Sans te révéler quoi que ce soit, j'aimerais, si tu veux bien, que tu me dises ce que tu en penses, ce que tu vois.

— Je ne suis pas un cursus de légiste mais on a déjà eu l'occasion de travailler sur des corps donc (il but une gorgée de son Coca) je vais faire ce que je peux.

Le jeune homme prit place à côté de Mélanie et observa les clichés.

Derrière eux, la porte d'entrée grinça de nouveau. Claire débarqua à son tour dans le salon et découvrit sa sœur et son chéri à moitié nu. Trop absorbés par ce qu'ils regardaient, ni l'un ni l'autre ne se retournèrent immédiatement vers elle, ce qui fut loin de l'enchanter.

— Tu n'as pas froid, toi ? demanda-t-elle, cinglante.

— Ne t'énerve pas, dit-il, je ne savais pas que ta sœur était revenue, je m'étais fait un truc à manger puis elle m'a montré ça.

La cadette fit quelques pas en direction de la table mais détourna rapidement le regard.

— Mais c'est quoi ces trucs ? C'est dégueulasse !

— Mon boulot, ironisa Mélanie.

— Ouais, ben t'es obligée de l'éparpiller là où on mange ?

Mike pouffa et se remit à examiner plus en détail chaque élément de ce tableau morbide. Il n'osa pas en faire état, mais ce qu'il voyait l'envoûtait.

— Si je comprends bien, c'est le bassin qui a été découvert en premier ?

— C'est ça, approuva Mélanie.

Il se pencha vers elle pour saisir un cliché qui se trouvait en bout de table. Restée dans le salon, Claire fixa leurs épaules pressées l'une contre l'autre. Une situation qui ne semblait pas gêner sa sœur. Quant à lui, c'était à se demander s'il avait des vues sur elle. Son sang ne fit qu'un tour.

— Mike, dit-elle, tu me sers un Coca ?

— Light ? répondit-il du tac au tac en se pressant vers le réfrigérateur.

— Dis tout de suite que je suis grosse ! s'offusqua-t-elle.

— Mais pas du tout, c'est juste que je sais que tu ne bois pas de Coca normal, assura-t-il en lui apportant.

La cadette empoigna la bouteille sans un merci. Mike retourna à la table en ajustant sa serviette qui commençait à se défaire.

— De ce que je vois, débuta-t-il sans se rasseoir, si c'est la même personne qui a fait cela, c'est qu'il y a une évolution dans les découpes. Pour le bassin, on dirait qu'il a tout fait à la scie mais pour le tronc, les chairs ont préalablement été coupées à l'aide d'un couteau.

— Ce n'est pas juste parce que le bassin a passé plus de temps dans l'eau ?

— C'est possible aussi, bien sûr. Difficile à dire en se basant uniquement sur des photos. Et puis, ce n'est pas ce que j'apprends en cours. Mais bon, une chose est certaine, la ou les personnes qui ont fait cela ne s'y connaissent pas en anatomie.

— Pourquoi ? Certains avaient émis l'idée qu'il pourrait s'agir d'un chirurgien ou d'un boucher, justement.

— Cela m'étonnerait. Un chirurgien n'aurait jamais découpé le bassin. Aucun intérêt, et je peux te dire que c'est franchement répugnant. Même un boucher, sans connaître parfaitement l'anatomie humaine, aurait attaqué les articulations. Jamais il ne se serait ennuyé à cisailler les os.

À l'aide de sa main, en touchant les parties concernées, Mike montra ce qu'il voulait dire par *articulations*. Aussi bien sur le haut que sur le bas du corps de son élève du moment. Claire serra les dents lorsque sa main désigna les hanches.

— En plus, poursuivit-il, regarde les os du bassin. Il y a des entailles non finies, ce qui signifie qu'il s'est interrompu en pleine découpe et a recommencé ailleurs.

— Ce serait le même tueur, d'après toi ?

— Difficile à dire. Cela arrive souvent ?

— Du dépeçage pour se débarrasser d'un corps, c'est déjà arrivé. Pas tous les jours mais ça arrive, oui. En tout cas, faute d'identification, nous n'avons trouvé aucun lien entre les deux victimes pour le moment.

Mike haussa les épaules tout en faisant la moue.

— Sincèrement, je ne pense pas que le but était simplement de se débarrasser des corps. Il ne se scrait pas arrêté lors de la découpe du bassin. Sans parler des aréoles de la poitrine, c'est un truc de taré, ça. Je pense qu'il adore les découper. Enfin, c'est mon avis.

Mélanie hocha la tête en guise d'approbation.

— Je te remercie.

— Je t'en prie, dit-il en lui exposant son plus beau sourire.

Claire souffla.

Mike tourna alors la tête vers elle et vit qu'elle le fusillait du regard.

— Je monte m'habiller, dit-il tout penaud.

— Fais ça, ouais, invectiva sa petite amie.

Tout en rangeant les documents, Mélanie attendit d'être en tête-à-tête avec sa sœur pour parler.

— Ne lui en veux pas, dit-elle, c'est moi qui lui ai demandé son avis.

— Mouais, la prochaine fois, attends au moins qu'il soit habillé.

— Ne sois pas ridicule, ricana-t-elle, c'est moi !

— Justement, c'est toi.

Claire se leva, déposa sa bouteille vide sur le plan de travail de la cuisine et monta à son tour.

Mélanie se saisit du téléphone et composa le numéro de son patron. Dès qu'il décrocha et qu'elle reconnut sa voix, elle engagea immédiatement la conversation, sans aucune marque de politesse.

— C'est moi. Mon beau-frère a la même théorie que nous. C'est rituel.

45

20 octobre 1996
Domicile de Mimi

La sauce bolognaise mijotait depuis une bonne heure dans une casserole entrouverte d'où se dégageait une odeur gourmande qui avait peu à peu envahi toute la maison. Le protocole du jour du Seigneur lui imposait de mettre la table exactement de la même manière qu'il la dressait pour tout le monde lorsqu'il vivait encore chez ses parents. Pour l'occasion, il avait abandonné ses sacro-saintes bières pour une bouteille de vin dont le commerçant lui avait soutenu que son prix n'avait d'égal que son goût. Il en avait d'ailleurs déjà ôté le bouchon pour l'aérer un peu.

Il alluma la télévision et s'installa dans le fauteuil inclinable de son père en attendant les quelques minutes qui manquaient pour atteindre l'heure et demie de cuisson, comme le préconisait sa mère. Une manière de profiter de ceux qu'il détestait sans pour autant oser leur avouer. *Un simple phénomène de domination parentale*, lui avait indiqué un psychologue après le suicide de sa sœur.

Il était dix-neuf heures précises lorsque le JT débuta. Comme tout le monde ce jour-là, il en connaissait déjà le titre principal mais il ne s'attendait pas au nombre record de participants. Tout un peuple s'était levé et avait manifesté durant la marche blanche. Un encadré présentait la photo du responsable de cette sordide affaire.

— Trois cent mille personnes pour lui, soupira-t-il.

Ton tour viendra. C'est juste une question de temps.

Il tapa du poing contre l'accoudoir du siège.

— J'en ai marre d'attendre, râla-t-il. Marre de voir ce débile me faire de l'ombre. J'en ai envie. J'en ai besoin.

Ta patience sera récompensée. Tu sais déjà ce que je veux pour mon anniversaire, ne gâche pas tout.

46

22 décembre 1996
Domicile de Mimi

« Tonight, Tonight » des Smashing Pumpkins résonnait dans le salon. Tout en chantant le refrain aussi fort qu'il le pouvait et en ajustant le col de sa chemise blanche au quadrillage bleuté, Mimi souriait. D'abord parce qu'il était en congé pour quelques jours. Mais aussi parce que c'était enfin la soirée qu'il attendait depuis des mois. Tout était prêt. Tout avait été organisé pour en profiter au maximum.

Il démarra la voiture et roula vers le centre de Montiry.

Après l'épisode du Quai Zéro, ne retourne pas là où tu as tes habitudes, lui avait-elle recommandé lorsqu'il préparait sa sortie.

Il l'écouta.

La petite place dite de la Madeleine était déserte, probablement à cause de la pluie de saison, capable de réchauffer l'atmosphère de quelques degrés tout en restant froide et pénétrante. Lorsqu'il fit le tour du rectangle de verdure entouré par la rue Wright, il repéra une tête connue assise devant l'une des fenêtres de la Girouette, le café trônant en face du siège de la banque de Montiry. Il l'avait déjà rencontrée et ils avaient bu quelques verres ensemble. Une âme en souffrance comme il les aimait.

Elle me plaît.

Un rictus se forma aux commissures de ses lèvres. Il stationna sa voiture devant le bistrot et y entra. Au bout de quelques secondes, imitant quelqu'un à la recherche du meilleur endroit pour se poser, il profita d'un regard de sa part pour jouer l'innocent et venir s'attabler devant elle. Elle n'avait que peu changé. La même coiffure châtain tirant par endroits sur le blond accentuait le magnétisme de ses yeux bleus. Elle était suffisamment belle pour attirer les hommes et avait très probablement déjà dû repousser les avances de quelques poivrots traînant leur misère dans ce rade à la décoration vieillissante.

Il engagea la conversation en lui rappelant leur dernier verre et en proposant une nouvelle tournée.

Elle ne lui échapperait pas.

Au fil des verres et de la discussion, l'ivresse gagna les deux camps. Elle s'engouffra progressivement dans la morosité tandis que lui commençait à avoir la bougeotte. Mais il était trop tôt, elle n'était pas encore mûre puisqu'elle avait déjà refusé son petit tour en voiture.

L'alcool aidant, lorsqu'il entendit « The Bomb ! », des Bucketheads, sortir de la télévision calée sur MTV, il eut l'idée d'entamer une petite danse. La tête de travers, mi titubant, mi se déhanchant, il avait l'allure d'un pantin manipulé par un novice, ce qui ne l'empêcha pas de l'inviter à se joindre à lui.

Bien qu'elle refusât, il la fit tout de même rire.

Il en profita alors pour lui suggérer un autre verre. D'un geste de la main, elle lui répondit que c'était à son tour de mettre sa tournée. Elle fouilla d'abord dans son portefeuille puis dans son sac. Faute d'avoir trouvé ce qu'elle cherchait, elle étala sur la table le contenu de ses poches. Sans un sou, elle se confondit en excuses tout en rangeant ses papiers, son rouge à lèvres et un trousseau de clés dans son sac à main.

— Je vais aller retirer de l'argent au distributeur.

— Tu as vu le temps ? lui dit-il. Tu vas être trempée, je vais y aller à ta place.

Prenant son geste pour de la pure galanterie, elle accepta. En lui tendant sa carte bancaire, elle bredouilla un code qu'il répéta pour en être certain. Il enfila sa veste et sortit en trottinant, incapable de courir même si la froideur du crachin le revigorait un peu.

Quelques instants plus tard, elle le vit lui faire de grands gestes. Il n'arrivait apparemment pas à retirer l'argent souhaité. Elle s'habilla à son tour, eut la présence d'esprit de prendre son sac à main avec elle et sortit le rejoindre.

— Le code ne fonctionne pas, j'ai essayé plusieurs fois.

— Je m'en occupe, lui dit-elle avant de ressentir le contrecoup de l'alcool ingurgité.

La fatigue se saisit soudain d'elle et sa tête se mit à tourner.

— Tu sais quoi ? dit-elle. Je vais rentrer, je suis morte.

— Mais non, regarde, tu es pleine de vie !

Il se mit à rire.

— Mais je comprends, continua-t-il. Tu veux venir chez moi ?

— Je t'ai déjà dit non. C'est gentil et tu es très charmant mais je suis vraiment fatiguée et avec ce qu'on a bu, je suis certaine que tu serais déçu, conclut-elle en ricanant. Je vais y aller.

Elle s'approcha pour lui faire la bise mais il la retint par les épaules.

— Tu vis loin d'ici ?

— Non, à cinq minutes à pied.

— Je te dépose, si tu veux, dit-il en désignant sa voiture stationnée à deux pas. Tu vas attraper une saleté avec ce temps.

Sans attendre sa réponse, il s'empara de son sac à main et lui ouvrit la portière. Devant son insistance, elle abdiqua et prit place tandis qu'il faisait le tour de la voiture. Lorsqu'ils arrivèrent devant son immeuble, elle chercha en vain son trousseau, ignorant qu'il venait de le glisser dans le vide-poche de sa portière. Elle pesta contre elle-même, certaine de l'avoir vu au café quand elle avait fouillé dans son sac.

Il lui montra l'heure et lui expliqua qu'il était trop tard pour retourner au bistrot qui serait certainement fermé, qu'elle n'avait qu'à venir se reposer chez lui et que le lendemain, il l'aiderait à retrouver ses clés et à rentrer chez elle.

— En tout bien tout honneur, lui promit-il.

Il s'était montré si courtois durant toute la soirée qu'elle lui fit confiance et accepta sa proposition.

— D'accord, mais il faut que je sois chez moi de bonne heure demain matin, mon fils vient déjeuner. C'est notre repas de Noël en avance, il sera chez son père le vingt-cinq.

Une fois chez lui, elle fit le tour du salon. Elle admira sa collection de disques, ses livres et l'unique tableau accroché au mur.

Il passa « Where the Wild Roses Grow ».

— J'ai déjà entendu cette chanson, dit-elle. C'est amusant, mais cette peinture me fait penser au clip.

— C'est exactement ça, s'enjoua-t-il. Le réalisateur s'est inspiré directement d'*Ophélia*, la peinture de John Everett Millais. Pour moi, confie-t-il, cette vidéo a été une révélation, parce qu'elle n'a jamais été plus belle que dans la mort.

— Maintenant que tu le dis, je vois Kylie Minogue dans l'eau et l'homme qui dépose une rose dans sa bouche.

— Nick Cave, la reprit-il. Mais dans le clip, ils se sont trompés de rose. Il aurait fallu une rose sauvage, comme dans le titre.

— La peinture est magnifique, dit-elle en s'approchant pour mieux en apprécier les détails. On dirait qu'Ophélie est encore vivante.

— Pour moi, elle l'est.

Il se tenait derrière elle.

— Je te présente mon âme sœur, dit-il placidement.

Elle sentit alors quelque chose entourer son cou. La tête poussée contre le mur, elle commença à suffoquer.

Ses doigts tentèrent de s'immiscer entre sa gorge et ce qui ressemblait à une corde.

En vain.

Elle tapa du poing contre le mur, cherchant à faire le plus de bruit possible, sans savoir que la seule personne susceptible de l'entendre était le vieux qui vivait de l'autre côté du mur, probablement déjà endormi et en tout état de cause, trop âgé pour intervenir.

La chanson s'arrêta et le morceau suivant de l'album *Murder Ballads* lui succéda.

Tout comme en elle la mort succédait à la vie.

Le surlendemain, à l'approche des douze coups de minuit, dans sa cave, Mimi gémissait, le pantalon baissé, tandis que ses fesses effectuaient des va-et-vient réguliers.

Vas-y, encore ! Encore !

Il ne comptait pas l'avouer, mais il ne prenait pas tant de plaisir que cela. C'était serré et froid, une sensation désagréable que le préservatif ne suffisait pas à atténuer. Le seul point positif, c'est qu'il la dominait. Exactement comme elle le désirait. Et il adorait ça.

Il se dit toutefois que c'était une expérience qu'il ne renouvellerait pas. *On apprend à chaque fois*, pensa-t-il.

Il sentit que la jouissance ne tarderait plus ; une jouissance sèche, mécanique, sans joie. Ses doigts agrippèrent les cheveux de sa partenaire et la maintinrent plus ardemment contre la petite table de vieux bois.

Quand il eut terminé, il s'écarta et déposa la tête avec le reste du corps.

— Je te souhaite un joyeux anniversaire ! dit-il essoufflé.

Merci.

47

21 février 1997

« La foule » d'Édith Piaf débuta.

Aussi ivre que lui, Sophie tenta de jeter sa canette dans la poubelle improvisée qui trônait dans un coin du salon. Contrairement à son hôte, la sienne rentra du premier coup.

Il en ouvrit immédiatement deux autres, lui en tendit une qu'elle déclina. Tous deux étaient couchés au milieu du salon, sur le matelas usé du canapé-lit. Il se redressa un instant, mais le tournis l'obligea à se laisser retomber en arrière.

— Putain, chuis tout plein.

— D'ta faute grand con, moi aussi. En plus, des 33 de Cara Pils, quoi… Mon ventre va péter.

Son rire communicatif la fit se marrer à son tour. Il se tourna vers elle. Offerte par l'ivresse, il devinait sa culotte moulant son bas-ventre.

Les yeux fermés, elle ne le vit pas se rapprocher et eut un mouvement de recul lorsque ses lèvres touchèrent les siennes. Mais dans son état, elle ne trouva pas beaucoup d'arguments à lui opposer. L'excitation prit le dessus et elle assuma son envie. Le matelas n'était pas très confortable et ses choix musicaux douteux, mais elle passa un agréable moment. Lui aussi, si elle en croyait ses gémissements d'animal.

Quand il eut fini, elle se leva pour se rendre aux toilettes. Les fesses collées sur la lunette, elle remarqua alors un cadre qui lui fit froid dans le dos. Soudain pressée de terminer, elle s'essuya à peine et retourna dans le salon où il émergeait à son tour.

Elle se rhabilla rapidement, trop peut-être pour ne pas attirer son attention.

— Où tu vas ?

— Je rentre. C'était sympa, mais faut que j'y aille.

Malheureusement, sa veste restait introuvable et avec elle, ses clés de voiture. Dans un flash, elle se souvint l'avoir jetée de l'autre côté du salon lors de son arrivée. Elle se glissa entre le divan et lui pour la récupérer.

Lorsqu'elle se redressa, il se trouvait devant la porte d'entrée, la tête penchée vers l'avant, ses yeux comme enfoncés dans leurs orbites. Elle se mit à trembler.

— On se téléphone ? dit-elle d'une voix qui trahissait son inquiétude.

— Je n'ai pas du tout envie que tu partes.

48

24 février 1997
BSR de Montiry

Marche après marche, Mélanie gravit l'escalier jusqu'à son étage. Elle fit la bise à tout le monde, même à Christophe, histoire de lui renvoyer son hypocrisie. Elle déposa ensuite son barda derrière son bureau. Penchée au niveau de son clavier, elle constata qu'un fin tapis poussiéreux s'était déposé autour de son ordinateur : son bureau, se dit-elle, méritait décidément un bon coup de propre.

Quid de la femme de ménage ? Peut-être estimait-elle que nettoyer derrière une autre femme ne se faisait pas ? En tout cas, les deux autres bureaux étaient loin d'être dans cet état. Soit les gars faisaient la poussière eux-mêmes, ce dont Mélanie doutait, soit la femme de ménage se montrait plus attentive et conciliante à leur égard.

Penning entreprit d'ôter la crasse et se rendit aux toilettes afin d'y récupérer une poignée de serviettes en papier, qu'elle humidifia. Pourtant, à son retour, elle abandonna immédiatement l'idée. Une bonne âme, qui ne pouvait être que Bernard, venait de lui laisser une copie du rapport de l'INCC[1].

À la manière d'un enfant à qui on offrait une surprise, elle balança les serviettes à la poubelle et s'empressa de l'ouvrir. Elle survola les différents protocoles d'analyses pour trouver les passages qu'elle cherchait.

« *La séparation des ossements a été réalisée de façon manuelle à l'aide d'un objet pouvant s'apparenter à une scie à métaux. Il n'est pas à exclure qu'une scie de type boucherie puisse en être également la cause. La découpe des chairs a été faite par un long couteau bien aiguisé, de petites entailles significatives sont présentes sur la surface des os, aux endroits sectionnés.* »

Mélanie reposa les pages du rapport puis se frotta les paupières comme si elle venait d'engloutir *Germinal* d'une seule traite.

— Alors ? intervint Bernard. Nous ne sommes pas plus avancés, n'est-ce pas ?

Elle soupira en s'adossant à son siège. En un échange de regards, ils s'étaient compris.

— Effectivement, mais si on veut jouer les avocats du diable, ça nous dessert plus qu'autre chose. En gros, si on se contente de lire les rapports, les découpes sont différentes et rien ne ressemble plus à une scie à métaux qu'une autre

1. Institut National de Criminalistique et de Criminologie, chargé des analyses scientifiques poussées et de la gestion de la base de données ADN nationale.

scie à métaux. On doit en vendre des dizaines par jour rien que dans la région.

Bishop confirma de la tête.

— En fait, poursuivit-elle, tant qu'on n'a pas la comparaison ADN, nous n'avons qu'un seul meurtre.

— Oui, et en plus on patauge, souffla le chef de la Crim. Malgré tout, tu diras à ton beau-frère qu'il avait vu juste sur certains aspects. Fortiche, le gamin, peut-être même un peu trop. Tu es certaine que ce n'est pas lui ?

Mélanie acquiesça en grimaçant.

— Nous n'avons plus qu'à attendre, dans ce cas. Et je déteste ça.

49

14 mars 1997
Montiry

Cinquante-sept francs.

Sa recette de la journée. La charité des passants ne fonctionnait plus aussi bien depuis qu'ils étaient plusieurs à la quémander. Il avait juste de quoi se prendre une babiole et nourrir son chien. Et si d'aventure le repas de ce dernier absorbait la totalité de leur pécule, eh bien tant pis. Lui avait encore de quoi boire. *Là où le brasseur passe, le boulanger ne passe pas*, lui avait dit un jour son père pour l'humilier devant l'ensemble de la famille.

— René !

Il se retourna à l'appel de son prénom. C'était Damien, son pote de galère en cette période de disette. Grand, athlétique et assez beau gosse pour un marginal, il s'avançait vers lui comme s'il voulait lui en coller une. En même temps, le corps de René avait subi et subissait encore les ravages de la brune en intraveineuse, il ne ressemblait plus qu'à un squelette désarticulé. Si bien que quiconque ayant un peu d'aplomb devenait à ses yeux une menace potentielle.

— Combien tu t'es fait ? demanda le costaud.

— Vingt-cinq, bluffa-t-il par habitude et par méfiance.

— Putain, fait chier, j'ai pas plus, mentit Damien tout aussi spontanément. On se prend à bouffer et tu viens chez moi ?

René se demanda ce qu'il lui voulait réellement. Il ne le côtoyait que depuis peu mais il ne lui avait jamais parlé d'un « chez lui ». Il était sans-abri ou pas ?

— Chez toi ? interrogea-t-il.

— Ouais, j'ai une baraque. Faudra juste prendre le train et bien se planquer pour pas se choper une amende. Tu veux manger quoi ?

— Attends, moi je laisse pas mon chien.

— Il peut venir, hein ! T'es con ou quoi ? Allez, viens, on se prend un sandwich et une boisson chez Guillaume.

René ajusta sa casquette. C'était pour ainsi dire la seule chose qui était encore à sa taille. Il était tellement fin qu'il aurait pu s'habiller au rayon enfants. Ce fut Damien, nettement plus présentable, qui se chargea des achats. René fit le planton sur le trottoir, la laisse de son chien nouée autour de sa taille et lui servant pratiquement de ceinture.

Une fois les emplettes rangées dans le vieux sac à dos élimé de René, ils traversèrent la place des Combattants pour rejoindre la gare où ils prirent le premier train. Ils en descendirent quelques minutes plus tard à la gare d'Abbé-Lignais, juste avant le passage du contrôleur qui avait heureusement perdu du temps en verbalisant un autre resquilleur.

La fin de l'hiver approchait à grands pas, et un vent doux réchauffa les marcheurs durant leur périple vers Huron, l'un des derniers villages à conserver l'ancienne architecture minière. Ils passèrent par la rue du Chariot afin de longer les deux grandes places arborées avant de bifurquer dans la rue de la Gagne en direction des habitations ouvrières datant de l'époque du charbonnage.

Lorsque René entra chez Damien, il fut surpris par la grandeur de la maison. Cela faisait longtemps qu'il n'avait pas dormi au chaud et le bordel ambiant ne le dérangea pas.

Tout bénef, songea-t-il.

— Mec, est-ce que t'es un pote ? questionna Damien en se tournant soudain face à lui.

Surpris, René hésita.

— Ben ouais, répondit-il.

— OK, suis-moi alors.

Les deux hommes montèrent à l'étage. Une odeur infecte s'engouffra dans leurs narines, ce qui, au vu de l'hygiène douteuse de René, constituait déjà une certaine prouesse. Ce fut dans la seconde pièce de droite que Damien lui montra.

Le SDF posa une main sur sa bouche. Pas parce qu'il s'apprêtait à expulser sa dernière bière de son estomac, mais parce qu'il était horrifié et qu'il ressentait simplement le besoin de l'exprimer de cette manière. Il n'avait jamais rien vu de tel.

Même si les effluves et le nuage de mouches ne laissaient que peu de places au doute, il s'approcha pour s'assurer que ce n'était pas une blague de mauvais goût.

— Mais... Mais...

— Tu peux le dire, assura Damien.

— C'est une vraie ?

— Mouais. Je la garde pour ma collection.

— Mais c'est qui ?

— Peu importe, mais c'est notre secret. OK, mon pote ? demanda Damien en posant une main sur l'épaule de René qui en ressentit immédiatement la poigne.

Il approuva de la tête tout en regardant celle qui pourrissait devant lui.

50

16 mars 1997
Domicile de Mimi

— Sale pute !

Les yeux rivés sur le journal grand ouvert, il vociférait parce qu'on ne parlait pas d'elle, et donc ni de lui ni de son œuvre. Dans un mouvement rageur, il chiffonna le quotidien avant de le déchirer.

Calme-toi.

— J'ai jeté sa tête et son tronc à la flotte pour rien.

Exactement comme les deux premières. Cela a déjà fonctionné mais pas cette fois-ci, voilà tout.

Ces mots étaient les derniers qu'il désirait entendre. Il se sentait invisible, inutile et pire, incompris. D'un trait, il siphonna sa troisième Chimay et, comme un diable sortant de sa boîte, s'extirpa de son fauteuil fétiche avant de s'élancer vers la cave.

Dehors, les étoiles commençaient à disparaître derrière un rideau de nuages menaçants.

Parvenu au sous-sol, il balaya du revers de la main tout ce qui se trouvait sur la table. Ses outils, ses rouleaux et ses bâches, tout tomba au sol dans un fracas métallique.

Mais qu'est-ce que tu fais ?

— J'en ai marre d'attendre, gueula-t-il, je vais changer la donne et...

Sentant alors un fin filet de bave glisser le long de son menton, il cessa de crier pour aspirer le liquide dans le vain espoir de préserver un peu de dignité.

— J'en veux une autre ! Tout de suite ! Je veux que justice soit rendue !

Sans attendre de réponse, il se rua vers sa voiture.

À Montiry, pas de nuages noirs sans pluie et celle-ci ne se fit pas prier. Les balais d'essuie-glaces battaient la mesure aussi vite que leur mécanisme le permettait. Cette météo malheureuse le renvoya à *Seven* et à sa théorie de la ville tentant de nettoyer au mieux celles et ceux qui la rongeaient de l'intérieur. Tout à coup, il eut envie d'être vêtu comme John Doe, pantalon brun, chemise blanche maculée de sang et pourquoi pas, pour ne plus laisser aucun doute sur sa véritable nature, quelques projections supplémentaires sur son visage et ses mains. Il avait envie d'être remarqué. Envie d'être pris au sérieux.

Doucement. Et évite le quartier habituel.

Il ne l'écouta pas et prit le ring jusqu'à la place de la Gare dont il fit le tour à deux reprises. La nuit était tombée depuis des heures et comme chaque dimanche, les honnêtes gens devaient certainement se blottir chez eux, assoupis ou même endormis, devant la télé ou faisant l'amour, pleurant de toute manière la fin du week-end et appréhendant le réveil et une nouvelle semaine de métro-boulot-dodo.

Malgré cela, il devait rester quelques proies potentielles. Il y en avait toujours dans cette partie de la ville.

Il la dégota dès qu'il bifurqua dans la rue de la Gare. Juste en face de la friterie.

Seule, à moitié trempée, elle attendait.

— Mais, s'étonna-t-il, c'est Nadia !

Il ralentit.

Presque au pas.

Oui, c'est elle ! C'est ta quatrième !

Il se mit sur le côté et, par la vitre passager grande ouverte, l'interpella.

— Hey, cria-t-il, viens te mettre à l'abri !

Elle eut un moment d'incertitude puis le reconnut.

— Non, dit-elle, j'attends mon ami.

— Quoi ?

Pensant qu'elle était trop loin pour se faire comprendre, elle s'approcha à quelques pas de la portière passager, qui s'ouvrit.

— Vas-y, entre deux secondes, il pleut des cordes.

— Mais non, je suis avec mon mec ! Il est à l'intérieur de la friterie.

— On s'en fout, viens, il fait meilleur ici.

Elle hésita.

— Elle est pleine à craquer, la friterie, insista-t-il, et s'il en a pour vingt minutes, tu vas attendre dehors ? Allez, monte, dit-il en tapotant le siège passager. Tu le rejoindras dans cinq minutes, le temps que la pluie cesse.

À force d'être à découvert, la jeune femme commençait à ressentir les effets de l'eau glacée. Quelques gouttes osèrent même s'inviter sous son col, ce qui lui procura de désagréables frissons.

— OK, dit-elle. Merci beaucoup.

Elle entra et ferma la portière dont la paroi intérieure dégoulinait. Nadia apprécia immédiatement la chaleur de l'habitacle.

— Bonsoir, dit-elle en se retournant.

Mimi lui exposa son plus beau sourire et enfonça la touche *Play* de son autoradio. Volume à fond, « Guilty » de Gravity Kills explosa soudain à travers les haut-parleurs de la voiture. Les vitres vibrèrent tant c'était puissant.

Sans prévenir, il démarra, lentement tout d'abord, avant d'accélérer et de tourner dans la première rue à droite tandis que Nadia, désemparée, ne pouvait que crier.

Il gueula plus fort qu'elle en feignant de ne pas l'entendre.

— Tu te souviens de cette scène, dans *Seven*, où John fait faire sa bite en forme de lame dans la boutique Wild Bill's Leather ? C'est ce morceau qu'on entend à ce moment-là.

— Mais putain, qu'est-ce que tu fous ?

— Regarde !

D'un coup de volant, il fit déraper la voiture pour prendre la rue des putes, comme on l'appelait dans la région. Il pointa du doigt l'une des vitrines où une femme d'un certain âge exhibait ce qu'elle pouvait encore.

— Là, regarde, tu ne vaux pas mieux qu'elle !
Terrifiée, elle ouvrit la portière pour sauter mais une main la rattrapa et la coinça contre le siège. Il stoppa la voiture en face de la tour du Pendu.

Cela avait assez duré. La chanson était presque terminée, mais peu importait.

Nadia n'en entendit pas les dernières notes.

51

19 mars 1997
BSR de Montiry

La tête baissée, Christophe gardait ses mains collées contre son visage à la manière d'œillères pour se concentrer. Il lisait le rapport de l'INCC, celui de la comparaison ADN tant attendue et le résultat coïncidait parfaitement avec Caroline Suros. Le bassin retrouvé dans le Flumen par les collègues français était le sien. Sans l'ombre d'un doute.

Il se préparait déjà au *je te l'avais bien dit* qui l'atteindrait de plein fouet dès qu'il franchirait la porte du bureau de Bernard. Des semaines qu'il soutenait sa théorie, des semaines de retard. Résigné, il s'arma de courage et avança avec des pieds de plomb jusqu'à son chef de section.

Celui-ci était occupé à faire le tri dans les procès-verbaux entre ceux qu'il estimait dignes d'être transmis au parquet et ceux, plus nombreux, qui méritaient d'être corrigés, le plus souvent à cause de fautes de frappe ou d'inattention.

Absorbé par cette tâche administrative qu'il aurait pu s'épargner si ses équipes faisaient preuve d'un peu plus de sérieux, il n'entendit pas Dufour approcher et sursauta presque quand il entama la conversation.

— J'ai une bonne et une mauvaise nouvelle, annonça Christophe.

Bishop déposa son stylo-bille et croisa les bras au fond de son siège.

— Balance, dit-il d'une voix trahissant son agacement.

— J'ai reçu le résultat de la comparaison ADN. C'est bien Caroline Suros.

Le chef de la Crim le regarda un instant avant de rétorquer.

— Et pour toi, c'est la bonne ou la mauvaise nouvelle ?

— Les deux. Mauvaise, parce que cela signifie que nous avons un tueur en série sur les bras, et bonne, parce que nous avons une nouvelle opportunité de coincer l'auteur en travaillant sur le cas Suros.

Bernard se pencha en avant et posa le menton sur ses mains jointes. À la manière d'un moine bouddhiste en pleine méditation, il ferma les yeux et sembla contrôler sa respiration. Cela dura un moment, un long moment pour Christophe qui demeurait debout sans trop savoir quoi faire de ses grands bras ballants.

— OK, dit le boss en sortant de sa léthargie, je veux tout le monde dans mon bureau dans quinze minutes.

*

* *

Son poignet s'endolorissait à force d'écrire. En charge de l'enquête de moralité dans le dossier du petit Nico, Mélanie devait entendre chaque membre de la famille, ainsi que toute personne susceptible de leur permettre d'en apprendre davantage sur Jimmy Tassart : son historique scolaire et professionnel, son parcours amoureux, son comportement, ses habitudes...

Aujourd'hui, elle entendait la grand-mère de Jimmy. Quatre-vingt-sept ans, une dent à chaque carrefour et une pension trop maigre pour y remédier. Elle était sourde comme un pot et sa voix stridente rendait la discussion atroce pour des oreilles habituées à un calme relatif.

Elle rendit néanmoins service à Mélanie en dressant un tableau peu flatteur de son petit-fils.

— Oh m'fille, avait-elle déclaré en début d'audition, y avait rié d'bon chez li. Y ne venait m'rinde visite que pour m'prindre des trucs. Mes yards, m'gambon d'un l'frigo et mes pintes.

Ce qu'elle avait traduit immédiatement en bon français dans son carnet de renseignements. Le patois local avait son charme mais dans le cadre d'une procédure pénale, mieux valait se faire comprendre de tous.

— Donc, résuma l'enquêtrice, à part le vol de vos sous, du jambon dans votre frigo et de vos bières, est-ce qu'à votre connaissance, Jimmy aurait pu commettre d'autres infractions ?

— Qu'est-ce que tu dis ?

Mélanie, le sourire aux lèvres, reposa la question en haussant la voix.

— Je n'sais nié m'belle, répondit l'octogénaire.

— Je ne sais pas, rectifia Mélanie en notant chaque mot corrigé.

Penning relut ensuite l'ensemble de sa déclaration avant de lui réclamer un paraphe sur chaque feuille et une signature complète en bas d'audition.

La radio crépita dès l'instant où Mélanie récupéra son stylo-bille. Christophe l'informa que sa présence était requise au plus vite à l'unité, ce qu'elle confirma d'un Wilco[1].

À mi-chemin, Bernard lui donna une nouvelle directive sur les ondes. La première partie de sa phrase la réjouit parce qu'elle avait raison depuis le départ, mais la seconde n'avait pas la même saveur. Puisqu'elle était déjà en route, elle devait retourner voir la sœur de Caroline Suros, noter sa réaction au moment où elle apprendrait la mauvaise nouvelle et la soumettre à une audition circonstanciée concernant les faits.

La simple perspective de se retrouver au milieu de cette fumée spectrale à l'odeur si piquante lui répugnait au plus haut point.

Elle fit ses adieux à la senteur de fleurs sauvages qui imprégnait encore son pull fraîchement lavé.

---

1. En procédure radio, terme désignant le fait que l'ordre est compris et sera exécuté.

*

* *

Depuis son bureau et devant les collègues présents, Bishop composa un numéro français.

— Adjudant Millox, à qui ai-je l'honneur ?

— C'est Bernard Brancart, de la BSR de Montiry. Comment vas-tu ?

— Je sens que cela va dépendre de ce que tu vas me dire…

Encore une démonstration de sa perspicacité, pensa le Belge.

— Le bassin appartient bien à Caroline Suros, dit-il sans détour.

— Je vois. Pour être franc, je m'y attendais. C'est surtout ma femme qui va être ravie de l'apprendre, je suis bon pour l'inviter au restaurant de son choix et comme elle a des goûts de luxe, je suis dans la merde. Franchement, si je connaissais le con qui a eu cette idée de faire une comparaison ADN…

— Je pense que c'est toi, ricana Bernard.

— Je sais, pouffa Marius. Donc, je présume que vous êtes sur le pont ?

— Oui, on est en pleine réunion, là. On voulait surtout savoir si vous aviez eu des avancées de votre côté.

— Absolument pas, je te les aurais communiquées sinon ; mais on va retourner voir la famille Suros. Ils auront peut-être un début de piste par rapport à ses fréquentations. Vous avez d'autres disparitions pouvant correspondre aux profils des deux premières victimes ?

Bernard regarda Christophe et lui posa la question. Ce dernier lui fit non de la tête, se gardant bien de préciser qu'il n'avait jamais fait aucune vérification dans ce sens.

— Non mais on va refaire le tour des autres unités pour s'en assurer, rétorqua le chef de la Crim de Montiry sans détourner le regard de son collègue.

Dufour comprit ce qu'ordonnaient ses yeux. Il se leva et retourna dans son bureau pour y passer plusieurs coups de fil.

— Si j'en crois mon expérience, reprit Millox, à moins qu'il n'ait eu un souci et s'il suit sa routine ainsi que son rythme, vous devriez déjà avoir d'autres victimes. Au moins deux, peut-être trois.

52

22 mars 1997
Rue Charles Woeste, Montiry

C'était le genre de matinée qui vous faisait regretter de porter un uniforme. Confortablement installé sur le dos de son cheval, le maréchal des logis Serge Bracquemond sillonnait les rues de Montiry avec un peu plus de hauteur que la moyenne des usagers. Sans mission précise, juste être vu et faire de la prévention sous ce magnifique soleil de printemps. Parfois, quand les voitures cessaient leur insoutenable vacarme, il entendait les oiseaux profiter du silence précaire pour échanger quelques trilles. Pour eux aussi, le moment était venu de se dégoter un partenaire particulier pour fonder une famille provisoire. Un pacte qui convenait parfaitement à Bracquemond.

Quand on est monté comme sa fidèle monture, répétait-il souvent aux autres pour justifier son involontaire célibat, *on n'honore pas qu'une seule femme. N'est pas Bracquemond qui veut.*

Tandis que son cheval traversait le pont surplombant les voies de chemin de fer joignant Montiry et Forge, la ville voisine, l'œil curieux du cavalier surprit en contrebas de la chaussée un chat en train de lécher des détritus sortant d'un sac en plastique noir.

Intrigué par ce qu'il pensait apercevoir, il guida sa monture vers l'espace herbeux bordant la route et mit pied à terre. Le matou n'attendit pas plus longtemps et déguerpit en une fraction de seconde. Les soupçons de Bracquemond se confirmèrent alors : ce que grignotait l'animal était bien une main humaine.

Malgré les broussailles et les herbes hautes obstruant la lumière du jour, le flic distingua tout autour d'autres sacs du même type. Des sacs gris anthracite utilisés pour jeter les ordures ménagères et fermés par des nœuds. Pour le gendarme, le climat radieux devint aussitôt sinistre. Il s'aventura tant bien que mal et constata que certains contenants avaient subi le même sort que le premier, exposant à sa vue d'autres morceaux de chair humaine.

*

* *

Un peu avant la place des Combattants, le juge d'instruction Pichard s'arrêta un instant devant le Cottingham. L'établissement – auparavant un restaurant d'excellente réputation – accueillait désormais des jeunes gens de tout âge, mangeant à la va-vite au milieu d'un air pulsé de métal qu'il ne supportait pas. Pas de doute, les temps changeaient trop vite pour lui.

Comme chaque fois qu'il était de garde, il portait son costume trois-pièces. Et comme très souvent, les forces de l'ordre amenaient en son cabinet les auteurs de faits graves interpellés la veille et susceptibles de donner lieu à une incarcération immédiate. Trois en tout depuis le début de la matinée. Un homme qui avait fracassé sa femme parce que les frites maison étaient trop cuites, un autre pris lors d'un contrôle en possession d'assez d'extasy pour tout un dancing, un adolescent responsable de l'incendie de trois maisons en deux semaines. *Celle-ci, c'était la dernière, m'sieur le juge,* avait assuré le garçon. *Je veux bien vous croire,* avait-il répondu en l'envoyant à Everberg, un centre fermé pour jeunes délinquants qui n'avait rien à envier à une véritable prison.

Une sentence qui procurerait à l'adolescent un choc suffisant pour le remettre sur le droit chemin, à moins que cela ne soit tout bonnement qu'une ligne de plus à son palmarès criminel. Peu importait à Pichard que ce soit l'un ou l'autre. En réalité, à ce moment-là de la journée, il s'en foutait.

Pour l'heure, le juge ne pensait qu'à se rassasier. Délaissant avec nostalgie son ancien restaurant préféré, il se dirigea vers la place où il opterait peut-être pour une pizza suivie d'une part de tarte en terrasse.

À quelques pas de l'hôtel de ville, il croisa deux policiers en civil qui le saluèrent. L'un d'eux l'interpella.

— Monsieur le juge, ce n'est pas votre greffier qui se pointe au pas de course ?

Pichard grimaça. Il sut immédiatement que Robert, apiculteur par passion et son acolyte depuis près de dix ans, venait battre le rappel, comme il aimait à le dire.

— Monsieur le juge, ahana le greffier devant les flics qu'il avait également reconnus, monsieur le procureur du roi désire vous saisir dans le cadre de morceaux humains retrouvés dans des sacs-poubelle jetés rue Charles Woeste.

— Ah ! Serait-on en face des restes de nos amies Suros et Meranti ?

— C'est probable, mais on m'a assuré qu'il y avait au moins trois pieds droits.

Pichard ne répondit pas. Il sortit son portefeuille de sa veste, l'ouvrit et tendit à son greffier deux billets de cent francs.

— Je vous laisse commander de quoi tenir jusqu'à ce soir, aussi bien pour vous que pour moi ! Je serai au bureau.

— Je fais au plus vite, assura Robert.

— Sans œuf pour moi, le sandwich, précisa le juge.

D'un hochement de tête, le greffier acquiesça et se hâta vers la seule sandwicherie ouverte un samedi, chez Guillaume.

— Messieurs, salua Pichard en direction des policiers pour prendre congé.

— Monsieur le juge, renvoya l'un d'eux.

D'un pas somme toute tranquille, Pichard reprit la direction du palais. Les deux flics le regardèrent un moment s'éloigner, encore en proie au doute quant à ce qu'ils avaient entendu ou cru entendre.

— Il a dit trois pieds ? demanda finalement l'un d'eux.

— Droits, corrigea l'autre, trois pieds droits.

Quelques minutes plus tard, attablés à l'une des terrasses de la place, ils virent Robert repasser en tenant un sachet blanchâtre, pas vraiment opaque, dont on pouvait aisément deviner le contenu : deux morceaux de baguettes garnies, deux bouteilles d'eau, deux barres chocolatées en guise de dessert.

Lorsque le greffier entra dans son bureau, le juge était en communication avec le procureur du roi et hormis des *très bien*, *je comprends*, *d'accord* ou *bien sûr*, Pichard ne prononçait aucune phrase intéressante. La conversation ne dura que quelques minutes.

Après avoir reposé le combiné, il ouvrit l'emballage de son sandwich et interpella Robert de la tête.

— Avant de manger, rappelle la garde de la BSR, s'il te plaît. Autant mettre directement les enquêteurs sur le coup. Demande-leur aussi d'aviser la section homicides, s'ils peuvent descendre également.

— Je m'en occupe tout de suite.

— Mais après, mange. Je pense qu'il vaut mieux qu'on ait l'estomac plein.

— C'est si moche que ça ?

— L'un des gendarmes présents a vomi en ouvrant l'un des sacs.

53

Ils ont bouclé la rue ?

Le volant serré entre ses doigts, Mimi n'en croyait pas ses yeux. Était-ce pour lui ? Sa voiture coincée dans le flot des véhicules qui avançaient au pas en direction du barrage routier, il stoppa la lecture d'un CD pour faire le tour des stations à la recherche d'un flash info ; mais à part des chansons dont aucune ne trouva grâce à ses oreilles, il ne tomba sur rien d'intéressant.

Quelques mètres plus loin, son cœur s'emballa lorsqu'il constata que la camionnette de gendarmerie placée en travers de la route ne laissait passer personne. Ce n'était pas un barrage filtrant, mais une fermeture pure et simple de la circulation.

À l'inverse de tous ceux qui désiraient rejoindre le centre de Montiry et poursuivaient donc leur route en empruntant la voie de gauche au niveau de l'îlot, Mimi opéra un demi-tour. Il connaissait bien le dédale des rues du quartier et contourna le dispositif jusqu'à atteindre sa maison.

À peine avait-il garé sa voiture devant son domicile qu'il se rendit à pied au bout de la voie débouchant sur la rue Charles Woeste, là où il avait savamment disposé quelques morceaux de ses trois dernières roses sauvages. Comprenant alors que son sanctuaire était enfin découvert, il fut tiraillé par des sentiments opposés. Certes, c'était quelque chose qu'il désirait depuis des semaines, mais cela signifiait aussi qu'elles ne seraient plus jamais auprès de lui pendant les moments difficiles.

Planté sur le trottoir à l'intersection des deux rues, il préféra éviter le regard insistant des hommes en uniforme et rebrousser chemin pour rentrer chez lui.

Sur place, les renforts arrivaient au compte-goutte. Les derniers à se présenter furent la garde de la BSR. Avisé le premier, Bishop avait rameuté quatre hommes, dont le chef Dufour. Comme il l'avait annoncé, il avait en revanche sciemment exclu Mélanie.

Leurs voitures se faufilèrent, gyrophares allumés, entre les appareils photo, les curieux et enfin la rubalise occultant péniblement l'objet de toutes les attentions.

Pichard les accueillit.

— Messieurs, bienvenue dans ce que j'appellerais un puzzle macabre.

— Monsieur le juge, entama Bernard, nous sommes déjà au courant qu'il y a au moins trois corps.

— C'est une partie de la vérité. J'ai fait ouvrir tous les sacs en prenant les précautions d'usage et tout n'est pas là. Il manque des morceaux.

— On a retrouvé des effets ? Des cartes d'identité, peut-être ?

— Non, mais les fouilles se poursuivent. En tout cas, aucune tête dans les sacs. J'ai demandé un renfort de la protection civile ainsi qu'un hélico de Bruxelles pour nous aider.

Le chef de la Crim approuva les décisions et sonda ensuite ses hommes. Tous étaient déjà parfaitement conscients des tâches à accomplir.

— J'espère qu'il s'agit au moins de nos deux victimes, continua Bishop.

— Effectivement, confirma le juge, ce serait une bonne chose qu'elles en fassent partie. Je préfèrerais n'en avoir que trois plutôt que cinq.

*

* *

À moins de cent mètres de là, se doutant que des hommes en uniforme sonneraient aux portes pour une enquête de voisinage, Mimi s'était réfugié dans sa cave. Il observait les morceaux qu'il possédait encore, tout juste sortis de la citerne d'eau de pluie.

C'est le moment. Il est temps de passer à l'étape suivante.

Les lèvres en cul de poule, perdu dans ses réflexions, il opina. Un sac anthracite dans une main gantée, il attrapa de l'autre une touffe de cheveux qu'il leva à hauteur de tête.

Avant de s'en séparer définitivement, il resta un instant immobile.

Les yeux dans les siens.

54

23 mars 1997, 1h56

Quatre flics montaient la garde.

Insatisfaits des premières fouilles, Bernard et le juge d'instruction refusèrent de libérer les lieux, contraignant ainsi plusieurs gendarmes à combattre la fatigue pour garder un œil sur les endroits qui restaient encore à déblayer. Comble du malheur, le renfort aérien souhaité dans la journée ne serait disponible que le lendemain matin. Toutefois, pour ne pas perturber inutilement la circulation des automobilistes, la rubalise fermant l'accès à la rue et au pont avait été ôtée.

La nuit était tombée depuis longtemps et hormis quelques curieux qui osaient un rapide passage, c'était le calme plat. À bord de sa voiture, Mimi en profita pour quitter le quartier, chargé des différents paquets dont il comptait se débarrasser. En passant devant l'une des camionnettes arborant les couleurs de la gendarmerie, il détourna le regard sans pour autant en oublier de surveiller son rétroviseur.

Au premier virage, il fut rassuré et put commencer sa tournée. Il avait deux destinations prévues. Des choix ciblés et réfléchis pour marquer les esprits.

Commence par l'avenue Dutronc.

Mimi engagea un CD dans l'autoradio. « Psycho Killer » des Talking Heads débuta. Il monta le volume. Anonyme parmi les autres usagers, il arriva à bon port sans se faire remarquer. La carcasse faisait son poids mais il n'eut pas trop de difficulté à la déposer.

Bien en vue.

Étant donné qu'il y avait un peu plus de route vers sa prochaine étape et que le jour ne tarderait plus à se lever, il repartit immédiatement. Un trajet plus long, donc plus risqué, mais le nom que portait la rue en valait la peine. Rejouant sans arrêt la même chanson et avec le même brin de folie, il trouva l'emplacement idéal où déposer son colis. Il descendit de voiture et ouvrit le coffre d'où un relent d'alcool s'échappa. À moitié penché à l'intérieur, il attrapa le sac et le souleva.

Il comprit alors son erreur.

— Merde, cria-t-il, la tête toujours enfoncée dans le coffre. Putain de merde !

De rage, il tapa du pied contre le sol comme un gamin à qui on refusait une friandise.

Tant pis ! Fais avec !

— Mais non ! Ça n'aurait plus aucun sens !

C'était déjà risqué de venir jusqu'ici, tu le déposes !

Il frappa de nouveau le sol. Encore, encore et encore, jusqu'à obtenir ce qu'il cherchait.

Se faire mal.

Furieux, il jeta ce qu'il avait entre les mains et remonta en boitillant dans la voiture.

— Je voulais que la tête soit ici.

Eh bien, elle sera rue des Colis.

Point final.

N'oublie pas qu'il t'en reste une.

55

24 mars 1997, 8h31
BSR de Montiry

Sur l'un des murs de son bureau, Bishop avait épinglé les photographies de six femmes. Mélanie reconnut tout de suite deux d'entre elles : Maryse Meranti et Caroline Suros.

À la teneur du compte-rendu de la descente, l'enquêtrice comprit qu'elle avait été non seulement écartée de celle-ci, mais également tenue éloignée durant tout le week-end. Il en allait de même pour deux autres collègues, Guy et Cyrille, à ceci près que ces derniers avaient posé depuis longtemps des congés. Son chef avait choisi Christophe, il avait rappelé celui qui avait eu tort, celui qui freinait des quatre fers pour ne pas enquêter plus avant et surveiller en amont les disparitions inquiétantes.

Tandis qu'elle contenait sa colère et sa déception, Bernard passa en revue les différents morceaux découverts. Il y avait de tout. Des pieds, des avant-bras, des mains, des cuisses, des épaules... Et jusqu'à présent, aucun indice exploitable, aucun témoin, absolument rien.

— Néanmoins, compléta-t-il, grâce au travail *ante mortem* du DVI[1] réalisé sur Meranti, nous savons que certains morceaux lui appartenaient. De ce fait, au début, nous nous sommes dit qu'il y avait de fortes chances pour que d'autres fragments correspondent au corps de Suros.

Mélanie rembobina la scène dans son esprit. Bernard avait précisé : *au début*. Qu'en était-il maintenant ?

— Et puis, poursuivit-il, il y a ce pied droit supplémentaire. Ce qui signifie bien sûr une troisième victime. Et c'est là que les disparitions inquiétantes enregistrées sont intéressantes, dit-il en direction de Dufour pour qu'il prenne le relais.

Les unes après les autres, Christophe nomma chacune des femmes dont la tête était punaisée sur le mur, en précisant les dates ainsi que les lieux présumés de chaque disparition.

Bishop enchaîna en stipulant que les légistes avaient déjà, avec une relative précision, daté la mort de chaque victime dont un morceau de corps avait été retrouvé rue Charles Woeste. Aucun décès ne remontait à plus de neuf mois.

Cette information frappa Mélanie qui fit immédiatement le lien avec la découverte du bassin de Suros. Cela faisait maintenant plus d'une année

1. Disaster Victim Identification. Créé en 1986 par la gendarmerie belge, il s'agit d'un groupe spécialisé dans l'identification formelle de cadavres.

qu'il avait été repêché, ce qui revenait à dire que son corps ne faisait pas partie des morceaux retrouvés ce week-end.

— Vous l'aurez compris, confirma le chef de la Crim, Suros ne peut pas se trouver dans les sacs. Mais deux autres femmes pourraient correspondre.

Il se leva et posa le doigt sur la photo d'Évelyne Hautecloque, une mère de famille, divorcée et sans emploi, qui tentait à l'époque de sa disparition de repartir de zéro ; et sur celle de Nadia Dargot, une jeune femme âgée de vingt ans seulement, selon les explications données par Christophe.

Plus jeune que Claire, se dit Mélanie, qui ne put s'empêcher de regarder son rival avec insistance. Ce je-m'en-foutiste qui l'avait dénigrée et qui avait laissé tomber les victimes. Mais comment son boss pouvait-il encore lui faire confiance ? Pourquoi l'avait-il rappelé et pas elle ?

À la fin de la réunion, les tâches étaient réparties et chacun savait ce qu'il lui restait à faire.

Sauf Mélanie.

Bernard lui avait demandé de rester quelques minutes de plus et il patienta sans bouger de sa chaise, le temps d'être seul avec elle.

— Je sais ce que tu te dis, entama-t-il, il ne m'a pas appelée alors que j'étais disponible. C'est bien cela ?

Fébrile, sans trop savoir à quoi s'attendre, elle acquiesça.

— Je l'ai joué comme cela parce que je préfère que tu prennes du recul par rapport à cette affaire. J'aimerais que tu analyses tous les procès-verbaux, les rapports, j'ai besoin de quelqu'un de confiance, avec un bon esprit de synthèse et assez méticuleux, qui pourra me faire des recoupements et me sortir un nom au milieu de ce merdier. Cyrille est bon à ce jeu-là mais pour moi, tu es encore meilleure.

Encore un ascenseur émotionnel pour l'enquêtrice, qui ne sentait plus ses jambes. Elle hésita entre le sourire et les larmes.

— Bernard, bredouilla-t-elle encore tremblante, je…

— Si tu as cru que je te mettais de côté, coupa-t-il, j'en suis navré.

Ce fut le coup de grâce.

Sans le savoir, son chef lui rappela son père. C'était sa phrase fétiche quand Mélanie râlait contre sa sœur, contre le temps astronomique qu'on accordait à la petite dernière de la famille tandis que l'aînée était laissée pour compte : *Si tu as cru que je te mettais de côté, j'en suis navré.*

De temps à autre, Bernard baissait sa garde et on pouvait alors déceler chez lui un petit côté paternaliste, mais cette fois-ci, il laissa carrément tomber le masque. Rien ne l'obligeait à la réconforter ou à lui présenter des excuses. Rien. Il n'avait fait que gérer au mieux la boutique et maintenant, il lui attribuait une réelle mission de confiance.

Cette attention à son égard la réchauffa et l'enorgueillit. Elle se leva d'un bond.

— Comment on procède ? demanda-t-elle plus motivée que jamais.

— Je vais te donner les classeurs concernant aussi bien Meranti que Suroc. Tout ce qui arrivera, tu en auras une copie. Tu lis tout, absolument tout. N'hésite pas à prendre des notes, dresser des listes de noms, de lieux, enfin tu vois ce que je veux dire ?

— Oui, oui, assura-t-elle.

— Je lirai également un maximum mais vu l'ampleur que ça va prendre, je pense qu'on va crouler sous la paperasse. De plus, je devrai aussi coordonner pas mal de choses et je n'ai malheureusement pas encore le don d'ubiquité.

— Bien sûr, tu peux compter sur moi.

Il leva son index et prit son air grave.

— Il est évident que ça ne s'arrêtera pas là. On ne sait pas s'il les maintient en vie avant de les tuer, mais dans le doute, ces femmes, dit-il en montrant les photographies, comptent sur toi. Et les prochaines aussi.

56

24 mars 1997, 16h49
Centre de Montiry

Son chien ne cessait de le tirer vers la place des Combattants. Conséquence d'une météo douce et ensoleillée, les terrasses y étaient prises d'assaut par le monde estudiantin et quelques cadres chanceux qui avaient pu quitter leur bureau un peu plus tôt. La récente interdiction de nourrir les pigeons ne décourageait pas les gamins qui se bidonnaient en les voyant se battre pour des miettes de pain, si bien que ces rats volants étaient de plus en plus nombreux à affluer de toutes parts.

Autant de cibles potentielles que Ritchie, sans nul doute un bâtard abandonné dès les premières vacances scolaires, souhaitait ardemment titiller. De temps à autre, il jappait dans leur direction tout en tirant d'autant plus fort, obligeant René à le siffler pour le ramener au calme. Quatre ans de vie commune avaient noué des liens très forts entre eux mais il lui arrivait d'énerver son maître au plus haut point.

Difficile de faire pitié avec un clébard pétant le feu.

Pour tenter quand même le coup, le SDF avait établi son QG au niveau de la petite fontaine jouxtant la place. Un passage obligatoire pour toute personne désirant faire un tour dans les rues commerçantes afin d'y faire un peu de shopping, flâner dans les étroits rayons de Doxa, la librairie universitaire, acheter le dernier *Strange* au ComicStores ou simplement dénicher un nouvel album à insérer dans son walkman avant de reprendre un bus ou un train en direction de la maison.

Entouré par des dizaines de personnes ne lui prêtant aucune attention ou pire, exhibant sans honte leur indifférence totale, René ne lut que très tard la une des journaux du matin exposés en vitrine de la maison de la presse située au coin de la rue du Graal et de la place.

« Montiry – Macabre week-end, les restes de trois femmes découverts sans tronc ni tête dans des sacs-poubelle »

Ou encore :

« Morbide découverte – Neuf sacs, trois victimes – Sur la trace d'un découpeur »

Malgré un taux d'alcool déjà élevé pour son corps fluet, un rapprochement se fit instantanément dans son esprit.

Quelques minutes plus tard, Damien, qui mendiait jusque-là dans une rue adjacente, vint lui proposer d'aller boire une bière. Malgré la présence d'une multitude d'insectes pleins aux as grouillant autour de la fontaine, le lieu lui apparut vide. Ritchie, René, sa couverture et même le gobelet usagé lui servant de réceptacle avaient disparu.

57

24 mars 1997, 18h33
Maison des sœurs Penning

Lessivée par sa première journée passée à analyser les procès-verbaux traitant des affaires Meranti Maryse et Suros Caroline, l'enquêtrice avait comme seule envie d'ôter son uniforme immatériel de flic pour revêtir un banal mais bien réel pyjama.

Sous l'emprise de sa nouvelle mission, elle en avait oublié de manger. D'ordinaire, cela ne la dérangeait pas, mais l'enthousiasme que suscitait en elle la confiance qu'on lui accordait enfin lui avait ouvert l'appétit. En arrivant chez sa sœur, dont la présence de la voiture dans l'allée la rassura, elle espéra humer l'odeur d'un bon plat chaud.

Sauf que la scène qui l'attendait était beaucoup moins idyllique. Mike et Claire étaient assis en silence de chaque côté de la table de la cuisine, les bras croisés, comme deux adversaires se jaugeant autour d'un échiquier. La tension était à son paroxysme dans le regard de Claire. Mélanie déposa son sac le plus lentement possible, comme si le moindre bruit pouvait déclencher une réaction en chaîne menant à la destruction totale de la maison.

Malgré toutes ses précautions, Claire se tourna vers elle, sans abandonner son attitude fermée. Elle paraissait à fleur de peau, autant qu'elle-même l'était ce matin lors de la réunion.

— Ça va, sœurette ? interrogea la cadette d'un ton aussi froid que le serait sûrement son repas.

— Très bien, et toi ? Enfin, vous ?

Claire pivota sur elle-même en direction de Mike qui n'avait pas remué le moindre orteil. Elle hocha la tête pour l'inciter à prendre la parole.

Après une mimique de dépit et dans un long soupir, il s'exécuta.

— Elle m'en veut parce que j'ai fait la fête hier avec mes amis de l'université et que je ne suis pas rentré.

— Je t'ai attendu toute la nuit ! s'emporta Claire. J'étais sans nouvelles, il me semble que j'ai le droit de râler !

— Oui, je suis d'accord. Mais comme je te l'ai déjà expliqué, j'avais bu un coup de trop et j'ai préféré ne pas rentrer. Et puis, tu oublies que j'ai mon appartement aussi, il faut bien que je m'en occupe.

Agacée, Claire leva les yeux au ciel avant de regarder sa sœur, coincée dans la plus inconfortable des positions. D'un côté, le jeune homme avait raison de ne pas avoir nargué le destin en rentrant ivre mort. De l'autre, pour une fois que Claire comprenait l'importance de garder une certaine ligne de conduite, ne pas aller dans son sens ne ferait que renforcer ses arguments quand Mélanie lui ferait la remarque.

L'aînée choisit de simplement hausser les épaules avant de sortir de son sac une publicité pour une pizzeria que l'un de ses collègues avait distribuée plus tôt dans la journée.

— Pizzas ? proposa-t-elle en la leur exhibant.

— Je n'ai pas faim, rétorqua la cadette dans la seconde.

— Claire, commença sa grande sœur, il faut désamorcer la situation. Vous êtes braqués tous les deux sur vos positions. D'accord, il aurait dû t'avertir, mais il s'est excusé.

— Pfff.

— Quoi pfff ? Ça ne t'arrive peut-être jamais à toi ? Combien de fois on s'est engueulées à cause de ça ?

— C'est bon ! s'énerva-t-elle. Vous savez quoi ? Je vais vous laisser. Toi, dit-elle à Mike, retire ton T-shirt. Et toi, sors tes classeurs et refaites le monde en amoureux.

Pour Mélanie, c'était trop. Elle l'empoigna par le bras et la tira vers elle jusqu'à ce que son visage soit à quelques centimètres du sien.

— Maintenant, stop ! Tu m'emmerdes ! Tu fais la gamine là !

— Et toi, tu te prends pour qui ? Fais des gosses si tu as envie d'engueuler quelqu'un !

Immobile dans un coin de la cuisine, Michaël n'était plus que le spectateur d'une querelle dont il était à l'origine. La mâchoire de Mélanie se serra au point de lui faire mal. Sa sœur venait de l'attaquer sur un point très sensible. Un point dont elle ne parlait jamais.

— Espèce de salope ! insulta l'aînée, au bord des larmes. Comment toi tu oses me dire ça ? Casse-toi, franchement, casse-toi.

Piquée à son tour, la cadette ne répliqua plus. Elle sortit de la cuisine et monta dans sa chambre.

— Je vais vous laisser, tenta Mike.

— Ah non ! Toi, tu restes là et on va tous se commander une pizza, ajouta-t-elle assez fort pour que Claire l'entende.

— Mais non, je préfère…

— Tu restes, coupa Mélanie, je la connais, elle va se calmer et redescendre. Prends-lui une quatre fromages et moi, une calzone.

Elle lui tendit la publicité sans lui laisser d'autre choix que de s'exécuter.

Trois quarts d'heure plus tard, Mélanie déposa les trois cartons sur la table et déboucha une bouteille de vin rouge. À défaut d'italien, elle avait sorti un bordeaux dont elle appréciait l'astringence.

— À table ! cria-t-elle à travers la maison.

Pressé par l'odeur alléchante, Mike voulut se précipiter mais il changea de direction pour patienter dans le hall lorsqu'il entendit les pas de Claire dans la cage d'escalier. De son côté, Mélanie prit place à table et servit du vin à tout le monde. Ce faisant, elle perçut derrière elle les plates excuses du couple qui se réconciliait à coup de baisers.

La pizza était prédécoupée et Mélanie n'attendit pas plus longtemps. Elle empoigna une part et la porta à sa bouche. C'était salé, chargé et bien gras, tout ce qu'elle désirait.

La surprenant par derrière, Claire déposa un baiser sur sa joue.

— Je suis désolée, chuchota-t-elle.

Mélanie répondit par un simple hochement de tête. Sa bouche était de toute manière trop remplie pour exprimer quoi que ce soit sans expédier de la nourriture un peu partout.

Tout le monde s'attabla dans un silence presque religieux.

— Tu es sur les morceaux de cadavres ? lança Claire pour briser la glace.

— Mouais, fit l'aînée en avalant, c'est l'horreur.

— J'ai lu qu'il n'y avait ni tronc, ni tête, c'est vrai ?

— Tout à fait, il manque des bouts mais on espère maintenant que le gars retournera sur les lieux, comme beaucoup le font. Des planques sont déjà en place et si jamais il tente de se débarrasser d'un autre morceau, on le chopera.

58

25 mars 1997, 2h41
Rue Charles Woeste, Montiry

Bien qu'épars, l'éclairage public était suffisant pour percer la profonde nuit noire recouvrant, tel un sombre drap mortuaire, le souvenir de la macabre découverte.

Deux curieux, venus jeter un rapide coup d'œil, avaient déjà fait l'objet d'un contrôle approfondi. De part et d'autre de la longue rue, des équipes se tenaient prêtes à intercepter le moindre suspect. De l'autre côté de la chaussée, avec une vue imprenable sur l'endroit exact où les sacs avaient été déposés, deux hommes aguerris à la surveillance discrète et vêtus de tenues de camouflage se terraient, dissimulés dans les broussailles. Leur mission pour cette nuit, lancer l'alerte en cas de retour d'un potentiel auteur. Du « Boucher », comme le surnommait déjà la presse.

La nuit était douce mais l'attente à même le sol endolorissait toujours les membres. L'un et l'autre profitaient de l'absence de toute âme qui vive pour se dégourdir à tour de rôle avant de reprendre place. Ils s'autorisaient même de temps en temps une cigarette dont l'incandescence furtive ponctuait l'obscurité.

Soudain, ils remarquèrent une voiture dont le comportement singulier les intrigua. En ralentissant, elle longea l'accotement herbeux jusqu'à s'arrêter à proximité du lieu de découverte. Sur le qui-vive, l'un des observateurs chuchota dans sa radio lorsque le chauffeur descendit, ouvrit son coffre et se mit à fouiller à l'intérieur.

À quelques centaines de mètres de là, à l'abri de rues perpendiculaires, deux Volkswagen Golf GTI arborant la large ligne ocre firent vrombir leur moteur. Deux escouades de trois hommes se tenaient prêtes à intervenir au signal.

Sur place, le conducteur suspect releva la tête et embrassa les alentours du regard.

Rien.

La voie était libre.

Vite, très vite, il sortit quatre sacs-poubelle de son coffre.

— Go maintenant ! lança l'un des observateurs. Un homme avec des sacs entre sur site ! On vous attend.

— Non, on s'en fout, riposta son coéquipier, on fonce.

Les deux hommes avancèrent armes au poing vers l'objectif. Au loin, ils entendirent le son caractéristique des GTI se rapprocher à toute vitesse.

Le suspect avait disparu en contrebas.

Afin d'élargir leur zone d'intervention, ils se séparèrent avant de revenir l'un vers l'autre. Tandis qu'ils opéraient en silence, ils furent tous les deux surpris par un flash émanant des profondeurs du fossé.

Puis un autre.

Au même moment, les Golf arrivèrent et barrèrent toute solution de fuite. La calandre de l'une d'elles touchait légèrement l'avant de la voiture au hayon arrière toujours béant. Au grand complet, les huit hommes convergèrent vers leur cible.

*

*   *

Malgré l'heure matinale, sept heures trente-deux, les bureaux de la Crim grouillaient de monde lorsque Penning fit son apparition, croisant des visages qu'elle ne connaissait ni d'Ève ni d'Adam. Devenue une soldate pour la cause des victimes du Boucher, elle prit la température auprès de Bernard. Il était seul, le dos recroquevillé vers son bureau, la tête à quelques centimètres d'une photographie.

— Bonjour chef, qu'est-ce qui se passe ?

Il leva brièvement les yeux dans sa direction puis replongea dans sa contemplation.

— Oh, la routine. Les planques ont très bien fonctionné hier.

— Ça sent le sarcasme, releva l'enquêtrice.

— Et pas qu'un peu. Celle placée rue Charles Woeste a permis de mettre la main sur un journaliste qui voulait faire sensation avec des clichés plus vrais que nature. Son plan était de déposer des sacs à l'endroit de la découverte et de faire de belles photos pour les vendre au plus offrant. Il s'est retrouvé avec huit pistolets entre les yeux et son appareil est foutu.

Mélanie pouffa.

— La suite est moins drôle. Quand les gars du second dispositif de surveillance se sont installés le long du Flumen, ils ont presque trébuché sur un tronc parfaitement emballé dans plusieurs sacs. L'examen préliminaire tendrait à dire qu'il s'agirait de celui de Nadia Dargot.

— Parfaitement emballé ?

— Absolument. Celui-là, il voulait qu'on le retrouve.

L'enquêtrice, restée debout jusqu'alors, s'apprêta à s'asseoir.

— Ne perds pas de temps, lança son chef pour la stopper dans son élan, tu vas avoir des choses à régler en urgence ce matin.

Il lui tendit une feuille. L'état de santé de Zoé Bellis ne réclamant plus de soins particuliers, du moins pas plus que ceux qui pourraient lui être prodigués en milieu carcéral, le juge Pichard ordonnait qu'elle soit transférée au plus vite à la prison de Montiry.

Penning pesta intérieurement. Aucune envie de la revoir, encore moins dans cet état.

— Je t'accompagnerai, la rassura Brancart qui avait perçu son trouble.

— C'est gentil de ta part.

— Pas le choix, se moqua-t-il, tous les autres sont occupés.

*
* *

Dans sa chambre de l'hôpital militaire[1], gardée en permanence par au moins un membre de la RG[2], Zoé avait passé le plus clair de son temps dans un coma artificiel. Les réparations tissulaires et osseuses s'étaient littéralement apparentées à de la torture, causée par une douleur intense et constante, capable de rendre fou n'importe qui.

Mais à partir d'aujourd'hui, terminé les petits soins, visage à moitié arraché ou non, une cellule l'attendait, au grand soulagement de l'état-major obligé d'affecter du personnel à sa surveillance

Munis du réquisitoire du juge, Bernard et Mélanie se présentèrent à l'accueil où ils reçurent les directives à suivre pour l'extraction de la détenue. Le collègue en faction les salua et leur ouvrit la porte.

Debout, les bras le long de son corps devenu maigre, sa silhouette avait l'apparence d'un poteau sur lequel on aurait déposé une touffe de cheveux hirsute. Elle les attendait à contre-jour, devant la rangée de vitres sans store, comme elle l'avait fait avec Gustave.

Malgré cela, les enquêteurs distinguèrent que Zoé ne portait ni vêtements, ni chaussures, mais simplement une tunique d'un bleu terne et délavé

1. L'hôpital militaire Reine Astrid est situé sur la base militaire Reine Astrid, à Neder-Over-Heembeek, dans la région de Bruxelles-Capitale.

2. Réserve générale : groupe caserné à Bruxelles composé essentiellement de nouvelles recrues.

qui se nouait dans le dos. Se focalisant sur ce point pour éviter de lever les yeux trop haut, Mélanie lui proposa d'en enfiler une seconde qu'elle fermerait devant.

La détenue accepta, prit une nouvelle tenue parmi celles qui étaient à disposition dans son armoire et passa la tête dedans. Elle écarta ensuite les bras, comme crucifiée, et se figea.

— Je n'arrive plus à faire certaines choses, comme les nœuds par exemple. Pourriez-vous...

Bellis ne termina pas sa question. Volontairement.

Les deux flics se regardèrent. Mélanie vit dans les yeux de son chef qu'il lui laissait le pseudo-privilège de nouer les liens. Elle s'avança vers cette représentation biblique digne d'un film d'horreur, attrapa les deux cordons et les attacha au niveau du ventre. Zoé ramena alors ses bras le long de ses cuisses, puis pencha légèrement la tête sans lâcher celle de Penning de son seul œil valide.

— Que pensez-vous de votre œuvre ? lui demanda-t-elle.

Mélanie posa enfin les yeux sur le visage de la meurtrière. Elle ne ressemblait plus du tout à celle qu'elle était allée chercher au saut du lit. Pas un seul trait de son visage n'avait résisté à la déflagration. Les chirurgiens avaient dû redoubler d'efforts pour la rendre plus « humaine », même si ce qualificatif semblait davantage s'adresser au reste du corps.

— L'artiste, rétorqua Mélanie en prenant sur elle pour ne pas baisser les yeux, c'est toi.

Menottes ! enchaîna-t-elle en tendant une main vers Bernard.

— Tutoyons-nous, dans ce cas. Tu crois aux rêves prémonitoires, Penning ? questionna-t-elle tandis que les entraves s'ajustaient à ses poignets.

— …

— J'en ai fait un de toi. Sache que nous serons bientôt l'une contre l'autre, enfermées au même endroit.

— Maintenant, on se tait, dicta le chef de la Crim. On te met les pinces devant mais si tu l'ouvres encore, ce sera derrière et le trajet sera nettement moins plaisant.

Zoé émit le bruitage enfantin d'une serrure que l'on verrouille, comme si on tournait une clé à hauteur de sa bouche.

Le silence était revenu lorsque, quelques minutes plus tard, tous trois quittèrent l'hôpital. Bishop prit le volant, Mélanie s'installa derrière lui. Le haut de son crâne posé contre la vitre, Bellis se retrouvait sanglée à l'arrière, côté droit.

Au niveau de la sortie d'autoroute, la jeune femme comprit que c'en était fini de sa semi-liberté.

— Tu aurais dû faire le job, Penning. Tu aurais dû tirer.

— Elle a fait son job, répliqua Bernard, elle t'a chopée.

— Et je vais faire quoi maintenant ? Quand je vais sortir, je vais faire quoi ? Je serai à jamais la femme qui a poignardé un vieux pour son fric.

— Tu es pire que ça, dit Mélanie. Tu seras toujours la flic qui a poignardé un vieux pour du fric. Merci pour la pub.

— Justement, poursuivit Zoé en pivotant ce qu'il lui restait de tête vers l'enquêtrice, c'est pour ça que tu aurais dû le faire, parce que je vais répondre à ma propre question : quand je sortirai, je recommencerai et peut-être bien par toi, Penning !

Mélanie baissa lentement la tête vers ses mains. Ou plutôt vers ses poings crispés. Elle eut soudain très envie de le faire, le job.

— Nous sommes arrivés, s'empressa d'intervenir Bernard. La prochaine fois qu'on te verra, ce sera pour t'auditionner.

— J'ai l'impression que ça ne sera pas de sitôt.

— Pourquoi cela ?

— Le Boucher. Je suis certaine que vous ne l'aurez pas.

— Je vais me répéter mais, pourquoi cela ?

Au niveau de l'entrée de la prison, un coup de bitonal fit ouvrit la porte du sas. Bernard enclencha la première et s'y engagea avant de couper le moteur.

— Alors ? insista-t-il en se retournant vers Zoé. J'attends ta réponse.

— Parce que vous êtes incapables de penser comme un gars comme lui, tout comme vous êtes incapables de penser comme moi. Vous restez dans votre petit monde régi par des textes napoléoniens. Vous êtes très loin du compte. Il n'y a que Penning qui commence à voir clair.

Elle attira ainsi son attention. Les deux femmes se regardèrent. Zoé enchaîna.

— Avant que ça ne parte en cacahuète, laisse-moi te donner un conseil : quand on rêve de la mort de quelqu'un, ce n'est pas sans raison. Et devine quoi ? J'ai rêvé de toi.

Avant que ça ne parte en cacahuète, se répétait Mélanie lorsque quelqu'un cogna sa vitre.

C'était lui.

Le gardien.

Celui qui l'avait balancée à la famille du petit.

Il lui fit signe de baisser sa vitre. Mais la manivelle était coincée et Mélanie, rassurée par le fait qu'ils se trouvaient déjà à l'intérieur de l'enceinte de la prison, s'autorisa à descendre en abandonnant son collègue et leur détenue.

— Quoi ? lui dit-elle.

— J'ai vu dans la presse ce qu'il s'est passé avec elle, dit-il en arborant une dentition jaunâtre. Vous auriez pu nous en laisser un morceau. Comme pour l'autre.

L'homme émit pour lui-même un long rire.

Le sang de Mélanie ne fit qu'un tour.

Deux claquements résonnèrent dans l'air avant que le gardien, inconscient, ne percute le sol. Un gauche-droite, le plus simple des enchaînements de boxe.

Bernard se mit à crier et lorsqu'elle lui fit face, presque au ralenti, elle vit Zoé hocher la tête en guise d'approbation et remuer ce qu'il lui restait de lèvres.

— Tu comprends, maintenant ?

59

26 mars 1997
BSR de Montiry

Sa chemise dépassait de son pantalon. Les traits tirés, le teint diaphane et les yeux injectés de sang, tout le corps du chef de la Crim l'implorait de se mettre au repos.

En vis-à-vis, Mélanie n'avait pas plus fière allure. Tous deux avaient subi une journée éprouvante, suivie d'une nuit blanche causée par l'angoisse du lendemain.

Les regrets et les remords seraient pour plus tard.

— Coups et blessures volontaires avec une incapacité de travail de plus de trois jours, lut Bishop. Que veux-tu que je fasse, maintenant ?

Honteuse et surtout mal embarquée, Penning haussa les épaules. Que faire d'autre ? Lui dire que la mère du petit pourrait venir témoigner que c'était grâce aux enquêteurs que justice a été rendue ? Hors de question. Tout était de sa faute, elle prendrait sur elle si cela venait s'ajouter à l'insoluble équation qu'était devenue sa vie.

Elle n'avait ni arguments, ni excuses.

— Tu n'as rien voulu me dire hier mais j'aimerais que tu me parles. Pourquoi l'as-tu frappé ? Parce qu'il a bavé sur Jimmy qui est maintenant condamné à passer sa vie coincé dans un lit ? Qu'est-ce qu'on s'en fout, de cette merde ? Qu'il crève ! s'emporta-t-il sous l'effet de la fatigue.

Mélanie secoua la tête.

— C'est personnel, murmura-t-elle. Je vais assumer.

Abasourdi, les yeux grands ouverts, Bernard tenta de la jouer comme un père.

— Oh, c'est moi, tu peux me parler, tu sais ?

Même geste, même réponse.

La déception marqua le visage du chef de la Crim.

— Alors, abandonna-t-il, je n'ai plus le choix. Tu es écartée de la section tant que cette histoire n'est pas clôturée.

Penning releva la tête. Elle s'attendait à une sanction quelconque, un rapport, un blâme, un retrait sur salaire, voire une suspension temporaire ; mais certainement pas à être virée de la Crim, surtout pas avec l'affaire du Boucher qui remuait tous les habitants de Montiry.

— Bernard, dit-elle en retenant un sanglot, je sais que j'ai déconné mais me virer…

— Que veux-tu que je fasse ? Vas-y, dis-moi.

Le regard perdu, Mélanie tenta de trouver un antécédent, un exemple, quelque chose qui lui permettrait de justifier sa place au sein de l'unité, mais rien ne lui vint. Elle se mura dans un silence dont profita Bernard.

— Je vois bien que tu cherches une solution. Si tu veux tout savoir, je l'ai fait aussi toute la nuit et tu sais ce que je me suis dit, au final ?

L'enquêtrice attendit, figée, le prononcé de la sentence.

— Je me suis dit, reprit-il devant sa protégée, que je n'avais pas d'autre choix. Je ne peux pas laisser en place quelqu'un qui s'embrouille avec des collègues, qui perd le contrôle et qui se met à cogner un gardien de prison sans même pouvoir m'expliquer pourquoi. J'ai été très patient, très accommodant, peut-être même trop. À se demander si Christophe n'avait pas raison lors de ta descente sur le tronc de Meranti, souffla-t-il.

En entendant le prénom de son rival, la jeune femme serra ses poings encore endoloris. Et si ce type n'avait pas fait d'elle son souffre-douleur ? Et si elle n'avait pas merdé lors de la découverte du tronc ? Et si…

— Tu iras aux archives pour le classement des PV, asséna Brancart en la coupant dans ses muettes énumérations. Tu aideras la secrétaire le temps que ton cas soit évalué par l'état-major. Je ne peux pas faire mieux, mais je pourrais faire pire. Alors estime-toi heureuse.

— Bernard…

— Non. Ce n'est pas une négociation.

D'un geste de la main, elle tenta d'imposer un moment de répit pour pouvoir rétorquer, mais il lui fit comprendre en une fraction de seconde que c'était terminé. Sa décision était prise et elle prenait effet immédiatement. Le regard fuyant, elle se leva et prit la direction de la sortie. Mais à deux pas de la porte, elle se ravisa.

— Je peux quand même te poser une question ?

— Vas-y, dit-il en s'adossant à sa chaise, les bras croisés.

— Zoé… Comment savait-elle que ça allait partir en vrille ?

— Putain, soupira Bernard, je n'y crois pas.

S'aidant de ses poings contre son bureau pour se lever à son tour, il se plaça dans son axe tout en restant à distance.

— Zoé Bellis est une tarée qui a planté une cinquantaine de fois un vieil homme et vu sa gueule actuelle, elle a toutes les raisons de t'en vouloir et d'essayer de te faire perdre la boule à toi aussi. Qu'est-ce que je t'ai dit concernant nos clients ?

— Que…

— Qu'il faut tout faire pour les comprendre, coupa-t-il, faire preuve d'une certaine empathie pour se mettre à leur place dans le but de les arrêter mais surtout, ne jamais sombrer dans leur délire. Précisément ce qu'elle t'invite à faire. Et même si tu ne fais que te poser la question, c'est que c'est bien joué de sa part.

— Tu ne comprends pas, dit-elle d'une voix tremblante, j'ai fait un cauchemar…

— On fait tous des cauchemars, bordel de merde ! C'est le boulot ! Tu crois qu'on dort bien avec ce qu'on voit ? Tu crois que je suis serein quand je ferme les yeux ? Absolument pas ! Si tu ne peux pas composer avec ça, c'est que tu n'es pas assez forte pour ce travail.

Il balaya l'air de la main dans sa direction.

— J'ai perdu assez de temps comme ça. Tu as besoin de repos et j'ai besoin d'avancer. Va faire tes cartons. Je veux te voir au fond du couloir dès demain matin.

Chaque nouvelle journée, en se rapprochant de l'été, apportait ses quelques minutes supplémentaires de clarté. Malgré cela, le crépuscule s'annonçait lorsqu'elle prit la route pour rentrer se reposer. Dans l'opprobre, elle s'était arrangée pour déménager son bureau sans être vue. Tout le monde était au courant mais elle préféra éviter les regards accusateurs, moqueurs ou moralisateurs.

En arrivant chez elle, comme à son habitude, la porte de l'entrée grinça. Mike était assis dans le salon, un exemplaire usé de *Voyage au bout de la nuit* de Céline entre les mains. Les bords de la couverture étaient écrasés ou pliés, plusieurs pages cornées et l'ensemble avait dû prendre l'eau ou l'humidité tant le livre était gondolé. À n'en point douter, soit il datait de toute une vie, soit il était passé entre des mains inexpertes et négligentes.

— Salut Mel, dit-il embêté, je pensais que c'était enfin Claire.

— Enfin ? Comment ça, enfin ?

— Je ne l'ai plus vue depuis hier matin, bredouilla-t-il, et je n'ai pas de nouvelles. Attends, tu veux dire que tu ne l'as pas vue toi non plus ?

— Mais non, paniqua-t-elle en pensant immédiatement au Boucher, je croyais qu'elle dormait chez toi !

— Pas du tout. Hier, j'ai dormi chez moi parce qu'on s'est disputé et…

Mélanie n'écouta pas ses explications. Avec un regain d'énergie, elle sauta dans sa voiture et fit claquer le pot d'échappement avant de démarrer en trombe vers le quartier de la gare.

Abandonnant sa Clio sur le premier emplacement libre, elle s'introduisit dans chaque bistrot dans l'espoir de retrouver sa petite sœur. En vain. Elle décida alors de remonter vers la place des Combattants, qui fourmillait de monde. De la musique forte, des jeunes femmes se tenant les unes aux autres et sautillant sur les tubes du moment, des types un verre à la main en mode chasse, des opportunistes laissant traîner une main hasardeuse, des insistants, autant de remparts qui rendaient sa quête plus laborieuse et son inquiétude de plus en plus vive.

Après une heure à batailler, elle décida de rentrer à la maison, au cas où elles se seraient croisées.

Son cœur s'emballa lorsqu'elle la vit sortir de sa voiture stationnée là où, il y a peu, se trouvait la sienne. Entre joie et colère, elle la rattrapa dans le hall d'entrée et l'admonesta.

— Mais putain, fit-elle en l'étreignant malgré tout, tu m'as fait peur, tu étais où ?

Elle remarqua que Claire dégageait des effluves de tabac froid et de spiritueux. Ses cheveux étaient poisseux, comme si elle avait passé la nuit à danser, et il y avait aussi cette odeur légère mais bien présente qui rappelait une partie de jambes en l'air.

— J'étais sortie, répondit-elle la mâchoire serrée.

Mélanie perçut sa contrariété et en posant les yeux sur Mike, elle comprit que cela dégénèrerait s'il avait l'occasion de la humer d'un peu trop près.

— Va prendre une douche, ordonna-t-elle pour tenter de lui sauver la mise. On discutera après, je vais faire du café.

— Ça, sourit la cadette, je veux bien.

Mike et Mel la regardèrent se diriger vers l'escalier et l'entendirent rater au moins deux marches. En réponse, le jeune homme émit un long soupir agacé. Refusant d'en dire plus malgré le regard insistant de l'aînée, il se rassit et reprit sa lecture.

Lorsque Claire descendit, les cheveux dégoulinant encore sur son T-shirt, elle semblait avoir retrouvé un peu de bon sens. Le café l'attendait sur la table. Elle s'en servit une grande tasse dans laquelle elle ajouta deux sucres. Toutefois, contrairement à son habitude et alors qu'elle avait saisi la brique de lait avec envie, elle la reposa et leva la tête vers Mike, qui la fixait.

— J'en ai déjà eu assez, du lait, dit-elle en arborant un rictus provocateur.

Si lui ne sembla pas déchiffrer l'allusion, Mélanie s'en offusqua et s'attabla en face de Claire.

— Bon alors, tu étais où ?

— Chez des potes et on s'est bien marré.

— J'aimerais que tu arrêtes tes conneries, dit Mélanie un ton plus haut, je me suis inquiétée et j'ai fait le tour de la ville pour te retrouver.

— Que veux-tu qu'il m'arrive ? rétorqua la cadette. Quand on est bien accompagné, on fait ce qu'on veut. N'est-ce pas ? ajouta-t-elle avec un mouvement de tête vers Mike.

L'aînée saisit alors le fond du problème.

— Écoute, ce qu'il y a entre vous, ça ne me concerne pas mais je veux juste une chose… Oh, tu m'écoutes ?

Claire ramena son attention vers elle.

— Quoi ? fit-elle en buvant une nouvelle gorgée.

— Je ne veux plus que tu sortes. Il y a toujours un taré qui chope des filles pour les découper en petits morceaux. Donc, s'il te plaît, en dehors du boulot, reste à la maison.

Claire fixa son aînée. Une lueur féroce apparut brusquement dans ses yeux. Ses mains de part et d'autre de sa tasse, elle tendit ses bras pour se redresser et approcher son visage de celui de sa sœur qui se força à lui tenir tête.

— Tu te souviens de sa fameuse sortie entre potes ? La fois où il n'était pas du tout rentré de la nuit ?

— Oui.

— Tu sais ce que j'ai appris de la bouche même de l'un d'eux – un gars qui voulait, entre parenthèses, me sauter ?

— Je vais répondre non, soupira-t-elle.

— Eh bien, j'ai appris qu'il avait bourré une petite chienne. Eh ouais ! Alors j'ai fait pareil toute la nuit, et un peu aussi la journée, d'ailleurs. J'ai fait la chienne ! cria-t-elle en saisissant de nouveau la brique de lait et en la claquant sur la table.

Une image percuta alors l'esprit de Mike. Soudain, son faciès changea. Il se leva et, après avoir jeté son livre sur le divan, voulut s'avancer vers Claire, mais le regard de Mélanie l'en empêcha. Après quelques secondes d'hésitation, il se résigna en repensant à l'arme qu'elle avait souvent sur elle en rentrant du travail, et même lui avait eu vent de son sobriquet.

— C'est vrai ? questionna Mélanie sans détourner les yeux du jeune homme.

Pas de réponse.

— Casse-toi d'ici ! ordonna l'aînée. Vous vous reparlerez plus tard.

— Si j'en ai envie, s'opposa Claire en criant. Personne ne me dit quoi faire de ma vie ! Je sors quand je veux, avec qui je veux et ce n'est certainement pas un mec qui va me dicter ma conduite ! Je n'en ai rien à foutre ! D'ailleurs, je repars et n'essayez même pas de me retenir !

60

27 mars 1997, 1h24

Déchirée.

Un verre vide entre les doigts, la démarche maladroite, la place des Combattants ne lui avait jamais semblé si lumineuse. Les yeux éblouis et plissés, la mine affectée par le désespoir, Claire déambulait au milieu des pavés tout en s'enlisant dans un chagrin sans fond. Autour d'elle, des ombres étoilées de mecs attendant le bon moment pour foncer sur elle et tenter de se l'approprier pour le reste de la nuit. Elle paraissait prise au piège, mais une issue s'offrit à elle. Une porte sombre, une rue obscure descendant d'une traite vers la gare.

Ivre, elle s'y risqua même si dans sa tête, la voix de sa sœur le lui interdisait.

La lumière intense de la place dans son dos, elle s'engouffra seule dans la noirceur de la ruelle. Au loin, on pouvait apercevoir quelques enseignes de sordides bistrots entre lesquelles sifflait un vent de plus en plus puissant. Comme une alarme, comme un avertissement.

À mi-chemin, des pas se superposèrent aux siens. Les enjambées derrière elle se faisaient de plus en plus amples et pressantes, au point de la rattraper.

Au moment où la voix de Mélanie lui vrilla le cerveau, des bras l'enlacèrent, stoppant net sa descente vers le quartier de la gare devenu pourtant celui de tous les dangers.

Une main à la forte odeur de bière mêlée à de la transpiration lui barra la bouche pour l'empêcher de parler. Pensant de prime abord qu'il s'agissait d'une blague, du délire d'un ami ou d'un amant, Claire se laissa faire en attendant que la prise s'estompe ; mais rien ne se passait. Sans un mot, sans un bruit, l'homme commença à la tirer en la penchant en arrière. Ses pieds glissaient sur les dalles de béton du trottoir, dont ses talons heurtaient chaque interstice dans un soubresaut.

Saisissant alors l'urgence, les yeux écarquillés de terreur, elle se débattit, essaya de se retourner et de mordre la paume entravant ses cris. La main de l'agresseur plaquée contre sa bouche monta d'un centimètre pour permettre au pouce et à l'index de verrouiller les narines qui soufflaient par bribes la panique de la jeune femme.

Sa respiration devint plus difficile, assombrissant lentement l'image de cette gare immobile, jusqu'à disparaître dans une imperméable noirceur.

Quand elle reprit connaissance, son corps bringuebalait en rythme. Elle était couchée sur le ventre ; sa tête et son bassin dépassaient de la table en vieux chêne patiné. Le visage ainsi pendant, elle pouvait voir ce qui se passait, ou plutôt ce qu'on lui faisait subir, par-dessous le meuble.

Contrairement à ce qu'elle s'était d'abord imaginé au vu de sa position, les secousses n'étaient pas dues à un viol. Non, lorsque sa jambe tomba au sol dans un bruit sourd, elle comprit avec horreur que c'était une autre forme d'appropriation du corps d'autrui.

Son cri résonna dans l'antre de l'homme sans visage qui lui asséna un nouveau coup à l'arrière du crâne pour qu'elle se taise et replonge dans l'inconscience de son démembrement.

Il dut s'y reprendre à deux reprises.

De nouveau concentré sur son fantasme, il présenta la lame de sa scie sur la nuque de Claire. Tandis que les dents touchaient la peau, il jaugea un moment la distance entre la base du crâne et le départ du tronc, puis poussa l'outil vers l'avant.

61

Tu crois aux rêves prémonitoires, Penning ?

La voix brisée de Zoé Bellis la réveilla en sursaut. Son corps trempé avait réagi de la même manière que lors de ses précédents cauchemars, ceux qui l'avaient empêchée de dormir lors de l'affaire du petit Nico.

Épuisée par ces deux journées, alors qu'elle voulait se maintenir éveillée pour discuter avec sa sœur, elle avait fini par s'assoupir profondément. Ses chevilles posées sur la table basse lui procuraient maintenant de douloureux picotements aux pieds qui lui interdisaient de les poser au sol. Elle se redressa tout de même pour tenter de discerner dans la nuit la voiture de Claire, sans pour autant la trouver.

Quand on rêve de la mort de quelqu'un, ce n'est pas sans raison.

Encore elle, encore Zoé et cette fois, sa voix s'accompagna de quelques images émanant de son propre cauchemar. De nouveau aux prises avec une angoisse viscérale, Mélanie se fit violence et posa les orteils sur le carrelage du salon en grimaçant, voulut se lever, mais finit à quatre pattes. Elle s'avança ainsi vers la fenêtre donnant sur la rue, tel un bambin se dépêchant d'atteindre son jouet préféré.

Le visage contre la vitre, à travers la buée de son souffle, elle repéra enfin la voiture de sa sœur stationnée plus loin dans la rue, entre celles des voisins.

Instantanément, elle se sentit soulagée et idiote. Abrutie mais effrayée.

— J'espère que ça ne va pas recommencer, murmura-t-elle, je n'ai vraiment pas besoin de ça.

62

11 avril 1997
BSR de Montiry

Au bout du couloir, partageant dorénavant le bureau de Véronique – la secrétaire quinquagénaire aux cheveux bouclés grisonnants et aux lunettes à la monture corail –, Mélanie prenait des notes. L'enquêtrice devenue personnel administratif temporaire cherchait une opportunité de réintégrer sa section. Dans le dos de tous, elle avait fomenté avec sa nouvelle comparse de classer elle-même les copies des procès-verbaux traitant du Boucher.

Réflexion après réflexion, liste après liste, elle réalisait en secret la mission que lui avait confiée Bernard. Les enquêtes de voisinage, celles concernant la famille et les proches des victimes, désormais parfaitement identifiées, faisaient déjà l'objet de dizaines de PV qu'elle décortiquait un à un.

Une lecture souvent douloureuse lorsqu'il s'agissait des déclarations du fils d'Évelyne Hautecloque et de la mère de Nadia Dargot. Bruno était à coup sûr un macho de première, mais quand il s'agissait de faire éprouver toute la tristesse et la rancœur d'un proche, il savait s'y prendre. Des parenthèses marquaient les émotions, les pleurs et les cris, tandis que des encarts pointaient les moments où la personne avait besoin d'une pause avant de poursuivre. Ce n'était plus un recueil d'informations opérationnelles que l'on lisait, mais la scène la plus émouvante d'un mélo bouleversant.

Surtout lorsque le fils d'Évelyne exposait son désarroi devant une porte close, son cadeau de Noël en main, un médaillon pour la remercier d'être toujours là pour lui. Surtout lorsque la mère de Nadia regrettait le temps perdu lorsque sa fille s'était progressivement éloignée au point de ne plus savoir où elle vivait, ni avec qui.

En creusant, Penning apprit également que l'enquête menée du côté flamand n'avait rien donné et que les sacs au nom de la commune du littoral étaient en réalité vendus à Montiry, dans un magasin de déstockage bon marché où tout le quartier de la gare se rendait. Pas de nom, pas de piste. Le Boucher n'avait apparemment pas commis d'erreur. Pas encore.

Entendant tout à coup quelqu'un se hâter dans leur direction, elle ferma son carnet et fit semblant de consulter le registre des apostilles.

C'était un nouveau collègue en uniforme, un bleu-bite qui s'activait pour réclamer des sacs de saisie.

— Qu'est-ce qui se passe ? s'intéressa Mélanie en percevant alors le brouhaha émanant de ce qui était encore il y a peu les bureaux de sa section.

— On a retrouvé de nouveaux morceaux, dont une tête, répondit-il tout sourire.

— Où ça ? questionna-t-elle en freinant son envie de se précipiter avec les autres membres de la Crim.

— Rue des Colis. Merci, dit-il en récupérant un nouveau paquet de sacs prêts à l'emploi.

Sans un mot de plus, il quitta la pièce avec le même entrain.

La mine déconfite, Véronique regardait sa nouvelle collaboratrice battre nerveusement la mesure avec ses pieds, au point de se demander si ses jambes étaient indépendantes du reste de son corps.

— Tu as envie d'y aller ? l'interpella-t-elle.

— Tu enfonces une porte ouverte, là, ironisa Penning.

— Effectivement, se désola la secrétaire.

— Pardon, se reprit Mélanie, je suis fatiguée et oui, j'ai très envie d'en être. N'empêche, la rue des Colis, l'avenue Dutronc, la Belle-de-jour, on dirait un jeu de piste.

Véronique se demanda si la jeune femme lui adressait la parole ou si elle se parlait à elle-même.

— On a un plan de Montiry ici ?

— S'il est toujours là, répondit la secrétaire, il doit y en avoir un dans l'armoire derrière toi.

C'était le cas. Penning y découvrit une carte de l'IGN[1] repliée plusieurs fois sur elle-même. Elle

1. Institut Géographique National.

renseignait non seulement l'ensemble des routes, chemins, zones vertes et cours d'eau, mais également les reliefs. Trop d'indications pour ce qu'elle voulait en faire, mais elle se débrouillerait.

Sans penser une seconde aux futurs usagers de cette carte, elle y entoura les lieux de découvertes. Elle espérait peut-être y déceler un message quelconque, comme dans certains films, mais rien de flagrant ne lui sauta aux yeux.

— Il se fout de notre gueule avec ses jeux de mots, pesta-t-elle à sa propre attention. Il me rend dingue. Putain, si je le trouve, je le bute.

— Oui… Euh… Je vais voir s'il y a du courrier.

Plutôt habituée au calme et à une vie tranquille, la quinquagénaire préféra prendre ses distances quelques instants en espérant qu'à son retour, sa nouvelle collègue serait dans de meilleures dispositions.

Depuis le début de l'affaire, le courrier à l'attention de la section avait quintuplé. Les enquêteurs avaient droit aussi bien à des dénonciations anonymes qu'à des revendications loufoques, ou même des blagues foireuses. Malgré tout, dans l'impossibilité de trier le vrai du faux, tout était copié et archivé. Parfois, des enveloppes étaient adressées à certains enquêteurs individuellement ; depuis qu'elle était passée dans les journaux pour l'affaire Bellis, le nom de Mélanie Penning revenait assez régulièrement.

La secrétaire ne fut donc pas surprise de trouver dans le bac à courrier un pli qui lui était expressément destiné.

Véronique monta les marches quatre à quatre et lui tendit la lettre.

— Imagine que c'est lui ? lança-t-elle à la jeune femme.

— Lui qui ? fit Mélanie en arquant un sourcil.

— Le Boucher, voyons ! Pas le gars qui t'envoie ses poils de bite, ajouta-t-elle, gênée d'utiliser ce terme.

— Qui te dit que c'est un mec qui m'a envoyé des poils ?

— Mais enfin ! Aucune femme digne de ce nom ne ferait une chose pareille !

— Je doute de tout, maintenant. La preuve, regarde l'en-tête, ça vient de la prison, dit-elle en lui exhibant les coordonnées imprimées de cette dernière. Je te parie que c'est Zoé.

À l'aide d'un coupe-papier, elle ouvrit l'enveloppe. À l'intérieur, une simple note manuscrite :

J'ai appris pour Jimmy. C'était nécessaire. Je parie que tout le monde dort mieux en sachant qu'il ne fera plus jamais de mal à un enfant. Bientôt, tu penseras comme moi, tu penseras comme nous. Bisous ma chérie. Je t'attends.

63

13 avril 1997
Domicile de Mimi

Les journaux ne parlaient que de cela et l'un d'entre eux publiait en supplément un résumé de l'ensemble des découvertes, jour après jour, morceau après morceau. Ils insistaient surtout sur le climat de terreur qui prenait de l'ampleur dans Montiry et plus particulièrement au niveau du quartier de la gare.

Heureux ?

— Et comment ! jubila-t-il. Non seulement on parle de mon œuvre mais en plus, ils me facilitent la tâche en les décrivant comme des putes ou des filles faciles. Ça doit peut-être les rassurer de balancer ces conneries. La seule information exacte est qu'elles fréquentaient toutes les bistrots du quartier de la gare.

Alors il est temps de déménager.

Le verre ballon qu'il tenait en main explosa contre le mur juste au-dessus du poste de télévision. Il bondit de son fauteuil.

Le front plissé et le corps crispé, il faisait les cent pas à la façon d'un fauve en cage. De temps en temps, il reniflait, puis expulsait une suite de mots ne formant rien qui ressemble à une phrase digne de ce nom.

Tu sais que j'ai raison.

Mimi secoua la tête en se grattant le crâne comme s'il avait un insecte bourdonnant dans ses cheveux.

Si les journalistes ont pu mettre en exergue que le point commun de ces femmes était le quartier de la gare, les flics vont vite savoir que tu les connaissais toutes et ils vont débarquer.

Il stoppa net sa course entre les murs du salon.

— Ils sont trop cons pour m'arrêter ! protesta-t-il. Même s'ils viennent, ils ne trouveront rien.

Sauf si elle est toujours là. Et si elle part, tu dois en faire autant.

— Mais je voulais encore la garder, dit-il en se recroquevillant sur lui-même comme un gamin craintif dans une pièce subitement plongée dans le noir.

Tu garderas la dernière. Ce sera ton trophée. Mais uniquement quand la tempête sera passée. Ta sœur mérite que tu accomplisses ton œuvre. Tu dois l'achever !

— Et je réserve un traitement spécial à la dernière. Pour la garder près de moi, à jamais.

64

14 avril 1997
BSR de Montiry

— Allô ? C'est maman. Ça s'est bien passé ?

Tous les jours sans exception, Véronique appelait son fils pour qu'il lui raconte sa journée. Le garçon était parti à Louvain pour y poursuivre ses études en agronomie et, comme elle le répétait souvent, elle voulait un retour sur investissement.

De l'autre côté du bureau, Mélanie continuait la lecture des procès-verbaux en y extrayant divers renseignements plus souvent futiles qu'utiles. Chercher ce qu'on ne connaissait pas exigeait d'ouvrir d'innombrables portes, quitte à les refermer aussitôt.

Tout en parcourant l'audition d'un cafetier, elle entendit la conversation de la secrétaire.

— Et je te trouve ça où ? Chez Doxa ? Attends, je prends un crayon.

Elle en piocha un dans une tasse qui, au vu de l'écriture et des dessins animaliers approximatifs, avait dû être fabriquée par son rejeton lui-même lorsqu'il était encore enfant. Un cadeau de fête des mères lui servant depuis de plumier. Elle inscrivit sur un bout de papier les références dictées par son fils. Quand elle eut raccroché, sans perdre une seconde, elle se leva, prit son sac et enfila son long manteau vert en tissu matelassé.

— Je vais chez Doxa pour les cours du gamin.

— C'est quoi, Doxa ? questionna Mélanie.

— Mais enfin, s'étonna la quinquagénaire, la librairie universitaire dans le centre de Montiry ! Tu ne connais pas ?

— Pas du tout, je ne suis pas allée aussi loin dans mes études. On n'y vend que des cours ?

— Pas seulement, mais ils sont connus pour ça. Ils sont pointus et ils ont de tout. Le plus dingue, c'est que tu donnes le titre d'un bouquin, quel qu'il soit, et là le gars avec des lunettes te dit : *Ah oui ! Je vais vous le chercher.* Ce type sait absolument tout.

— Qu'il me dise qui est le Boucher, dans ce cas, se moqua Mélanie.

— Tu rigoles mais ils ont sûrement des livres sur ce genre de gaillard. Des trucs de psychologie, par exemple. Enfin bref, je te dis à demain.

Avant de reprendre la lecture de l'audition, Penning la salua de la main pour lui souhaiter une bonne soirée. Elle tira ensuite du PV qu'elle avait sous les yeux deux prénoms qu'elle avait déjà repérés ailleurs. Après les avoir consignés parmi ses notes, elle s'étendit au maximum contre le dossier de sa chaise jusqu'à ce que sa colonne craque à deux reprises.

Oh et puis pourquoi pas ? songea-t-elle.

En voyant le soleil briller à travers la fenêtre de son bureau, elle se dit qu'un peu de marche lui ferait le plus grand bien. Elle garda sa veste sous le bras et descendit l'escalier menant au parking extérieur. En sortant, elle pensa au collègue de l'accueil qui, contrairement à elle, sillonnait aussi les rues de la ville quand il n'était pas de la revue et coincé une journée au planton. Elle le coupa en plein travail administratif suite à une perte de carte d'identité et lui demanda le chemin à suivre.

Instinctivement, sur le trajet, son attention était attirée par les canalisations, les pourtours des zones vertes et autres endroits où on aurait pu abandonner un sac-poubelle.

Lorsqu'elle arriva sur la place des Combattants, elle chercha sa sœur du regard sans pour autant la trouver. Il était encore tôt mais avec Claire, tout était possible. Elle passa ensuite devant la fontaine et continua de suivre les indications reçues en descendant vers la gare.

La librairie se trouvait un peu plus bas sur la droite. En regardant à travers les immenses vitrines, Penning sut que ses recherches ne seraient pas aisées. Les rayonnages touchaient le plafond et il ne restait pas un centimètre de libre entre les livres.

Le carillon annonça son entrée dans la librairie. L'enquêtrice fut happée par l'odeur caractéristique du papier et de l'encre, celle qui faisait sourire et rêver n'importe quel lecteur. Véronique n'avait pas menti, il y avait effectivement de tout, de la bande dessinée jusqu'au traité de physique quantique.

— Bienvenue chez Doxa, puis-je vous aider ?

Cela devait être lui, le gars aux lunettes. Grand et rasé de près, il ne portait qu'une seule couleur, du brun clair.

— Oui, je me présente, Mélanie Penning. Je suis enquêtrice au Nid, enfin, soupira-t-elle, à la BSR de Montiry. Je suppose que vous avez entendu parler du Boucher ?

L'homme opina en haussant les sourcils.

— Je viens voir si vous avez des livres qui traitent de ce sujet.

— Des sacs-poubelle ? ricana le libraire.

Devant le manque de réaction de sa cliente, il se ravisa.

— Que cherchez-vous exactement ? poursuivit-il en se raclant la gorge.

— Des livres sur les tueurs en série. Pour les comprendre et pourquoi pas, les arrêter.

L'homme prit une pose hiératique pour réfléchir un instant. Puis, comme si une main invisible venait de lui pincer les fesses, il fit un petit bond sur place avant de se diriger vers l'étage.

— Suivez-moi, madame Penning.

— Mélanie, corrigea-t-elle.

En pleine ascension, le libraire s'arrêta à la moitié des marches de l'escalier et fit volte-face.

— Et si je mettais la *Suite numéro 3* de Bach ?

— Pardon ? dit-elle en descendant d'une marche.

— Comme dans le film *Seven* ! Vous savez, quand l'inspecteur Somerset déambule dans la bibliothèque pour effectuer des recherches ?

Il avait dit cela en mimant quelqu'un fouillant dans un tiroir rempli de vieilles fiches.

D'un mouvement coordonné de la tête et des épaules, Mélanie lui assura qu'elle ne comprenait pas un traître mot de ce qu'il disait.

— Je plaisantais, mais ça aurait donné du cachet à vos investigations, dit-il en repartant de plus belle.

En quelques pas, ils arrivèrent aux rayons consacrés à la psychologie. L'homme faisait glisser son doigt sur le dos des couvertures parfaitement alignées et compressées les unes aux autres. Il en lut quelques titres : *Psychopathologie des conduites criminelles* – peut-être trop complexe, dit-il en regardant Penning –, *Criminologie de l'acte : étude sur les tueurs en série*. Il stoppa, sortit ce dernier et le présenta à l'enquêtrice.

— Ceci ! À mon humble avis, c'est un bon début pour quelqu'un de totalement néophyte. Sans vous offenser, bien sûr.

Mélanie le gratifia d'un sourire poli, puis saisit le livre et en consulta la quatrième de couverture. Après quelques instants, elle hocha la tête.

— Le règlement se fait en bas ?

— Je vous l'offre, dit le libraire en ajoutant une main tendue pour s'opposer à toute protestation. Ce n'est pas tous les jours qu'on peut aider à identifier un tueur en série. De plus, si vous l'appréhendez grâce à ce livre, je pourrai m'en vanter en soirée.

— Si tel est le cas, non seulement je viendrai payer la note mais en plus, je vous rapporterai une bonne bouteille de vin. Merci énormément.

— Tout le plaisir est pour moi. Vous savez, je vis à Montiry depuis toujours. C'est une ville étrange, habituée au sang mais qui doit survivre malgré tout. Peu importe d'ailleurs la manière d'y parvenir. Ce gars-là, le Boucher, il terrorise tout le monde. Plus aucune cliente n'ose venir seule jusqu'ici. Alors, je vous souhaite bonne chasse. Rendez-lui service, faites en sorte qu'il rejoigne ses illustres et maintenant immortels camarades, ajouta-t-il en désignant le bouquin.

Lorsqu'elle sortit de la librairie, Mélanie se rendit compte de la responsabilité qui lui incombait. Qui leur incombait. Elle pensa aussi à ses cauchemars et à l'amour qu'elle portait à la seule autre rescapée du clan Penning. Alors oui, elle partait en chasse.

65

16 avril 1997, 21h58
En face du domicile de Mimi, Montiry

Débordant de toutes parts d'objets aussi hétéroclites les uns que les autres, le coffre de la Peugeot se ferma avec difficulté. Triste de quitter ce qu'il surnommait « sa cage », il avait décidé de mettre les restes bien emballés de sa dernière rose au sommet des cartons qu'il déménageait en priorité.

La nuit venait de tomber quand il démarra son moteur en direction du lieu de son prochain dépôt.

La rue Saint-Denis.

Un saint décapité que l'on représentait souvent debout, sa propre tête entre les mains.

En y repensant, il pesta contre lui-même.

Ce qui est fait est fait.

Une fois de plus, elle l'énerva mais il resta silencieux et se concentra sur la route à emprunter. Celle-ci l'emmena sur une longue ligne droite rythmée par quelques feux tricolores avant de longer une courbe très serrée, obstruant de la sorte la vision des automobilistes sur ce qui les attendait à la sortie du virage.

C'est justement à cet endroit qu'une patrouille de gendarmerie s'était installée pour réaliser des contrôles aléatoires.

Surpris, Mimi freina doucement, comme s'il hésitait à forcer le barrage.

Reste calme. Ça va aller.

Il acquiesça lentement pour ne pas attirer l'attention et obtempéra dès que l'ordre de se ranger sur le côté lui fut donné.

La vitre baissée, il garda les mains sur le volant et se tourna vers l'homme en uniforme.

— Bonsoir, gendarmerie, papiers s'il vous plaît.

Mimi plongea vers la boîte à gants et en sortit une pochette où il rangeait les documents obligatoires. Pendant ce temps, le deuxième gendarme faisait le tour du véhicule dont il éclairait l'intérieur à l'aide de sa Mag-Lite. Il se figea un instant puis interpella d'un geste son collègue en lui demandant de s'intéresser à ce que le faisceau de sa torche pointait.

— C'est quoi vos cartons, là ?

Mimi déglutit.

— Je suis en plein déménagement, se justifia-t-il un nœud dans la voix. Pourquoi ?

— C'est moi qui pose les questions, monsieur Castelain. Du moins, si j'en crois vos papiers. Pourrais-je avoir également vos papiers d'identité ?

— Bien sûr, un instant s'il vous plaît.

— Et ceux de madame aussi.

66

La passagère – une trentenaire aux yeux verts, le corps mince mais néanmoins athlétique, les cheveux noirs coiffés en queue-de-cheval – présenta sa carte d'identité au gendarme.

— Voici, dit-elle d'une voix douce et fluette.

Après les vérifications d'usage auprès de la centrale qui ne releva rien de particulier, la patrouille estima qu'ils pouvaient reprendre leur route.

— Je vous restitue vos papiers. Alors, Émile Castelain, ça, c'est vous, dit-il en lui tendant sa carte d'identité. Et en toute logique, Karine Koumys, c'est vous. Bonne route et bon courage pour le déménagement.

— Merci beaucoup, répondit Karine.

Émile démarra la voiture et ils quittèrent la zone de contrôle en respectant la limitation de vitesse. Toutefois, dès que les flics disparurent de son champ de vision, il accéléra. La peur restait bien ancrée dans leur chair et faisait battre leurs cœurs à cent à l'heure. La vitesse qu'atteignit rapidement la voiture.

— Tu vois que j'ai bien fait de venir avec toi ? dit-elle.

Toujours sous le coup de la frayeur, Émile ne put qu'acquiescer.

Après quelques minutes, la rue Saint-Denis n'était plus qu'à deux pas et plus rien ne pouvait leur arriver. Ils se focalisèrent alors sur leur dépôt, celui qui marquerait une nouvelle fois les esprits.

— Je te promets que tu fais le bon choix, dit-elle. Dès le déménagement terminé, on nettoiera tout à fond et tu termineras ton œuvre tranquillement. Et celle-là, tu pourras la garder.

Elle se voulait la voix de la raison et était certainement la seule qu'il écoutait. En l'acceptant comme il était avec ses exigences, ses déviances et ses besoins, elle avait gagné peu à peu le rang d'être à part, exceptionnel, et même s'il avait imaginé que Catherine aurait pu faire une plus jeune et plus voluptueuse remplaçante, il était aujourd'hui persuadé qu'il ne retrouverait plus jamais une femme comme elle. Bon dieu, parce qu'il savait que cela l'excitait, elle le laissait même coucher avec d'autres en sa présence.

Il l'embrassa.

En arrivant dans la rue, il profita du calme pour sortir le sac du coffre et le déposa bien en vue sur le bord de la route.

— Je lui donne deux jours pour être découvert, dit-il en reprenant le volant.

Elle emprisonna son visage entre ses mains et le tira vers elle pour l'embrasser.

— Je suis fière de toi et ta sœur le serait tout autant.

Ils reprirent la route en trombe.

— Plus qu'un pétale, dit-elle.

67

17 avril 1997
BSR de Montiry

Son arrivée tardive la plongea dans un silence des plus déconcertants. Tous les bureaux étaient ouverts, les véhicules de service n'avaient pas bougé du parking et pourtant, pas un bruit. D'ordinaire, on entendait au moins un irréductible frapper les touches de son Olympia, ce qui, de son propre aveu, n'était pas pour déplaire à Mélanie. En proposant un nouvel épisode de la querelle des anciens et des modernes, l'affrontement entre PC et machines à écrire amenait un supplément de vie à l'étage de la BSR.

Elle perçut toutefois un murmure provenant apparemment du dernier local au fond à droite du couloir de la Crim, un espace qui servait d'ordinaire de débarras pour les pièces saisies dont nul ne savait trop quoi faire. Se sachant persona non grata de ce côté du bâtiment, elle s'y avança à pas feutrés.

La porte était entrouverte. D'un coup d'œil rapide, elle constata qu'on en avait fait une sorte de poste de commandement pour centraliser les éléments du dossier du Boucher. Il y avait des noms, des photos, des lieux et les liens entre eux. En gros, tout ce qu'elle avait entrepris dans son coin, en catimini. Bishop tenait le crachoir et ce n'était pas reluisant. Elle se cala contre le mur, hors de leur vue mais assez près pour entendre.

— Aucune autre piste, les gars ? Après tout ce qu'on a fait, on n'a plus personne à interroger ?

Même s'il n'élevait pas la voix et ne réprimandait personne, aucun d'entre eux n'osait prendre la parole.

— Parce que, continua-t-il, je vous avoue que je ne suis pas très chaud pour cette interpellation. Son mec s'était déjà montré violent, et après ? Même s'il a tué sa nouvelle copine, pourquoi tuer les autres ? Et en plus, c'est lui qui prévient la police de sa disparition.

Mélanie se demanda s'ils discutaient du nouveau compagnon de Nadia Dargot. Elle aussi avait sorti son nom, alertée par ses antécédents, mais d'après ce qu'elle avait déjà eu l'occasion de lire, il n'y avait aucun lien entre lui et les autres victimes.

— Il ne faut pas oublier une chose, dit une voix qu'elle ne reconnut pas, c'est qu'effectivement notre gars a déclaré sa disparition, mais le fait que sa copine se volatilise en une fraction de seconde, ça reste tout de même fort de café. Imaginez un instant que Nadia l'aidait à choper les autres ? C'est vrai, on ne me fera pas croire qu'elles ne se connaissaient pas, au moins de vue, puisqu'elles fréquentaient toutes les mêmes bars. Et une femme aurait plus de facilité à en embobiner une autre, non ?

— Mais quel est le mobile, dans ce cas ? Pourquoi tuer Nadia ? questionna Bishop.

— Vous avez lu les déclarations comme moi ? Frivolité de chaque côté, jalousie, ou peut-être aussi qu'elle ne supportait plus la situation et qu'elle voulait le balancer. L'autre l'a appris et on connaît la suite. En plus, il habite à deux pas de la gare.

D'autres voix s'élevèrent pour appuyer cette théorie.

— Ça fait beaucoup de présomptions, souffla Bernard, mais sans mauvais jeu de mots, comme le parquet général scie les côtes de Pichard et qu'il en fait autant à mon égard, on va explorer cette piste. Préparez-vous, je vais demander un mandat pour aller le chercher et fouiller sa piaule. Ne perdez pas de vue qu'il est connu pour être violent et qu'il a déjà été pris en possession d'armes à feu, alors prenez toutes les précautions d'usage.

Le vacarme des pieds de chaise frottant soudain contre le lino fit comprendre à Mélanie qu'il était temps de déguerpir. Elle se hâta jusqu'à la cage d'escalier afin de feindre une arrivée tardive. Une tactique qui fonctionna à merveille et lui permit de gagner son bureau sans la moindre remarque.

À peine eut-elle posé ses fesses sur son siège qu'elle débuta la lecture des derniers PV et documents à classer. Dans le tas, elle remarqua un rapport d'information à l'unique destination des forces de police et dont l'en-tête n'était pas celui de la gendarmerie de Montiry. Il provenait de l'un des commissariats de police de Charleroi.

Son objet : *Dénonciation spontanée concernant un surnommé « Mimi »*.

*

* *

Un peu plus d'une heure plus tard, trois équipes en civil pénétrèrent dans un immeuble de la rue de la Gare. L'appartement de Franck Brennan se trouvait au dernier étage. Deux hommes restèrent au rez-de-chaussée pour décourager les curieux tandis que quatre autres gravirent, armes au poing, les dizaines de marches qui les séparaient de leur cible. Comme convenu, l'un d'eux frappa à la porte avec insistance. Après un long silence, ils entendirent du bruit à l'intérieur, comme si quelqu'un éprouvait toute la peine du monde à se lever.

Lorsque Brennan ouvrit, il tenait à la main un objet difficilement identifiable. Dans le doute, un solide coup de pied le fit valdinguer. Il se renversa de tout son poids et la tête la première sur une table basse en verre qui se brisa en un millier de fragments étincelants.

— Brigade judiciaire ! Ne bouge plus !

Soudain, le cri étouffé d'une femme provint d'une pièce voisine. Instinctivement, deux flics mirent en joue Brennan qui gisait encore au sol, au milieu des débris de verre, sur une moquette fatiguée. Malgré sa chute, sa main droite n'avait pas lâché le morceau de batte de baseball scié en biais de façon à former un manche pointu.

Pendant ce temps, les autres intervenants se dirigèrent vers les gémissements dont ils trouvèrent l'origine dans l'unique chambre de l'appartement. Leurs 9mm toujours prêts à l'emploi, ils ouvrirent la porte.

— Bordel, lâcha l'un des enquêteurs, c'est un truc de dingue.

La bouche entravée par une boule noire, les poignets attachés et complètement nue, le vibromasseur oublié dans son intimité lui faisait un effet bœuf. Son corps était tendu à l'extrême jusqu'aux orteils qui se recroquevillaient sur eux-mêmes. La tête enfoncée dans l'oreiller, le visage empourpré, elle gardait les yeux fermés sans même se rendre compte qu'elle était désormais observée par des flics ébahis. Jusqu'à ce qu'un courageux, ganté, parvint à extraire son partenaire à pile.

Finalement menotté et assis dans un fauteuil déjà fouillé, Franck maudissait la justice et insultait ses représentants.

Il reçut une gifle.

— On n'a pas encore retrouvé tous les morceaux de ta copine que tu en sautes déjà une autre, alors ferme ta putain de gueule !

Le suspect se mura dans le silence sans pour autant montrer une quelconque forme de honte.

Pourtant passé au peigne fin, l'appartement ne révéla rien de pertinent et l'audition de l'amatrice de bondage encore moins. Quant à Brennan, il fut transféré au Nid mais sans éléments supplémentaires, autant dire que les carottes étaient cuites.

D'ailleurs, son interrogatoire ne s'éternisa pas.

Restée enfermée toute la journée dans son coin, à l'écart de ce bordel sans nom, Mélanie attendait patiemment le bon moment pour interpeller le chef de la Crim et lui soumettre le résultat de ses recoupements.

Elle avait un nom.

68

La journée touchait à sa fin lorsque Bernard retrouva sa voiture. Il aurait dû être ravi de rentrer chez lui et prendre enfin un peu de repos mais les récents événements lui avaient retourné l'esprit. L'enquête piétinait et par-dessus le marché, suite à leur entrée fracassante, toute l'équipe avait maintenant une plainte sur le dos. *Pas le meilleur début en tant que responsable d'une cellule destinée à interpeller un tueur en série*, avait-il dit à Christophe qui ne le réconforta que par un haussement d'épaules.

Le chef de la Crim ouvrit la portière côté conducteur, jeta sa serviette sur le siège passager et commençait à s'installer quand Mélanie l'interrompit.

— Chef, je peux te parler ?

L'adjudant Brancart, le visage marqué par la fatigue, soupira.

— Demain, répliqua-t-il.

— Non, maintenant. J'ai…

D'un coup sec, Bernard claqua la portière dans le but de tuer le débat dans l'œuf. En guise de réponse, Mélanie protesta en cognant à plusieurs reprises le verre la séparant de la seule personne capable de l'écouter.

Par dépit plus que par correction, il appuya sur le bouton qui aurait dû lui permettre de baisser sa vitre, mais rien ne se passa. Incrédule, il recommença, sans plus de résultat.

— Il faut mettre le contact, suggéra-t-elle en l'observant.

Bernard enfonça la clé dans le barillet avant de la tourner d'un cran. Les différents témoins du tableau de bord s'allumèrent et il put enfin actionner le mécanisme.

— Quoi ? maugréa-t-il.

— J'ai une piste intéressante.

L'adjudant fronça les sourcils.

— Non, pas du tout, tu n'as rien. Tu es au classement, point final. Je suis crevé, j'ai passé une journée de merde et j'ai besoin de calme.

— Tu ne vas pas prendre en considération ce que j'ai découvert uniquement parce que je suis écartée de la Crim ? Avant ça, tu me faisais assez confiance pour que je puisse rentrer avec des rapports d'expertise.

D'énervement, Bishop serra son volant comme s'il voulait le tordre.

— Il y a une dizaine de gars qui bossent en permanence dans ce dossier, dit-il entre ses dents, je pense que ça ira.

— Et moi, je ne fais que poursuivre la tâche que tu m'as confiée en lisant les PV que je dois archiver.

Bernard cogna son tableau de bord.

— Si tu n'as pas compris que tu devais laisser tomber ce dossier, c'est que tu es encore plus bornée que je ne le pensais. Je me demande même si c'est légal, conclut-il en remontant sa vitre.

Tout en gardant les yeux braqués sur elle, il démarra et quitta le parking.

Le lendemain matin, comme à l'accoutumée, le chef de la Crim arriva le premier à l'étage de la BSR. Une fois dans son bureau, il posa ses affaires, fila préparer du café puis revint allumer son ordinateur, qui réclamait toujours un peu de temps avant d'être opérationnel. Tandis que le ventilateur de la tour entamait son sifflement, il remarqua sur son clavier une feuille pliée en deux, noircie d'une écriture qu'il n'identifia pas.

69

« Bernard,

Puisque je n'ai pas eu l'occasion de te l'expliquer hier soir, je te supplie maintenant de lire ce qui suit.

Je sais que je n'aurais pas dû mais c'était plus fort que moi. Je suis cette enquête depuis son commencement alors comment ne pas vouloir la poursuivre d'une façon ou d'une autre ?

J'ai fait des croisements entre la multitude d'auditions et de renseignements. De tout cela, j'ai pu extraire plusieurs noms récurrents qui pourraient s'avérer des suspects potentiels, mais il y en a un en particulier que je trouve très intéressant. Il s'agit d'Émile Castelain, domicilié au 59 de la rue des Cigales, à Montiry.

Il vit par conséquent à deux cents mètres de la rue Charles Woeste et donc du lieu de dépôt des trois dernières victimes. Son nom ressort dans plusieurs déclarations comme étant un habitué des cafés du quartier de la gare. Il apparaît aussi qu'il connaissait les victimes, absolument toutes.

Il est célibataire et (j'avoue avoir fait une reconnaissance) il vit dans une maison suffisamment grande pour y commettre les faits.

Dans le milieu des bars, son surnom est Mimi et cela n'apparaît qu'à deux reprises : durant l'audition du tenancier du Capitaine et lors de la déclaration spontanée d'une femme partie vivre à Charleroi parce qu'il lui faisait peur. Elle a déclaré qu'elle le soupçonnait d'être le Boucher, notamment parce qu'il se montrait très dominateur au lit et qu'une fois, il lui aurait demandé de faire la morte.

Je pense donc qu'il serait judicieux de l'entendre, voire de réaliser une perquisition chez lui.

Qu'en penses-tu ?

Mel. »

Bishop regarda sa montre et emprunta le couloir qui menait au secrétariat. C'était la première fois qu'il se déplaçait jusque-là depuis qu'il avait été contraint d'écarter Penning. Son bureau était rangé avec la même rigueur qu'à l'époque où elle travaillait encore pour lui – une rigueur dont lui se montrait bien incapable. Il se posa à sa place et commença à fureter. Après deux tentatives, il trouva ce qu'il cherchait.

Ses notes.

Feuille après feuille, Bernard examina le travail qu'elle avait réalisé. Les traits à la règle, les cercles entourant des noms et qui finissaient barrés, des annotations parfois brouillonnes, toutes ses recherches.

— Tu cherches des preuves pour rédiger ton rapport ?

Il tressaillit comme s'il avait commis une faute irréparable. Il tournait le dos à la porte et ne l'avait ni vue, ni entendue arriver.

— Tu es déjà là ? s'étonna-t-il en se retournant.

— Je me suis dit que tu voudrais qu'on parle. Tu as lu mon compte-rendu ?

Le ton qu'elle employait se voulait détaché mais ses gestes et son expression la trahissaient. Elle était nerveuse.

— Oui, c'est du bon boulot.

Un peu comme si on venait de lui ôter un sac de cinquante kilos, Mélanie se sentit presque décoller. *Encore une nuit blanche pour rien*, se dit-elle, *si ce n'est pour éviter ces foutus cauchemars*.

— Merci, fit-elle en esquissant un sourire.

— Je vais regarder pour l'auditionner.

— Pas de perquisition ? s'offusqua-t-elle.

— C'est un peu comme hier avec Brennan, on n'a que des présomptions et je n'ai pas envie de commettre un nouvel impair.

Penning entra dans le bureau et y déposa son sac à main.

— Si vous l'interrogez sans faire de perquisition, il n'y aura plus de preuves de quoi que ce soit.

— Encore faut-il qu'il y en ait. Je te rappelle que n'avons rien sur lui. Il connaissait les victimes, comme beaucoup, quant à la fille de Charleroi…

— Une femme, le coupa-t-elle, pas une fille.

— Si tu veux… Il me semble qu'elle est toujours entière et en ce qui me concerne, les déclarations anonymes, c'est du grand n'importe quoi.

— Elle n'avait peut-être tout simplement pas le profil pour transcender ses fantasmes.

Bernard écarquilla les yeux.

— Transcender ses fantasmes ?

— Oui, je suis en train de lire un livre absolument génial sur les tueurs en série. Ils n'agissent pas sans raison. Le Boucher a des fantasmes qu'il veut revivre et c'est d'ailleurs pour cela qu'il conserve des souvenirs de ses victimes, comme les aréoles de Meranti. Le dépôt des morceaux à proximité de son domicile montre qu'il veut en garder le contrôle.

— Où as-tu appris…

— Mon adjudant ? interpella soudain le préposé du jour à l'accueil, qui venait de faire irruption.

— Oui ?

— On me demande de vous dire qu'on a encore retrouvé des morceaux dans un sac.

Le duo Penning-Brancart échangea un regard.

— Où ça ? demanda Bernard.

— Rue Saint-Denis. Apparemment, le sac a été laissé au bord de la chaussée alors qu'il y a un fossé juste à côté. C'est un employé de la voirie qui l'a découvert. Ils s'apprêtaient à colmater des trous un peu plus loin dans la rue.

— Qui garde les lieux ? s'inquiéta Bishop.

— Un agent de quartier envoyé par la ville.

— Très bien, dis-lui surtout de ne toucher à rien. Si le Boucher vient de déposer ce sac, peut-être qu'il a enfin commis une erreur.

70

La rue Saint-Denis n'était qu'une longue ligne droite bordée de talus, de fossés et de strates herbacées dépourvues d'arbres. À en croire le panneau à l'entrée de la rue, ceux-ci avaient été coupés et débités récemment en vue de l'implantation d'une future zone industrielle.

Lorsque Bernard arriva sur place, un simple périmètre de sécurité formé à l'aide d'une camionnette et de deux cônes empêchait, de manière somme toute efficace, les automobilistes de rouler sur le sac éventré, sans toutefois les contraindre à changer d'itinéraire. Le reste des effectifs présents était aligné, aux premières loges du funeste spectacle.

Un dispositif bâclé, de son point de vue, et qu'il rectifia à la seconde même où son pied toucha le sol, et ce, avec toute la diplomatie inhérente à sa fonction.

— Oh, c'est quoi ça ? Un périmètre d'exclusion de merde ! Fermez-moi toute cette putain de rue ! On ne laisse passer aucune personne étrangère à l'enquête. C'est clair ?

Après quelques secondes de stupéfaction, les collègues sur place s'éparpillèrent comme des poules sans tête, sans la moindre idée du rôle que chacun devait à présent tenir. Avec certes quelques ratés, les choses finirent néanmoins par rentrer dans l'ordre et la rue fut enfin sécurisée.

Sous une chaleur devenant de plus en plus écrasante, Bernard accueillit successivement les équipes du laboratoire, quelques collègues de la BSR, le légiste et les pompes funèbres. Une fois n'était pas coutume, le dernier sur place fut le juge Pichard.

Pour se protéger du soleil, celui-ci avait opté pour une casquette à l'effigie de son groupe de musique, une formation spécialisée dans les covers des Beatles. Une réelle source de fierté pour le juge, qui épinglait toutes leurs affiches de concerts – organisés en général dans le cadre de fêtes de village – sur les murs du couloir du palais de justice menant à son cabinet.

— Monsieur Brancart, soyez gentil et rassurez-moi, ce n'est pas une nouvelle victime ?

— Je vous avoue que nous l'espérons tous. Il y a des morceaux de jambes et un bras, ce qui correspond aux éléments manquants du corps de Nadia Dargot. À première vue, le légiste est optimiste.

— Ce serait bien la première fois que le Boucher nous restituerait l'intégralité de sa victime. Des éléments pouvant orienter les recherches ?

Bernard secoua la tête.

— Rien pour le moment. Aucune trace probante d'empreinte de pneus et pas le moindre témoin. Pourtant, c'est un lieu de passage très fréquenté mais comme vous pouvez l'imaginer, la ligne droite incite à la vitesse. L'examen du contenant sera primordial. Étant donné l'attrait des médias pour cette histoire, tout le monde se méfie du moindre sac-poubelle. Par conséquent, je pense que le dépôt est récent. Le Boucher était peut-être pressé de s'en débarrasser et on peut espérer qu'il ait commis une bourde en laissant des empreintes ou de l'ADN.

— Bien, dit Pichard en s'épongeant le front à l'aide d'un mouchoir en tissu blanc, en route pour l'analyse, dans ce cas. Je vous ferai les réquisitoires dès mon retour.

Intrigué, le juge avança en direction du sac, qu'un membre du labo manipulait avec soin. Il se retourna.

— C'est assez étrange qu'il n'ait pas déposé la tête ici.

Incrédules, les autres le regardèrent.

— Saint-Denis ? Vous ne comprenez pas ?

— Absolument pas, soupira Bishop.

— L'histoire raconte que Saint-Denis a été décapité et le Boucher y dépose un peu de tout, sauf une tête. Cocasse, tout de même, quand on y pense, non ?

*

* *

De retour au Nid, le chef de la Crim se rendit au distributeur de boissons trônant dans la salle d'attente près de l'accueil et choisit un soda bien frais dont il avala la moitié en quelques gorgées. La canette en main, il remonta dans son bureau où il changea de chemise. Trempée de sueur, celle qu'il portait sur la descente finit sur un cintre accroché à la fenêtre donnant sur le parking. Il se rendit ensuite au secrétariat, où Mélanie poursuivait sa collecte d'informations.

— Penning, dit-il en lui tapant sur l'épaule, il y a un souci avec ta théorie de proximité. Si c'est bien Castelain, pourquoi aurait-il balancé une tête et d'autres morceaux loin de chez lui ?

La jeune femme se posa contre sa chaise et croisa les bras au-dessus de sa tête. Elle réfléchissait, essayait de trouver une réponse logique.

— Peut-être pour délivrer un message ?

— J'y ai pensé aussi, mais lequel ?

— Je me fais simplement la même réflexion que les journalistes. La Belle-de-jour, l'avenue Dutronc, la rue des Colis, le chemin de la Détresse…

— Saint-Denis, interrompit Bishop.

— Quoi, Saint-Denis ?

— Attends, tu ne connais pas Saint-Denis ? s'amusa-t-il en exposant un sourire narquois.

Elle fit non de la tête.

— C'est un saint qui a été décapité, assura Bernard.

— Mais il n'y a pas déposé de tête… Étrange.

— C'est exactement ce qu'a dit Pichard !

— Il se peut qu'il y ait un code derrière tout ça, réfléchit Mélanie à voix haute, un message peut-être.

— Oui, ou alors plus simplement, il a voulu impressionner tout le monde et ce con s'est trompé de sac lors de ses dépôts.

Penning pouffa.

— Il ne me donne pas l'impression de faire les choses au hasard. Quoi qu'il en soit, tu vas aller chez Castelain ?

— Je vais en parler au juge mais vu ce que ça a donné hier, je doute qu'il nous laisse défoncer une autre porte.

71

25 avril 1997, 15h04
Rue des Cigales, Montiry

Lorsqu'il rentra chez lui, il découvrit sur le sol une enveloppe timbrée arborant les coordonnées de la BSR de Montiry et qui lui était adressée.

Nerveusement, il la décacheta et y découvrit une convocation. Un rictus se forma alors sur son visage quand il referma la porte derrière lui.

À l'intérieur, plus un seul meuble, plus un seul bibelot et encore moins de morceaux de ses victimes. Rien qu'un grand vide. Karine et lui avaient bien travaillé. Le déménagement terminé, ils avaient nettoyé en profondeur toute la maison, y compris le sous-sol.

Il s'attarda toutefois, curieusement, devant un mur du salon. La peinture défraîchie montrait qu'un cadre avait été accroché là : la représentation d'Ophélie par John Everett Millais, le dernier tableau qu'Évelyne avait admiré avant de succomber.

Au seul souvenir de la jeune femme, son envie reprit et gonfla l'intérieur de son jean. Sachant que Karine ne tarderait pas, il fourra l'enveloppe dans la poche arrière de son pantalon, quitta la maison, monta dans sa voiture et se dirigea vers sa nouvelle demeure.

Son excitation était intacte au retour de sa comparse. Celle-ci n'eut le temps que de faire quelques pas chez elle avant de se retrouver ceinturée et penchée en avant contre la table de la cuisine.

Sans un mot, il baissa ses bas et releva sa robe. De son côté, humide rien qu'en imaginant la suite, elle se fit aussi inerte qu'un pantin désarticulé. Le haut de son corps s'affaissa et elle serra les lèvres lorsqu'il la pénétra d'un coup sec.

Ne rien dire et ne rien faire étaient les clés de son plaisir, et elle adorait ça, lui faire plaisir. Même quand il lui tirait les cheveux en arrière, même quand il pinçait ses fesses ou le bout de ses seins. Ne pas gémir, ne pas réagir, faire comme si. S'offrir totalement à lui le faisait jouir à coup sûr.

Obéissante, elle ne se redressa que lorsqu'il eut terminé. Elle posa alors un baiser sur sa bouche avant qu'il ne se précipite dans le frigo pour y prendre une bière qu'il décapsula à l'aide d'un briquet. Une technique bien connue des fêtards.

— Tout va bien ? demanda-t-elle.

— J'ai reçu ça, dit-il en sortant la convocation de sa poche.

— Elle a été postée, cette enveloppe.

— Ouais, j'ai bien l'impression qu'on a tout nettoyé pour rien.

— Ça ne veut rien dire, ils peuvent très bien t'entendre et te proposer de perquisitionner chez toi dans la foulée.

— Possible, acquiesça Émile après avoir avalé une grande gorgée de Jupiler.

— Continue de m'écouter et tout se passera bien. D'ailleurs, ne te goinfre pas trop, j'aimerais bien aller manger dehors ce soir.

Deux heures plus tard, ils étaient installés place de Forge, où une brasserie servait les meilleures boulettes sauce tomate frites de la région. C'était en tout cas ce que leur avait indiqué l'une des collègues de Karine. Ils en commandèrent tous les deux et pour faire glisser le tout en douceur, ajoutèrent quatre Chimay à leurs boulettes.

Émile convainquit ensuite sa compagne, d'abord réticente, d'aller en boire une dernière dans l'un des cafés de la place. Les nouveaux propriétaires avaient conservé l'ancienne décoration, tout en y intégrant quelques éléments plus modernes. On pouvait donc jouer au billard à bouchon en étant interrompu par la musique énervante d'une machine à sous.

Obéissant à un rituel bien rodé, Karine et Émile se séparèrent pour commander leur boisson chacun de leur côté – un soft pour elle, comme souvent.

Il ne mit que peu de temps à repérer quelqu'un, ce qui la fit bondir dans sa direction.

— Trop tôt, lui glissa-t-elle en feignant de se rendre aux toilettes.

Mais l'alcool aidant, il ne prêta aucune attention à son avertissement et s'approcha de cette brune qui paraissait attendre quelqu'un.

— Bonsoir, je peux me joindre à vous ?

— J'attends un ami, en fait, répondit-elle pour être débarrassée au plus vite.

— Juste quelques instants, insista-t-il, le temps de finir mon verre.

La femme abdiqua en lui désignant la chaise en face d'elle.

— Est-ce que je peux vous demander votre prénom ? murmura-t-il. C'est juste pour que je puisse vous commander à boire.

— Daphné.

— Vraiment ? s'étonna-t-il. J'adore, c'est le nom d'une fleur.

À quelques pas d'eux, discrète, Karine souffla.

La nuit devint plus noire encore.

Un orage s'annonçait.

72

13 mai 1997
BSR de Montiry

La météo se fichait du monde. Impossible de savoir si les parapluies étaient de mise ou non. Malgré quelques fragiles éclaircies, la lourde couverture nuageuse anthracite rappelait les ténèbres, et le grondement qui l'accompagnait n'annonçait rien de bon.

Accoudée à son bureau, la tête enfouie entre ses mains, Mélanie lisait la déclaration de Castelain datant de la veille. À l'aide de surligneurs de deux couleurs, jaune et orange, elle marquait l'importance de certaines phrases. Lorsqu'elle eut terminé les neuf pages dactylographiées, pas une seule n'en ressortit vierge. Elle reposa ses feutres, se leva et brava les regards surpris de ses collègues jusqu'au bureau de leur patron où elle entra sans s'annoncer.

— Chef, l'interpella-t-elle.

Aussi absorbé par sa lecture que Penning quelques minutes plus tôt, lui aussi était penché sur une liasse de documents. Les rapports du laboratoire, tous négatifs.

Il leva les yeux.

— Alors, tu en penses quoi ? demanda-t-il.

Elle exhiba tant bien que mal les pages zébrées de deux couleurs.

— En jaune, ce sont les éléments intéressants quant à ses fréquentations et son quotidien. En orange, ce sont ses mensonges. En gros, il prétend qu'il ne connaît aucune des filles alors que c'est faux. On a des déclarations qui le contredisent.

— J'ai lu l'audition avant de t'en donner une copie et ce n'est pas tout à fait exact, corrigea Bernard, il dit qu'il ne s'en souvient pas.

— Bordel, râla Mélanie en levant les bras, c'est bonnet blanc et blanc bonnet.

L'adjudant se mit à rire.

— En voilà une vieille expression, dit-il, on dirait ma mère.

— Non mais franchement, comment il peut ne pas se souvenir d'avoir côtoyé quatre femmes qui ont été ensuite découpées en morceaux ?

— Calme-toi. Nous avons fait une demande pour deux perquisitions : l'une au domicile de sa femme, chez qui il dit qu'il va déménager, et l'autre à son ancienne adresse. Tu as remarqué qu'il n'avait pas encore remis les clés ?

— Bien sûr ! Purée, tu m'as fait peur, je pensais que vous n'alliez pas insister.

— Ne nous prends pas trop pour des guignols, prévint Bishop dont le visage retrouva soudain son sérieux. N'oublie pas que tu n'as accès qu'aux procès-verbaux. La main courante est trois fois plus longue.

Mélanie leva les bras en guise d'apaisement.

— Et je peux venir avec vous ? osa-t-elle.

— Tu sais bien que non.

— Mais pour entendre sa femme ! insista-t-elle en s'approchant de lui.

Imitant maladroitement la célèbre statue de Rodin, Bernard appuya son menton contre sa main. Plus les secondes s'écoulaient, plus la balance penchait en faveur de l'enquêtrice. Puis, comme s'il sortait d'un songe, il releva la tête et la fixa, le sourire aux lèvres.

— Non.

Le faciès de Penning hésitait encore entre l'agacement, la déception et la colère lorsque des pas de course résonnèrent dans le couloir.

— Chef ! Il y a une manif devant le bâtiment.

73

Elles n'étaient qu'une vingtaine, mais d'autres les rejoignaient. Des femmes en colère scandant leur mépris pour une justice inefficace et brandissant des pancartes faites à la va-vite. Sur la plus imposante, il était inscrit en lettres capitales : *Rendez-nous la nuit !*

— Qu'est-ce que c'est que ce bordel ? demanda Bernard à Vincent, le planton du jour.

— C'est probablement à cause de l'annonce de ce matin.

— Mais de quelle annonce tu parles ? fit Mélanie.

— Celle parue dans le journal local et qui passe aussi à la radio.

— Bon sang, s'énerva Bishop, accouche ! Qu'est-ce qu'elle dit, cette annonce ?

Le jeune homme en uniforme chercha ses mots. En face de lui, dans le brouhaha des protestataires, quatre yeux menaçants et insistants le fixaient.

— Euh… En gros, que les femmes devaient rester chez elles à cause du Boucher. Pour leur sécurité.

— Quoi ? hurla Bernard comme si le planton était à l'origine de la demande.

— Mais mon adjudant, bredouilla-t-il, ce n'est pas moi. C'est une annonce de la gendarmerie !

— Mais qui a ordonné ça, bon dieu ? cria le chef de la Crim. Tu as l'article ?

Vincent n'attendit pas qu'on lui ordonne d'aller le chercher. Il courut comme si sa vie ou pire, sa carrière en dépendait.

Il revint dans la minute et tendit le quotidien à Bishop, mais Mélanie l'attrapa la première. Elle tourna les pages, dénicha l'article et le lut à haute voix.

— *Sur recommandation de l'état-major de gendarmerie et en conséquence des faits plongeant la ville de Montiry dans l'angoisse, les femmes et jeunes femmes de cette région sont priées d'éviter de sortir seules et/ou à des heures tardives ; ceci pour leur sécurité, tant que l'enquête dite du Boucher ne sera pas clôturée.*

— Mais de quel droit ont-ils fait un truc pareil ? gueula Bernard en arrachant le journal des mains de Mélanie. Bordel de merde, quel aveu de faiblesse et quel affront ! Putain, ils vont m'entendre.

Bernard fonça dans son bureau et en claqua la porte avec rage. À travers les cloisons, tout le monde l'entendit vociférer. Faisant fi des grades et des conséquences, il leur infligea une déferlante d'insultes.

Au même moment, dehors, des équipes en uniforme se présentèrent pour refouler les manifestantes vers le parc. Le haut-parleur de l'un des véhicules strippés crachota : *Manifestants, dispersez-vous ou nous ferons usage des moyens spéciaux.*

En haut du Nid, Mélanie fit une mine étonnée. Elle se demanda un instant s'ils étaient allés jusqu'à déployer une arroseuse mais au vu de l'absence de réaction des manifestantes, cela n'était sans doute pas le cas.

— Et qu'est-ce que vous allez faire ? cria l'une d'elles. Nous cogner avec vos matraques ? Pour ça, vous êtes forts hein, mais pour attraper l'assassin de pauvres femmes, là, on prend tout son temps ! Rendez-nous la rue !

— *Rendez-nous la rue !* répéta en chœur l'ensemble du groupe.

La porte du bureau de Bernard s'ouvrit au même moment. Il tenait son téléphone qu'il tirait le plus loin possible, le câble proche de la rupture. Il brandit alors le combiné vers la fenêtre donnant sur la rue.

— Écoutez ça, bande de cons ! Vous les entendez hurler ? C'est de votre faute, tout ça !

Il raccrocha d'un coup sec et se tourna vers Penning, qui le regardait avec stupéfaction. Elle le reconnaissait à peine tant son visage était empourpré par la colère.

— Demain, il y a intérêt à ce que ce soit la bonne. Ça leur fera les pieds, à ces enfoirés !

74

14 mai 1997
BSR de Montiry

Le discours du chef de la Crim fut bref et concis. Et pour cause, tous ceux qui participaient aux perquisitions étaient également intégrés à l'enquête, ce qui évitait les palabres. Ils formèrent deux équipes mais tous iraient d'abord à l'adresse de Forge, en réponse aux doléances de Pichard qui ne voulait plus de casse inutile. Bernard avait alors suggéré de récupérer les clés de l'ancienne maison de Castelain directement dans ses poches.

Un peu avant l'heure du laitier, tous quittèrent le Nid.

Moins de vingt minutes plus tard, ils se disposèrent autour de la maison. De plain-pied et construite exclusivement en briques rouges de la région, la nouvelle demeure d'Émile bordait un champ où poussait, selon les estimations approximatives de Dominique, du blé ou peut-être du maïs. En réalité, il n'en savait rien.

En apparence dépourvue de garage et probablement de cave, la bâtisse ne semblait pas bien grande.

Quand tout le monde fut prêt, Bernard toqua à la porte. Au vu de la lumière blafarde provenant de l'intérieur, les occupants devaient déjà être levés et il ne fallut que quelques secondes pour que Karine, en tenue légère, leur ouvre.

— BSR de Montiry, entama l'adjudant, nous avons un mandat de perquisition. Êtes-vous seule, madame ?

La jeune femme ne sembla pas étonnée, ce qui frappa immédiatement Bernard.

— Non, mon compagnon est dans la salle de bains. Mimi ! cria-t-elle.

— Laissez, madame, l'interrompit le chef de descente.

Il fit un signe à ses collègues dont une partie l'accompagna tandis que d'autres gardèrent leur position, notamment à l'arrière pour couper toute tentative de fuite.

Effectivement, la maison n'était pas bien grande et ils se marchèrent vite dessus. Castelain sortait de la douche au moment où Bishop pénétra dans la salle de bains.

— Habillez-vous, ordonna-t-il sans attendre.

Émile ne répondit pas. À son tour, il ne semblait pas plus étonné que cela.

— Vous nous attendiez ? questionna alors l'adjudant.

— Mais pas du tout, protesta Castelain.

— C'est pourtant l'impression que vous donnez, l'un comme l'autre.

— Pourrais-je avoir un peu d'intimité ?

Nerveux, Bernard prit mal sa remarque et invita Bruno à se poster dans la pièce avec le suspect. Puis il s'adressa à ce dernier.

— Il va rester ici avec vous. Ne vous inquiétez pas, en tant que professionnel de la chose, il a déjà vu une bite. En attendant, dites-moi où je peux trouver la clé de votre maison de la rue des Cigales.

Avant de répondre, Castelain exposa un sourire provocateur.

— Il y a un bol en terre cuite à l'entrée, la clé est dedans, accrochée à un décapsuleur. Mais, ajouta-t-il encore nu comme un ver, est-ce que je suis en état d'arrestation ?

Le chef de descente transmit les infos avant de revenir vers Castelain.

— Ça dépend surtout de ce que nous allons trouver. Je vous informe qu'une équipe va réaliser une fouille de votre ancien domicile. Vous y avez encore des affaires ?

— Pas du tout, c'est vide, comme je l'ai déjà déclaré, d'ailleurs.

Bernard hocha la tête.

— C'est ça ? questionna Christophe en montrant une clé.

— Oui, confirma Castelain.

— Nous y allons, alors, mon adjudant.

Bishop opina.

— Prends tout de suite le labo avec toi. Je vous rejoindrai après.

Puis il se tourna vers Cyrille et Guy.

— Vous prenez madame à part, ordonna-t-il, et vous l'interrogez comme convenu.

— Elle n'a rien à voir dans cette histoire, souffla Castelain.

— Quelle histoire ? répliqua instantanément Bernard.

— Mais enfin, je ne suis pas le Boucher et elle, encore moins. C'est ridicule.

*

* *

Sans le moindre accroc, la clé remplit son rôle au grand soulagement de Christophe qui n'avait nullement envie de retourner à Forge et encore moins de faire appel à un serrurier. Endossant à son tour le costume de chef de descente, il coordonna les effectifs en donnant la priorité au travail du laboratoire. De toute manière, comme l'avait déclaré Castelain, il ne restait plus grand-chose à fouiller.

Après un rapide tour des lieux et une visite succincte de la cave ainsi que de la chaufferie, Alexandre, le responsable de la scientifique, exigea qu'on laisse ses hommes bosser en paix, ce qu'accorda Christophe en ordonnant à tout le monde de patienter à l'extérieur. Trente-trois minutes plus tard, tandis que Dominique râlait une nouvelle fois sur le montant de la pension alimentaire, Christophe fut rappelé à l'intérieur, et uniquement lui.

Dans le sillage de l'opérateur labo, Dufour descendit dans la cave où l'attendaient deux collègues en tenue de protection. Il faisait sombre, mais c'était volontaire.

Sous une lampe adaptée, Christophe vit alors une zone bleutée. Il comprit ce que cela signifiait.

— Du sang ?

Alexandre grimaça.

— Tu as vu l'endroit ? Alors je te dirai que c'est l'une des possibilités.

— Comment ça ?

— Le Luminol réagit au fer qui se trouve dans le sang. Ce qui signifie qu'il réagira aussi sur toute surface contenant ou ayant contenu du liquide ferreux. Comme on peut en trouver sur des objets attaqués par la rouille, par exemple.

Face à la mine sceptique qu'arborait Christophe, Alex insista.

— Imagine que quelqu'un ait déposé un vieux vélo ici. L'engin a subi les outrages du temps, il y a de la rouille, un coup de flotte dessus, ça coule et tu obtiendras ce genre de traces. Alors oui, ça pourrait être du sang, ou pas du tout. Mais très sincèrement, ce n'est pas ce qui m'a le plus marqué.

— Comment ça ?

— Viens voir.

75

Quelques minutes plus tard
Domicile de Karine et Émile, Forge

La rue Courte portait bien son nom. En cul-de-sac, elle devait être l'une des voies les plus tranquilles de la commune. Malgré cela, leur présence ne passa pas inaperçue et incita à s'approcher quelques riverains espérant satisfaire leur curiosité. Forge était anciennement un village minier dont la principale activité avait disparu au profit de l'industrie pétrolière. Lorsque le règne du charbon s'essouffla, une flopée d'ouvriers ne surent plus quoi faire de leur temps. Survivant grâce aux aides sociales, beaucoup comprirent le vrai sens de procrastination, sans pour autant savoir l'épeler, et devinrent au fil du temps des chômeurs endurcis ou d'éternels chercheurs d'emploi. Ce sont eux que l'on retrouvait aujourd'hui gravitant autour du lieu de la perquisition, avides d'un futur commérage qui ferait sensation au bistrot du coin.

Depuis la fenêtre de la cuisine, en les voyant déambuler devant la maison tels les figurants dc *La Nuit des Morts-Vivants*, Bishop ordonna leur expulsion. Il reporta ensuite son attention sur l'interrogatoire de Karine Koumys. En substance, elle corroborait les dires de Castelain. Selon elle, son homme était certes un habitué des cafés, mais il rentrait chaque nuit à la maison.

Soudain, la radio de Bernard crachota.

— Adjudant Brancart pour Dufour.

Immobile, le chef de la Crim répondit.

— Je t'écoute, Christophe.

— Passe en écoute cornet[1].

— Bishop s'empressa de quitter la cuisine, passa devant Castelain installé dans son vieux fauteuil inclinable – l'air totalement détaché – et sortit de la maison avant de porter la radio à son oreille.

— C'est bon, dit-il, je t'écoute.

— Chef, commença Christophe, je suis avec Alex, du labo. Pour te faire un rapide topo, il n'y a plus rien à fouiller. Néanmoins, le Luminol a légèrement réagi à un endroit de la cave. La forme pourrait correspondre à une flaque de sang sauf que, poursuivit-il en reprenant son souffle, étant donné que le produit réagit à tout ce qui est ferreux, Alex dit que cela pourrait être tout autre chose. Pour rappel, nous sommes dans une cave qui contient également une chaufferie.

— Je vois ce que tu veux dire, on a eu le même souci un jour dans une affaire d'homicide où on

1. Terme radio demandant à l'interlocuteur une écoute discrète du prochain message.

pensait tenir l'arme du crime, un couteau rouillé. Tu me parles de ce principe-là ?

— Tout à fait, et je t'avoue que je ne le savais pas.

— C'est pour ça que je suis ton chef, nargua Bernard. Autre chose ?

— Oui, toute la maison a été nettoyée de fond en comble. Il ne reste plus une poussière. Les gars ont voulu faire les siphons et même ça, c'était nickel. On dirait que personne n'a vécu là. Idem pour le garage et la cave. Alex me dit qu'on a dû utiliser un produit spécifique.

Un silence s'installa. Bernard se perdit dans ses réflexions. Au loin, il pouvait entendre des voitures circuler et les paroles ineptes des badauds, marmonnant entre eux, dans leur patois local, leur agacement de ne pouvoir approcher davantage.

— Chef ? s'inquiéta Christophe.

— Oui, je réfléchissais. Sa femme est aide-ménagère, je vais creuser ça avec elle. Merci, les gars, s'il n'y a plus rien, vous pouvez rentrer. Mais que quelqu'un rapporte les clés jusqu'ici. Out pour moi.

— Très bien, on termine et je t'envoie un gars. Out.

Le cerveau tournant à plein régime, Bishop regagna la cuisine où Karine faisait office de plat principal.

— Qui a nettoyé la maison de la rue des Cigales ? interrogea l'adjudant, coupant par la même occasion le fil des questions préparées en amont.

— C'est moi, répondit-elle. Pourquoi ?

— Avec quoi ?

— Mais qu'est-ce que c'est que cette question ? Vous nettoyez avec quoi, vous ? Votre langue ?

Même si le ton lui déplut, il se rendit compte de son erreur.

— Avec quel produit ? corrigea-t-il.

— Du savon, de l'eau de Javel, du Cif, du bicarbonate de soude, du vinaigre, je ne sais plus, moi ; ce que j'utilise habituellement au travail. Mais pourquoi ? insista-t-elle.

— C'est moi qui pose les questions. Vous nettoyez même les siphons, vous ?

— Monsieur, je n'aimerais pas entrer dans une maison dégueulasse, alors je ne vois pas pourquoi je n'en ferais pas autant pour les prochains locataires.

Réponse infaillible, déblatérée avec un regard soutenu. Bernard ne releva pas. Il ne pouvait plus. D'un geste de la main, il ordonna la reprise normale de l'audition et ressortit de la pièce.

Confortablement vautré dans son fauteuil, Castelain le toisa.

— Monsieur ? interpella-t-il.

— Quoi ?

— Je ne vois pas votre collègue, la jolie brune qui a eu un souci avec la policière, là, vous voyez de qui je parle ? Votre autre collègue m'a dit qu'on la surnommait la croque-mitaine maintenant, ajouta-t-il en souriant. Elle va bien ?

— Ce ne sont clairement pas vos oignons, rétorqua Bernard tout en fusillant du regard Bruno, chargé de la surveillance du suspect.

— Je comprends. Ah, dites, tant que je vous ai, pourriez-vous demander à vos hommes de remettre tout ce qu'ils ont extrait du congélateur ? Parce que même si ce ne sont pas mes oignons, comme vous dites, j'aimerais tout de même ne pas gaspiller les succulents plats de ma compagne.

Contenant sa rage, l'adjudant accéda à la demande d'Émile, avant de sortir pour se calmer.

Un peu plus loin, des collègues s'attelaient encore à la fouille de la voiture de Castelain. Il s'approcha d'eux pour s'enquérir du résultat, mais fut rapidement déçu.

Rien.

De nouveau, ils allaient rentrer bredouilles.

Intérieurement, Bernard jura. *J'aurais dû venir par surprise*, se dit-il, *sans le faire convoquer avant. Je ne le sens pas, mais vraiment pas.*

Quelques minutes plus tard, les deux équipes en avaient terminé avec les fouilles ainsi que le relevé de traces et indices potentiels. Il en était de même de l'audition de Karine.

Ils quittèrent les lieux en direction du Nid.

Le couple, sur le pas de leur porte, les regarda s'éloigner.

— Je t'avais dit qu'ils viendraient, lui dit-elle en posant sa main sur son torse. Maintenant, tu peux finir ce que tu as commencé.

76

BSR de Montiry

Fébrile, Mélanie attendait le retour des troupes en parcourant sans cesse le long couloir du deuxième étage, vide et silencieux depuis trop longtemps.

Un sourire s'afficha enfin sur son visage lorsqu'elle entendit le bruit d'un moteur en provenance de la cour intérieure. Elle se jeta contre l'une des fenêtres en espérant admirer le spectacle d'un Castelain menotté et emmené pour audition. Elle resta immobile plusieurs minutes, à l'affût, mais plus les voitures affluaient, plus elle désespérait. Au final, tout le monde était rentré, et pas d'Émile.

Elle quitta alors son poste de guet et se retrouva nez à nez avec Bernard qui, la mine déconfite, lui fit non de la tête. Elle le suivit jusqu'à son bureau où il balança son sac et sa veste à la va-vite.

— J'y ai cru, lança Bishop en se renversant sur sa chaise.

— Quoi ? Il n'y a rien ?

— Que dalle, soupira-t-il. Je ne le sens pas, ce type, sa copine non plus d'ailleurs, mais on n'a rien trouvé. Pas l'ombre d'une preuve.

— Même dans son ancienne maison ? tenta Mélanie comme si la réponse allait être différente.

— Ah là, en revanche, si !

N'y comprenant plus rien, Penning écarquilla les yeux.

— Le Luminol a réagi dans la cave, mais on ne peut pas faire de prélèvements parce qu'il n'y a plus rien à prélever. Quant à la maison, tout ce qu'on a découvert, c'est qu'ils avaient super bien nettoyé, ironisa-t-il. S'il y avait des indices à retrouver, là, c'est mort ! Le timing parfait pour déménager, ricana-t-il nerveusement. En plus, ils avaient vraiment l'air de se foutre de notre gueule, conclut-il le visage soudain fermé.

— Pourquoi vous ne l'avez pas ramené, alors ? s'étonna Mélanie.

— Et pour quel motif ? s'énerva Bishop. D'avoir trop bien entretenu sa bicoque ? Et la charge de la preuve, je chie dessus ?

Les mains posées sur ses hanches, sans même s'en rendre compte, Penning faisait des allers-retours entre les cloisons.

— Arrête ça, bordel, souffla Bernard, pose ton cul.

— Non, contesta-t-elle sèchement, c'est bon. Et donc ? On abandonne ?

— Est-ce que j'ai dit ça ? protesta-t-il. Bien sûr qu'on va continuer à enquêter sur lui.

— Laisse-moi réintégrer l'équipe, s'il te plaît. Avoue que j'ai fait du bon boulot.

— Oui, avoua-t-il en se rassérénant, du très bon, même.

— Alors ?

— Même si je le voulais, je ne peux plus faire machine arrière. Tu as un dossier sur le dos, tu es écartée du service pour motifs disciplinaires, je-ne-peux-pas.

Pour bien se faire comprendre, il avait marqué une pause entre chaque mot. Il obtint l'effet escompté. Renonçant à initier une autre tentative, Mélanie quitta le bureau pour se réfugier dans le sien.

— Qu'est-ce qui se passe ? s'inquiéta Véronique.

— Rien ! répondit-elle d'un ton décourageant toute velléité d'échange.

Deux heures passèrent dans le silence le plus complet jusqu'à ce que l'estomac de Mélanie se recroqueville en criant famine et qu'au même instant, Bishop dépose les premiers rapports relatifs aux perquisitions du matin.

— Si moi, je ne peux plus rien faire, dit-il, de ton côté, rien ne t'empêche de poursuivre officieusement.

Il avait lâché cette phrase d'un trait, comme s'il l'avait répétée maintes fois. Fixant son écran pour ne pas affronter le regard de son chef, la jeune femme resta de marbre et ne répondit pas. Pourtant, une fois de plus et probablement sans s'en rendre compte, il jouait avec ses sentiments. D'un côté, elle avait merdé, de l'autre, elle faisait des miracles ; tantôt elle ne suscitait qu'aversion, tantôt elle incarnait la clé ; et dans ce tourbillon d'émotions scindées, elle n'avait qu'une envie, sauter dans ses bras pour s'excuser, pour tout recommencer, pour redevenir une fille parfaite aux yeux de son père d'adoption. Par fierté et par crainte d'être repoussée, elle n'en fit rien.

Quelque chose d'autre l'empêchait de bouger, un sentiment lancinant qui occupait une place de choix au plus profond d'elle-même et qui s'opposait aussi à la tranquillité de ses nuits.

Émile Castelain.

Et il s'en sortait bien.

Jusque-là.

Elle attendit le départ de Bernard pour recommencer à fouiner entre les lignes des rapports de ses collègues.

Enfin de retour à la maison, tandis que sa cadette se douchait à l'étage, Mélanie se vautra dans le divan du salon. Elle était exténuée, ses yeux étaient secs et pris de picotements à force de lire et relire des montagnes de documents. Elle posa son bras sur son visage pour occulter la lumière du jour que ses paupières ne parvenaient pas à atténuer.

L'instant d'après, Claire la secouait.

— Je sors, lui dit-elle.

Comprenant qu'elle s'était assoupie, l'aînée émergea doucement.

— Quoi ? demanda-t-elle les yeux plissés au maximum. Vous allez où ?

— Pas vous, corrigea la cadette, juste moi.

— Non mais attends, tu ne sors pas seule, quand même ?

— Non, je vais manger chez des potes, ensuite on sort. Pourquoi ?

— Parce qu'il y a toujours un fou en liberté ! s'énerva Mélanie.

Tout en se redressant, sa sœur leva les bras au ciel.

— Oh, tu m'emmerdes avec ça, gueula-t-elle. J'ai l'air d'une pute ou quoi ?

— Quoi ? rétorqua Mélanie stupéfaite.

— Les femmes qui ont été tuées étaient des perdues de la vie ou des putes. C'est mon cas ?

— Mais c'est faux, ce qui est écrit dans la presse !

— Peu importe ! Ce n'est pas aux femmes à rester cloîtrées chez elles parce qu'une petite queue rôde dans le coin. Qu'il aille se faire foutre, je ne vais pas m'emprisonner pour un connard.

Peut-être parce qu'elle était maintenant entraînée à lire entre les lignes, Mélanie interpréta ses paroles.

— Ça ne va pas avec Mike ?

— Non, répondit Claire les yeux humides. On s'est encore disputés, ajouta-t-elle en se rendant dans la cuisine pour y prendre un essuie-tout avec lequel elle sécha les larmes qui commençaient à couler.

— Je suis désolée, assura Mélanie en s'approchant de sa sœur.

Celle-ci recula et jeta le papier légèrement imbibé dans l'évier.

— Peu importe, je me casse, et n'essaie pas de me retenir.

— Très bien, capitula l'aînée, mais fais-moi juste un plaisir, promets-moi d'éviter le quartier de la gare.

77

Au même moment
Rue de la Cathédrale, Liège

L'heure de la fermeture approchait. Plus que quelques clients. Le personnel était fatigué et pressé d'en finir, bref, les conditions étaient idéales.

De sa main squelettique, il empoigna un paquet de gaufres et le retourna pour en lire le prix ; trop cher au vu du contenu de ses poches. Ritchie le regarda hésiter, comme s'il comprenait la difficulté d'une telle décision. À travers le plastique transparent, René pouvait apprécier les fins morceaux de sucre qu'il savait fondant à souhait. Un coup d'œil furtif à gauche et à droite le réconforta. Il se pencha vers son chien pour le caresser tout en plaçant le paquet dans le sac à double poche que l'animal portait en permanence comme une seconde peau.

Nouveau coup d'œil : personne à l'horizon, il avait réussi son coup. Il passa sous la pancarte

« Sortie sans achat » en parlant à son chien comme pour noyer le poisson. Les portes automatiques s'ouvrirent devant lui et il sentit l'air de la rue caresser son visage.

Plus que deux pas et il pourrait déguster son butin avec un grand café noir, celui du distributeur placé à l'entrée de la maison d'accueil. Sauf qu'une main puissante agrippa son épaule et la serra au point de lui briser un os.

Une dizaine de minutes plus tard, une équipe de la police de Liège débarquait. Une caissière les informa qu'ils étaient attendus dans le bureau de la direction et ajouta qu'elle les accompagnerait dès que le tout dernier client serait sorti. Les flics lui firent comprendre que ce n'était pas la peine. Ce n'était pas leur premier vol à l'étalage dans ce magasin et ils connaissaient parfaitement le chemin.

À peine furent-ils entrés dans le bureau que l'un d'eux soupira.

— René ! Qu'est-ce que je t'avais promis, la dernière fois ?

— Je sais, chef, mais...

— Non, mon vieux, c'est fini. Cette fois, tu pars au trou et tu dis ciao à ton clébard.

Comme le faisait son chien pour se faire pardonner une bêtise, le SDF garda la tête basse. Il tentait le coup. Sauf que les policiers en avaient marre de prendre plainte sur plainte à son encontre, rendant caduques toutes ses promesses d'une future rédemption.

Après avoir recueilli trois lignes auprès de la gérante pour constituer un nouveau dossier à charge, ils conduisirent René et Ritchie à l'arrière de leur camionnette. Direction la fourrière pour animaux abandonnés.

Pour commencer.

Derrière le plexiglas séparant l'habitacle, René suppliait encore et encore qu'on lui laisse son chien, jurant tous les dieux qu'il ne recommencerait plus. Arrivé depuis peu dans la région, il connaissait malgré tout le chemin du refuge pour animaux pour s'y être rendu quelques fois à la recherche de croquettes pour Ritchie ; il avait donc compris où ils se rendaient.

Le véhicule s'arrêta juste en face de la partie du bâtiment réservée aux forces de l'ordre. Munis de la clé leur permettant d'ouvrir un sas, puis une cage, ils comptaient bien y placer le chien avant de s'occuper du cas de son maître. Le procureur de la Cité ardente l'avait menacé de prison s'il recommençait, c'était chose faite.

Lorsque la porte coulissante glissa, le SDF n'avait plus d'autre choix.

— Attendez ! Et si je vous filais des infos sur le Boucher de Montiry ? Je sais qui c'est.

78

15 mai 1997, 13h10
BSR de Montiry

Effervescence.

L'étage de la Crim n'avait plus connu cela depuis des semaines. Les visages étaient joyeux, voire euphoriques. Quelque peu déboussolée par ce spectacle, Mélanie s'en sentit malgré tout ravie et marcha jusqu'au bureau de Bernard alors qu'il plaçait son arme dans la gaine de son vieil holster d'épaule.

— Qu'est-ce qu'il se passe ?

— On l'a ! s'exclama-t-il.

— Le Boucher ?

Sourire aux lèvres, Bishop acquiesça.

— Tout part d'une info des collègues de Liège. Hier soir, ils ont chopé un ancien SDF de Montiry, René, pour un ixième vol à l'étalage. Le gars, pour ne pas finir au gnouf, poursuivit-il en enfilant sa veste, a balancé un nom : Damien Druart, qui vit sur Huron. D'après nos premières vérifications,

Druart est connu pour quelques faits de coups et blessures et fréquente régulièrement le quartier de la gare. On le sait déjà parce qu'il y a été contrôlé à de nombreuses reprises. Le clodo le décrit comme un marginal mais qui dispose malgré tout d'un domicile fixe, où il lui aurait exhibé la tête tranchée d'une femme en train de pourrir dans l'une des chambres à l'étage. Toujours selon René, Druart aurait tout ce qu'il faut chez lui pour découper quelqu'un. Outils, cave, remise, la totale.

Totalement inattendu, ce retournement de situation percuta de plein fouet les profondes convictions de Penning. À ses yeux, Castelain était un coupable idéal. Et si elle avait simplement vu ce qu'elle voulait voir ? Et s'il ne s'était agi que d'un faisceau de présomptions qu'elle aurait détourné pour assouvir son besoin de résultats ? En tout cas, pour peu qu'il y ait un soupçon de vérité dans la déclaration du SDF liégeois, la piste de ce Damien était convaincante à plus d'un titre.

— Quoi ? intervint Bishop devant son absence de réaction.

— Rien du tout, je réfléchissais au fait que ce gars n'apparaît nulle part… C'est juste incroyable ! finit-elle par dire avec enthousiasme (en gardant pour elle une pointe de dépit). Je suppose que je ne peux pas venir ?

— Toi ? Non ! À la niche !

Affairé à collecter les documents destinés à la perquisition et à l'arrestation de leur nouveau suspect, Bishop lui avait répondu dos à elle. Mais quand il se retourna, il craignit presque le regard qu'elle lui lançait.

— Mel, je plaisantais.

Elle ne bougea pas d'un poil tout en gardant ses yeux braqués sur lui.

— Je te promets que c'était pour rire.

— Mais je sais, fit-elle en reprenant sa mine angélique quoique fatiguée. Qui plus est, c'est toi qui... vas chercher, ajouta-t-elle comme si elle s'adressait à un chien à qui elle jetait un bâton.

Bernard esquissa un sourire complice avant de conclure.

— En attendant, moi, je pars en chasse.

79

15 mai 1997, 13h46
Domicile de Damien Druart, Huron

Goodbye Horses… Reprenant le refrain, la voix de Damien s'approchait, sans pour autant l'atteindre, de la profondeur contralto de celle de Q Lazzarus. Peu lui importait, de toute manière ; ce qu'il voulait, c'était se mettre dans l'ambiance de son passage préféré du *Silence des Agneaux*. Il n'était pas comme les autres, il n'avait pas été impressionné par Hannibal, mais touché par Buffalo Bill, pour son côté artistique qui lui rappelait ses études de dessin et ses opportunités manquées, parce qu'il préférait boire des coups avec ses potes.

Tout comme dans la scène du film, il était précautionneux. Il en avait terminé avec le pinceau qu'il posa à même le divan avant de terminer d'un trait sa douzième bière de la journée. Il écrasa la canette et jeta son cadavre parmi ses semblables jonchant l'un des coins du salon, juste à côté d'une poubelle à moitié remplie.

Il ouvrit alors un rouge à lèvres qui appartenait à sa défunte mère. Tout en l'appliquant soigneusement, il récitait sa propre version du monologue du serial killer travesti.

Tu veux baiser avec moi ? Moi, j'ai envie de te baiser tout le temps. J'ai envie de te baiser jusqu'à l'os.

Après avoir refermé le tube, il tendit son bras gauche devant lui. Au bout, un crâne dont il contrôlait le maquillage en le faisant tourner sous la lumière du jour provenant de l'unique fenêtre donnant sur la rue, occultée en partie par des rideaux jaunis par le temps.

Tandis qu'il appliquait une légère retouche au-dessus de l'orbite droite, des ombres suivies de murmures vinrent soudain zébrer la clarté. Il n'eut pas le temps de tourner la tête que la porte d'entrée vola dans le fracas d'un bélier métallique.

— Brigade judiciaire !

Les hurlements résonnèrent dans le salon. Au départ désordonnés, les canons finirent par le pointer.

De son côté, Druart était resté statique. Tout en gardant son bras tendu, il les fixait avec mépris. Courroucé qu'ils osent l'interrompre.

— Lâche ça, Hamlet, lança Christophe. Debout, les mains bien en vue.

Damien exécuta l'ordre d'un bond. Il ne portait qu'une fine chemise blanche assez humide pour la rendre transparente et l'on pouvait deviner ses tétons à travers le tissu. Au rythme de la chanson qui venait une fois encore de redémarrer, Druart se mit à se tortiller le bas du corps, la queue à l'air, en leur passant presque sous le nez le crâne affublé de couleurs improbables.

— Putain, cria Dufour, espèce de taré, tu vas lâcher ça ?

Le flic avança d'un pas et lui arracha le crâne des mains.

— Qu'on soit bien d'accord sur une chose, balbutia Damien dont l'ivresse passagère lui montait à la tête, c'est moi que j'ai choisi les couleurs. Regardez-moi ça comme c'est joli ! C'est d'l'art ! Mon art ! C'est ma Sophie et tout le reste est dans le bois. Voilà, c'est tout, je dirai pu rien.

Sophie.

Le mur des personnes signalées disparues.

Bernard détailla alors ce que son collègue avait maintenant entre les mains.

Il comprit.

— Christophe, dit-il calmement, le crâne, c'est un vrai.

80

Dufour fit pivoter l'objet pour mieux en examiner l'intérieur. La mâchoire inférieure, qui tenait à l'aide d'un simple fil de fer attaché au cartilage intérieur, pendit d'un coup en exposant la dentition.

Un trou dans une molaire, souvenir d'un plombage tombé ou ôté il y a peu.

— Putain de merde ! gueula le flic avec dégoût tout en se maîtrisant pour ne pas balancer le crâne dans les airs.

— Oh, éructa Damien, tu traites pas mal ma Sophie !

Alors qu'un relent de bière acide s'ajouta à l'atmosphère déjà âpre, Bernard se tourna vers les deux collègues de l'intervention qui patientaient derrière lui et leur désigna Druart d'un hochement de tête.

Sachant qu'ils démarreraient au quart de tour et que la pièce encombrée ne permettait que peu de mouvements, il fit un pas de côté pour les laisser passer. Tels deux chiens de chasse devant une proie, les deux hommes se lancèrent l'un derrière l'autre pour se saisir de Damien.

Toutefois, dans l'urgence de l'intervention, l'équipe n'avait pas encore pris connaissance d'un élément important : l'internement de Druart à Quercus. Le centre psychiatrique de Montiry l'avait accueilli durant deux années pour canaliser ses accès d'extrême violence. Disciple prometteur de Georges, un sensei de hapkido connu dans la région et réputé pour son enseignement à l'ancienne, Damien fut vite jeté aussi bien dans les arènes officielles qu'illégales, avec plus ou moins de succès. À croire que la multitude des traumas causés par les combats l'avait rendu fou ou avait simplement fait ressortir son déséquilibre passager.

Une pathologie et une expérience dont il allait faire la démonstration.

Sébastien, le premier des deux renforts, perdit connaissance dès le premier coup de poing au milieu de son visage. Il ne sentit ni le second direct, ni le puissant coup de pied qu'il reçut en pleine tête lorsqu'il s'affala sans retenue dans les jambes de Damien.

Emporté dans son élan, François perdit à son tour l'équilibre en évitant de piétiner son collègue. Druart en profita pour le saisir et, dans un seul mouvement, lui porter un uppercut avant de lui entourer le cou de son bras. La prise était parfaite. Rapide et impossible à défaire sans un minimum de connaissance. L'homme commença à étrangler le flic déjà sonné et la bouche en sang.

Surpris par la réaction de leur cible, Bishop et Christophe sortirent leurs armes. Le pistolet semi-automatique dans le creux de sa main dirigé vers Damien, Bernard fit un pas en avant pendant que Dufour déposait le crâne aussi prudemment que possible.

— Lâche-le tout de suite ! hurla Bishop.

L'homme lui sourit et serra d'autant plus sa prise.

— Dernier avertissement, Druart !

— Tu vas tuer ton pote le flic ? répondit Damien en soulevant François.

La scène n'était pas sans rappeler à Bernard leur confrontation avec Zoé Bellis. Excepté le fait que la configuration des lieux était différente, ce dont Christophe put tirer profit.

Tout en gardant son arme pointée, il fit quelques pas de côté jusqu'à trouver un meilleur angle. Avec pour résultat deux lignes de feu indépendantes que Druart ne pouvait couvrir.

— Soit tu le lâches, fit calmement le chef de la Crim, soit tu crèves.

Sans dire un mot, Damien lécha la sueur dégoulinant sur la joue de son otage avant de le laisser tomber.

Dufour rengaina aussitôt son pistolet et sortit ses menottes. Damien n'opposa plus aucune résistance.

Au contraire, il leur souriait.

81

15 mai 1997, 16h48
BSR de Montiry

Bien avant le retour de l'équipe, un flash spécial avait interrompu « Song 2 » de Blur pour informer les auditeurs qu'une perquisition était en cours au domicile du Boucher à Huron et qu'une tête humaine y avait été retrouvée.

Au-delà de la joie procurée par la découverte, Mélanie s'était immédiatement demandé quelle famille allait enfin pouvoir faire son deuil et honteusement, elle avait espéré que ce serait la tête de Caroline Suros.

Sa sœur Géraldine le méritait tellement. Mélanie s'était remémoré ce moment où elle avait fondu en larmes avec elle, toutes deux enveloppées dans les volutes de fumée grisâtre et funeste, lorsqu'elle lui avait confirmé que le bassin découvert à Ostrevent était bien celui de sa cadette.

Tout à coup, elle entendit les gars revenir et se précipita pour se faire une image du Boucher.

Depuis l'autre bout du couloir, elle ne put distinguer que le dos imposant d'un homme défraîchi.

Allègre, Bernard arriva à son tour et l'accosta.

— Ça va, Penning ? s'exclama-t-il en lui tapant sur l'épaule.

— C'est laquelle ? s'empressa-t-elle.

— Impossible à dire comme ça, mais comme il a cité le prénom Sophie, je pense à Sophie Michaux, portée disparue depuis fin février. Il n'y avait plus aucune chair, juste un crâne bien lisse, bien propre et… totalement maquillé. *To be or not to be* version drag queen.

— Sérieusement ?

— Oui, dit-il en opinant et en écarquillant les yeux. Lui, hormis pour nous dire qu'il s'agit de son art et que les restes sont dans le bois à côté de chez lui, il n'a pas prononcé le moindre mot. Mais bon, le légiste a tout de même pu confirmer qu'il s'agit d'une femme, sans pouvoir être plus précis à ce stade.

Elle tira la tronche.

— Sinon, tu as le droit d'être un peu heureuse, tu sais. On l'a eu.

— Je peux assister à l'audition ?

Il baissa la tête d'un coup, comme s'il avait reçu un coup de batte derrière le crâne.

— Non, tu ne peux pas. Rentre chez toi, profite un peu de la vie. Il ne sera présenté devant Pichard que demain. Je te promets que tu auras une copie de son audition sur ton bureau dès qu'elle sera terminée. Si tant est qu'il dise quelque chose.

Elle garda en elle cette nouvelle frustration, acquiesça, exposa un large sourire théâtral et prit congé.

Pendant ce temps, Bernard s'était mis à l'aise et finit par rejoindre Christophe pour l'interrogatoire. Au moment où il s'installa sur la dernière chaise disponible du bon côté de la table, il tressaillit lors du claquement routinier du pot d'échappement de la charrette de Mélanie.

— Si ça continue, murmura-t-il, je vais lui filer du fric pour qu'elle le remplace, ce foutu pot.

— Ouais, ou alors on lui enfonce une bonne banane, rétorqua Christophe.

— Dans le pot ?

Dufour pencha la tête sur le côté pour se laisser le temps de la réflexion puis il opina.

— Mouais, dans le pot.

*

* *

Les journaux télévisés ne parlaient que de l'arrestation du Boucher. Mélanie se commanda une pizza et se servit un grand verre de vin. Pour patienter, elle se lança un défi consistant à boire une gorgée à chaque fois que le mot « Boucher » serait prononcé.

Lorsque le livreur sonna, il ne restait plus que deux doigts d'alcool dans la bouteille. Titubante, elle paya ce qu'elle devait en laissant malgré elle un pourboire aussi important que son ivresse. Après des semaines de tension, d'accrochages et de heurts, le relâchement autorisé par l'arrestation lui rappela son épuisement tant physique que mental. La fatigue s'abattit sur elle, trop vite et trop fort pour lui laisser le temps de manger.

En boucle, les journaux étaient formels, demain le prédateur serait derrière les barreaux et hors d'état de nuire.

Rassurée, elle s'endormit en une fraction de seconde.

Sans s'inquiéter de l'absence de sa sœur.

82

16 mai 1997
BSR de Montiry

Comme promis, une copie l'attendait sur son clavier. Arrivée très tôt malgré une barre qui lui transperçait le crâne, sa récompense pour avoir gagné la partie jouée en solo la veille, Mélanie décida d'avaler un autre café.

C'était plus que nécessaire.

Avant de se rendre à l'accueil où il était bien meilleur que le jus imbuvable de la Crim, elle prit connaissance de l'identité complète du Boucher.

Damien Druart, alias Dédé.

— Je ne me souviens pas avoir lu ce surnom dans les PV, s'étonna-t-elle à voix haute.

— Moi non plus.

Le sursaut qu'elle fit était digne de n'importe quel film d'horreur de série Z.

— Purée, dit-elle haletante et une main sur la poitrine, tu es un grand malade. Je pensais que j'étais seule !

— Je ne suis pas encore rentré. On l'amène à la première heure devant le juge et je devais terminer la paperasse.

— Qu'est-ce qu'il a raconté ?

Bishop pointa du doigt la copie de l'interrogatoire.

— Tout est là, dit-il.

— Pas très épais…

— Normal, il n'y a que nos questions. Aucune réponse de sa part. Pas un mot, silence complet avec un sourire à la con qu'il n'a jamais lâché même quand on lui gueulait dessus. Un vrai dingue.

— Comment va-t-on retrouver les autres morceaux s'il ne parle pas ?

— On a mis les scellés sur la maison, c'est un bordel intégral à l'intérieur, il faudra du temps pour tout vider. Si ça se trouve, tout est là. Sans compter les fouilles dans le bois à côté de chez lui qui sont déjà organisées pour demain matin. De toute manière, on le reprendra plus tard pour d'autres interrogatoires. Bon, je vais prendre une douche vite fait, histoire de ressembler à quelque chose durant la présentation devant Pichard.

— Mouais, fit-elle en plissant les yeux, tu veux dire pour être beau devant la presse.

Il tenta un air innocent sans pour autant se montrer très convaincant.

— Quoi qu'il en soit, reprit-il, nous avons prévu d'y aller plus tôt précisément pour éviter les journalistes et les débordements. Les habitants sont à cran à cause de cet enfoiré et il se peut que des justiciers amateurs viennent foutre la merde.

Le besoin de café devenant trop pressant, elle approuva d'un hochement de tête tout en tournant les talons.

De son côté, l'adjudant retourna dans son bureau et y prit de quoi se rafraîchir en se félicitant d'être un homme prévoyant.

Il faut toujours avoir de quoi se laver et au moins une tenue de rechange à disposition dans son armoire, se dit-il.

Quand il arriva deux étages plus bas, il vit Mélanie remuer les lèvres en comptant le nombre de dosettes qu'elle versait dans le filtre du percolateur. Il fut à la fois touché de la voir plus sereine mais également attristé de savoir ce qu'il allait advenir d'elle. Dès que son poing avait percuté le nez du maton, il savait qu'en aucun cas l'état-major ne tolérerait qu'un de ses membres s'en prenne sans justification à des forces amies, comme on les appelait dans le jargon.

Tôt ou tard, la décision officielle tomberait mais concrètement, elle ne faisait déjà plus partie de la Crim.

Deux heures plus tard, Pichard décerna un mandat d'arrêt à l'encontre de Druart. Malgré la présence matinale de certains journalistes, ils avaient réussi à éviter les caméras en arrivant, mais leurs chances de renouveler leur exploit en repartant étaient nulles. Le juge proposa alors une alternative, une sorte de diversion dont il serait l'acteur principal.

Pendant que la voiture de la BSR se postait derrière les portes fermant la cour arrière du palais de justice, Pichard descendait les marches donnant sur ce qui était, encore très tôt ce matin, un parking, et qui, en l'espace de quelques minutes, était devenu une ruche bourdonnante d'yeux vitreux. Caméras, objectifs, flashs, micros tendus ou perchés, il ne manquait qu'un tapis rouge pour que le juge s'imagine à Cannes.

Il prit la parole en levant les mains pour attirer un maximum l'attention.

— Mesdames, messieurs, je tiens tout d'abord à vous préciser que je répondrai à toutes vos questions, mais laissez-moi tout d'abord vous faire mon exposé. Comme vous le savez déjà, grâce à une enquête très efficace de la BSR de Montiry, nous avons pu appréhender un suspect dans le cadre de l'affaire dite du Boucher. Il est exact que la tête d'une personne de sexe féminin a été retrouvée à son domicile à Huron. Vous comprendrez, je le présume, que certaines choses soient encore sous le coup du secret de l'instruction et que, de ce fait, je ne puisse pas en dévoiler davantage, si ce n'est que j'ai bien évidemment décerné un mandat d'arrêt à son encontre. Maintenant, j'écoute vos questions.

Celles-ci fusèrent dans l'instant. Certains jouaient des coudes, d'autres gueulaient plus fort que leurs voisins alors que Pichard n'avait pas encore eu le temps de répondre à la première interrogation. Positionné trois marches au-dessus de la mêlée, le juge parvint à voir la voiture banalisée quitter le palais, une main tendue dépassant de la vitre conducteur en guise de remerciement. Fier de la réussite de son plan, il attendit quelques secondes supplémentaires avant de tirer sa révérence sans avoir répondu à la moindre question et sous la bronca des journalistes.

Le malheur des uns faisant le bonheur des autres, Bernard eut ainsi la paix pour transférer Druart au Coxon et il en fut de même pour son retour au Nid, où Mélanie l'attendait dans son bureau, son carnet de notes entre les mains.

Son mal de tête n'étant plus qu'un lointain souvenir, elle entama la discussion dès qu'il franchit le seuil.

— Il y a un truc qui ne colle pas, asséna-t-elle.

— Mais merde, souffla-t-il, Penning, je suis crevé, tu ne peux pas me foutre la paix rien qu'une journée ? Tous les autres ont pris un jour de repos, fais pareil !

— Non, parce que quelque chose cloche ! Par exemple, comment ferait-il pour se débarrasser des morceaux alors qu'il n'a pas de voiture ?

— Il a le permis. Il sait conduire. On lui prête une bagnole et il fait ce qu'il a à faire. C'est même dix fois mieux que d'avoir sa propre caisse. Tu sais, tu peux retourner les infos dans tous les sens et même leur faire dire ce qui te chante, le fait est qu'il n'a aucun alibi, qu'il est connu de la justice, qu'il a dessiné une femme décapitée qu'il a punaisée au-dessus de ses chiottes, et le plus important, ajouta-t-il en haussant le ton, c'est qu'il avait la tête d'une femme chez lui, dont il a maquillé le crâne comme une pute ! Bordel ! Penning, arrête de chercher midi à quatorze heures ! Dans ton bouquin, là, est-ce qu'on parle de deux tueurs en série en même temps dans la même ville ?

— Je n'ai pas vraiment fini le livre et…

— Moi, je n'en connais pas et ça conclut cette discussion ! Je te le répète, je suis crevé, je vais rentrer chez moi, en boire une, manger un bout et me reposer. Toi, tu fais ce que tu veux, sincèrement, là tout de suite, je n'en ai rien à battre. Je me casse.

Joignant les gestes à la parole, il passa à côté d'elle sans la saluer.

Elle le laissa partir sans lui opposer sa dernière contradiction : selon les déclarations de Druart, les restes de sa victime se trouveraient dans le bois à côté de chez lui. Pourquoi ne pas l'avoir traitée comme les autres ? Pourquoi ne pas avoir répété son rituel et sa mise en scène ?

Soudain, elle eut un flash et fouilla dans son carnet de notes à la recherche d'un numéro de téléphone.

83

16 mai 1997, 20h17
Café La maison des 8 heures, Charleroi

— Madame, je…

— Catherine.

— Catherine, je vous promets qu'il n'en saura rien. Comme je vous l'ai expliqué au téléphone, cette entrevue restera confidentielle et cela ne fera jamais l'objet d'un écrit. C'est vraiment pour nous aider.

— Il n'en saura rien ? J'ai fait une dénonciation anonyme mais vous m'avez tout de même retrouvée.

— C'est parce que c'est en interne et je peux vous dire que j'ai rencontré des difficultés à récupérer votre numéro. Le collègue de Charleroi ne voulait pas me le fournir jusqu'à ce que je lui explique le fond du problème. Normalement, il devait être des nôtres mais il n'a pas pu se libérer.

— Mouais… Et donc vous pensez que l'homme qui vient d'être arrêté n'est pas le Boucher ?

— C'est ça. Je pense que nous avons effectivement arrêté un meurtrier, mais pour moi, Druart n'est pas le Boucher. C'est pour cela que je suis ici, j'ai besoin d'en savoir plus sur l'homme qui vous fait peur au point d'avoir quitté Montiry. Vous avez déjà eu le courage de faire une déclaration succincte mais je pense que vous en savez plus que ça.

— Je ne sais pas... hésita Catherine.

— Écoutez, ne prenez surtout pas mal ce que je vais vous dire, mais ne laissez pas les chiffres prendre le dessus.

— Les chiffres ?

— Oui, vous savez, quatre victimes, cinq sacs, six morceaux. On balance toujours des chiffres alors qu'on parle de femmes, de mères, de filles, de sœurs, bref, d'êtres humains. On parle de Caroline Suros, qui laisse des enfants et une sœur attristée comme jamais. De Maryse Meranti, qui a eu un parcours chaotique jusqu'à ce qu'elle puisse enfin aspirer à une existence convenable dont elle ne profitera jamais. D'Évelyne Hautecloque, une mère courageuse prenant un nouveau départ après un divorce compliqué. Et enfin, de Nadia Dargot, une belle jeune femme qui avait encore toute la vie devant elle. Les médias en ont fait des filles faciles et paumées mais c'est faux. Ils en ont fait des chiffres mais c'étaient des femmes comme vous, comme moi, ou comme ma sœur qui aime aussi sortir et profiter de sa jeunesse.

Mélanie sortit une photographie de la poche de sa veste et la plaça entre leurs deux cafés fumants.

— C'est lui ? C'est Mimi ?

Les lèvres pincées, Catherine hocha la tête.

— Il s'appelle Émile Castelain, ça vous dit quelque chose ?

— Absolument pas, il n'avait jamais voulu me dire son véritable nom.

— Très bien, nous parlons donc de la bonne personne. Je vous écoute.

— Vous ne prenez pas de notes ? s'étonna Catherine.

Mélanie secoua la tête.

— Je vous ai dit qu'il n'y aurait aucun écrit. Vous pouvez me faire confiance et tout me raconter.

— Très bien. Je l'ai connu dans un bar, je l'avais abordé parce qu'il était seul et que je le trouvais mignon. J'avais déjà bu quelques verres et très franchement, j'ai un peu honte maintenant, mais j'avais envie de m'amuser. Nous avons discuté, le courant passait bien et dès le premier soir, nous sommes allés chez lui.

La jeune femme gardait les yeux baissés de crainte d'être traitée de fille facile. Elle marqua une pause pour tremper le spéculoos dans son café et en croquer un bon morceau.

Elle reprit.

— Enfin, sur le coup, je ne voyais pas le mal.

— Moi non plus, assura Mélanie, ne vous inquiétez pas, on est entre filles.

— Merci. Donc, je vous passe les détails mais nous avons couché ensemble. Au début, au lit, il était assez dominant, pas égoïste, précisa-t-elle, mais dominant. Puis, un autre jour, il m'a contrainte, vous voyez, il me maintenait la tête contre l'oreiller comme ça, dit-elle en reproduisant la position de son bras contre la table. Et là, il m'a dit que je devais faire la morte. Ne plus bouger, ne plus parler, c'est à peine si je pouvais respirer.

— C'est à ce moment-là que vous vous êtes enfuie ?

— Non, dit-elle en secouant la tête, j'ai eu trop peur de lui. Je l'ai laissé faire et c'était assez violent comme truc, comme s'il voulait me faire mal. Quand il a terminé, il m'a dit que c'était son fantasme, que c'était de la domination « extrême », ajouta-t-elle en mimant les guillemets.

Mélanie la laissa boire une gorgée avant de poursuivre.

— Il y a une chose que je ne comprends pas très bien, demanda la flic, si tout se passait bien, pourquoi avez-vous eu peur au point de vous laisser faire quand il est allé trop loin pour vous ?

— Vous savez, à force d'avoir des conversations avec lui, et à force de boire ensemble aussi, dit-elle en haussant les sourcils, il me parlait de plus en plus de lui, de ce qu'il aimait, de sa vision des choses et quand il m'a demandé de faire la morte, j'ai compris que ce type n'était réellement pas bien dans sa tête.

— Pourquoi ? Qu'est-ce qui vous fait dire ça ?

— Il est fasciné par des choses étranges et morbides. Quand j'étais chez lui, il mettait toujours le même film, en boucle, *Seven*. Vous l'avez déjà vu ?

— Jamais, mais tout le monde m'en parle, avoua Penning.

— Ça raconte l'histoire d'un tueur en série qui veut marquer les esprits en s'inspirant des sept péchés capitaux. Je pense que Mimi, je veux dire Émile, voue un véritable culte au meurtrier. John Doe par-ci, John Doe par-là, *ce mec est brillant !* C'est ce qu'il avait lâché en rigolant au moment de la dernière scène du film.

— Plein de gens sont intrigués par les tueurs en série, rétorqua Mélanie, on en fait même des livres.

— C'est certain, mais ce n'est pas terminé. Il y avait aussi cette chanson de Kylie Minogue avec un gars à la voix grave, je ne me souviens plus du titre, il m'avait sorti toute une théorie, un parallèle avec le tableau de Millais et les roses sauvages aux cinq pétales bien distincts. Durant cette conversation, il m'a dit en riant que je n'avais rien à craindre parce que je n'en étais pas une.

— Pas une ? Vous voulez dire une rose sauvage ?

— J'imagine, oui. Je ne sais même pas comment le prendre. Je ne suis même pas au goût d'un taré, ironisa-t-elle.

— Je vois, dit Mélanie décontenancée. Rien d'autre ?

— Si, mais vous allez me prendre pour une dingue.

Mélanie la gratifia d'un sourire discret.

— Dites toujours.

— Parfois, quand nous étions chez lui en train de faire l'amour, j'avais l'impression que nous n'étions pas seuls. Un peu comme s'il voulait s'exhiber devant quelqu'un.

84

Quelques instants plus tard
Sur l'autoroute en direction de Montiry

À la manière d'un disque vinyle rayé ramenant à chaque tour la cellule dans le même sillon, les paroles de Catherine se répétaient dans la tête de Mélanie. Elle y fouillait sans rien déceler. Certes, c'était une description intéressante de Castelain, de ses mœurs et de ses obsessions, mais il ne s'agissait encore que de présomptions. Ni témoignage direct, ni preuve, ni même un élément pouvant orienter l'enquête vers un lieu ou une cache. Se rendant finalement compte qu'elle était une nouvelle fois insatisfaite par son entrevue, elle commença à s'inquiéter de sa santé mentale.

Et si c'était elle qui allait trop loin ? Et si c'était elle qui déconnait ? Et si les autres avaient raison ?

Mais si, tout compte fait, c'était elle qui était dans le vrai ?

Torturée par des pensées contradictoires, Mélanie accéléra et poussa sa charrette au maximum, tout en surveillant les cadrans des tours à la minute et de la température. Direction le Nid, pour emporter de quoi lire ce week-end.

Derrière son volant, hypnotisée par la route et perdue dans ses réflexions, elle ne vit pas la nuit tomber sur l'horizon, si bien que lorsqu'elle prit la sortie de Montiry et entra dans la ville, des appels de phares la rappelèrent à l'ordre. Son étonnement s'accrut encore lorsqu'elle se demanda comment elle avait fait pour arriver si vite – et sans accident – jusque-là.

Rien que de très anodin, rien non plus qu'elle n'avait pas vécu mille fois ; mais une absence qui n'apaisa pas sa peur de sombrer dans une espèce de folie.

Au Nid, elle ne prit pas la peine de déranger le planton et se gara devant le bâtiment, dans le parking réservé aux plaignants. Elle monta à son étage et gagna son bureau pour y reprendre un large classeur contenant les dernières copies de procès-verbaux ainsi que son carnet de notes.

À la hâte, comme une voleuse craignant d'être prise sur le fait, elle parcourut le couloir où chaque porte ouverte offrait son rectangle de lumière provenant de lointains lampadaires de rue. À mi-chemin, juste en face de l'escalier qui aurait pu lui permettre de fuir en toute discrétion, elle se convainquit que de nouveaux éléments devaient être arrivés sur le bureau de Bernard.

Le classeur sous le bras et le carnet dans une main, elle s'y engouffra et fouilla du regard l'ensemble de la pièce pour enfin découvrir une enveloppe de papier Kraft émanant du laboratoire.

C'était sans nul doute le dossier photographique des perquisitions réalisées chez Castelain.

Parfait, se dit-elle.

Certaine de pouvoir les remettre en place avant le retour de son chef lundi matin, elle coinça l'enveloppe dans le classeur et quitta le bâtiment sans demander son reste. Absorbé par une plaignante particulièrement jolie, le planton ne la vit même pas passer.

Seule à la maison, ne risquant donc pas de nouvelles remontrances de la part de sa sœur, Mélanie disposa l'ensemble des clichés sur la table de la cuisine. En plus des photographies de face et de profil de Karine et Émile, ils représentaient chaque pièce de l'ancienne et de la nouvelle habitations de Castelain. Pour cette dernière, l'opérateur avait réalisé des prises de vue plus précises de chaque mur, ainsi que des bibelots reposant sur les étagères ou à l'intérieur des meubles. Mélanie remarqua la présence d'une large collection de disques, tous styles confondus, et de films dont elle ignorait la grande majorité des titres. Elle tiqua néanmoins en reconnaissant celui cité par Catherine et se dit qu'elle devrait le louer pour se faire une idée plus précise.

Elle continua son exploration un moment puis fixa son attention sur un cadre. Il représentait une femme apparemment morte, à moitié immergée dans une étendue d'eau bordée de verdures et de fleurs diverses. La qualité des traits et des couleurs donnait à cette peinture un aspect très réaliste, et pour en apprécier encore mieux les détails, elle n'hésita pas à approcher ses yeux de la photo.

Ce fut à ce moment qu'une main agrippa son épaule.

Le cri qu'elle émit le fit hurler lui aussi.

— Excuse-moi, dit Mike en reprenant son souffle, je ne voulais absolument pas te faire sursauter.

— Bon dieu, que j'ai eu peur, pouffa-t-elle. Ce n'est pas grave.

— Dis, enchaîna-t-il d'un air pressé, tu sais où est Claire ? Je commence à m'inquiéter.

Le visage de Mélanie changea.

— T'inquiéter ? Pourquoi ?

Mike fit une mine embêtée.

— Parce qu'on devait discuter de nous il y a trois jours de ça et je n'ai aucune nouvelle. Elle te parle encore, à toi ?

— Je ne comprends rien à ton histoire. Bien sûr qu'elle me parle encore ! s'énerva-t-elle. Pourquoi elle ne le ferait plus ? Qu'est-ce qu'il se passe ?

— Parce qu'elle pense qu'on couche ensemble.

— Quoi ? s'offusqua-t-elle. Mais bordel, c'est n'importe quoi ! Pourquoi elle pense ça ?

Le jeune homme fixait ses pieds.

— Oh, petit con ! cria Mélanie. Tu me regardes et tu me dis tout de suite ce qu'il y a !

— Je lui ai dit que je tombais amoureux de toi.

La phrase s'évanouit progressivement dans l'air jusqu'à ce qu'un lourd silence imprègne le rez-de-chaussée. Mélanie n'en croyait pas ses oreilles. Malgré leur dernière dispute, Claire ne lui avait rien dit.

Pensant que son mutisme était un signe positif, Mike s'avança pour l'embrasser.

Deux centimètres.

Il était à deux centimètres de toucher ses lèvres quand il sentit une paume lui écraser la partie gauche de sa figure.

Sous le choc, physiquement et mentalement, il resta figé, la tête sur le côté et les yeux rivés sur le patchwork photographique. Cherchant péniblement un moyen de se sortir de cette situation embarrassante et par la même occasion récupérer un peu de fierté, il posa son index sur le cliché de Castelain.

— C'est ce type qui emmerdait ta sœur quand je l'ai rencontrée la première fois.

— Quoi ?

Instinctivement, Mike leva son bras comme pour parer une autre gifle.

— Je n'avais pas l'intention de t'en coller une deuxième mais réponds, sinon ça viendra, menaça Mélanie.

— Ce type, répéta-t-il en appuyant le doigt sur la photo, c'est lui qui avait accosté ta sœur parce qu'il la prenait pour toi.

La peur la rendant soudain agressive, elle l'empoigna par le col.

— C'était où ?

— En face du Républicain, répondit-il immédiatement, sur la place des Combattants.

— Tu te bouges le cul et tu retrouves ma sœur, tu m'as comprise ?

De crainte d'en recevoir une autre, il hocha la tête nerveusement, ce qui décida Mélanie à lâcher prise. Elle traversa le salon et décrocha le téléphone. Elle connaissait son numéro par cœur et le composa d'un coup, sans rater une touche.

Au lieu de déguerpir, Mike continuait de scruter les photos. Restreinte par la longueur du cordon, elle saisit l'annuaire pour le lui jeter à la tête mais elle se retint soudain. Il lui exhibait la photo de Karine.

— Elle était là aussi. Je me souviens qu'il l'avait rejointe et qu'ils avaient quitté la place ensemble.

— Allô ?

La voix métallique cassa net l'effet de cette révélation. Mélanie avait entendu son patron décrocher mais elle ne pensait qu'à une chose : ils chassaient ensemble.

85

— Allô ?

Prostrée, le cornet du téléphone contre son oreille, Mélanie remettait toutes les pièces dans l'ordre. C'était pourtant si évident, si gros que personne ne l'avait vu. Elle le couvrait, elle le savait depuis le début, peut-être même qu'elle l'aidait à les embarquer.

— Si vous ne répondez pas, je vais raccrocher.

Mélanie sortit de sa torpeur.

— Bernard, c'est moi ! s'affola-t-elle soudain. Ma sœur... Ce n'est pas lui... Il faut...

Le tourbillon d'émotions qui virevoltait en elle l'empêchait de savoir par où commencer et surtout, comment le convaincre. Elle se mélangea les pinceaux.

— Quoi ? Qu'est-ce que tu veux ?

Elle prit une profonde inspiration comme lors des exercices de tir.

— Le Boucher, c'est Castelain et sa femme.

À l'autre bout du fil, affalé dans son fauteuil en train de regarder *Une famille en or,* Bernard posa une main sur ses yeux fatigués.

En face de lui, Christiane tentait d'attirer son attention en émettant de petits sifflements. Elle esquissa un sourire satisfait lorsqu'enfin, il la regarda.

— C'est qui ? murmura-t-elle depuis le divan.

Il soupira.

— Tu as vu l'heure, Penning ? dit-il pour faire d'une pierre deux coups. Tu me gonfles.

— Je sais, je sais, répéta-t-elle. Mais écoute, en regardant le dossier photographique de la descente chez lui, mon beau-frère, enfin mon ex-beau-frère ajouta-t-elle tout en se maudissant l'instant d'après, a reconnu Castelain comme étant le gars qui importunait ma sœur en pensant que c'était moi. Il fait une fixette sur moi ! Qu'est-ce qu'il t'a dit quand il a demandé si ça allait après l'affaire Bellis ?

Aucune réponse.

Elle insista.

— Bernard ?

— Tu as l'air d'une folle, dit-il d'un ton calme. Tu prétends qu'il fait une fixette sur toi mais tu inverses les rôles. Je t'ai demandé de prendre des congés, du recul et toi, tu vas dans mon bureau récupérer des documents sans ma permission.

— Tu ne comprends pas, ma sœur…

— C'est toi, coupa-t-il, qui ne comprends pas. Je ne sais pas ce que tu cherches à obtenir, et je n'aurais peut-être pas dû en profiter, mais c'est terminé. J'attendais le retour officiel de l'état-major mais tu ne feras plus jamais partie de la Crim. Mélanie, on a le Boucher, il s'appelle Damien Druart et il est en prison.

— Sans preuve, dit-elle la voix tremblante.

— Pour une victime, si. Pour les autres, ça viendra. Laisse tomber.

Il raccrocha.

Meurtrie par ce qu'elle venait d'entendre, elle regarda Mike.

— Il a dit que j'ai l'air d'une folle.

Il ne répondit que par un timide haussement d'épaules suivi d'un hochement de tête.

— Écoute, je pense que…

— Ferme-la ! Retrouve ma sœur, s'il te plaît.

— Je repars.

— Commence par le quartier de la gare, lui ordonna-t-elle alors qu'il franchissait la porte.

La peur au ventre et aussi vite que son corps le permettait, elle retourna dans la cuisine, attrapa les portraits du couple, sortit son pistolet de son sac avant de le caler à l'avant de son jean et quitta la maison, bien décidée à régler les choses par elle-même.

À peine trois secondes plus tard, elle revint sur ses pas, brisa la vitre d'un cadre qui les montrait, sa sœur et elle, prenant la pose chez un photographe amateur – un cadeau en commun – et repartit vers sa voiture sans prendre la peine de verrouiller derrière elle.

La Clio démarra comme à chaque fois, en faisant tressaillir les voisins. Elle commença par la place des Combattants. C'était vendredi soir et le centre de Montiry attirait les foules. Chaque minute de perdue au milieu des véhicules et des piétons augmentait sa terreur de ne plus jamais revoir sa sœur. Alors qu'il lui restait plusieurs centaines de mètres à parcourir, une voiture quitta un emplacement dans lequel elle s'empressa de se faufiler.

Slalomant entre les badauds, une chaleur acide dans les jambes, Mélanie courait à en perdre haleine. Une fois sur la place, elle entra au Républicain et fonça immédiatement vers le comptoir où elle plaqua les trois photographies.

L'air effaré, le barman la toisa.

— Je peux faire quelque chose pour vous ? demanda-t-il.

À bout de souffle, incapable de prononcer plus de deux syllabes, elle lui indiqua les clichés et lui fit signe de les regarder.

Le garçon s'avança, jeta un œil puis reporta son attention vers elle. Les mains sur ses jambes endolories, elle tentait toujours de récupérer.

— À gauche, dit-il d'un ton las, c'est vous. À côté, c'est Claire, qui me doit encore dans les deux cents balles. La femme et l'homme, je les ai déjà vus mais j'ignore leur nom.

— Quand… avez-vous… vu… Claire… dernière fois ?

Son souffle revenait petit à petit.

— Oh, ça doit faire deux jours. Elle a pas mal bu et ensuite, elle a disparu, d'où les deux cents balles. Vous êtes là pour payer la note ?

Pas encore totalement remise, elle secoua la tête et posa le doigt sur la photo de Castelain.

— Vous croyez que les infos sont gratos ?

D'un geste ample, elle exposa sa carte de police.

— Alors ? interrogea-t-elle en fronçant les sourcils.

— Ce n'est pas un habitué et je ne connais pas son nom. Je me souviens seulement de lui parce qu'un soir, en sortant d'ici, il a gueulé : *j'aurais dû la tuer comme les autres*. Au début, je pensais qu'il parlait de la brune, mais ils sont repartis ensemble, alors... dit-il en haussant les épaules.

— Et vous n'avez pas appelé les flics ?

— Madame, si je devais appeler les flics à chaque fois qu'un gars bourré dit une connerie, je passerais ma vie au téléphone. C'est Montiry, ici.

— C'était quand, ça ? questionna-t-elle.

— Ça doit faire au moins plusieurs semaines.

Elle quitta l'établissement sans même le remercier.

Elle n'avait plus qu'une idée en tête : aller chez lui.

86

Vingt-deux minutes plus tard
Forge

Sans aucune hésitation et sans même freiner, la Renault tourna dans la rue Courte. Les pneus crissèrent en marquant le bitume de leur empreinte avant de propulser la voiture vers le bout de la route. Ne connaissant pas les lieux et en l'absence de numéros sur les façades, elle chercha la maison en se remémorant le dossier photographique. Des briques rouges, cela, elle en était certaine, pour le reste, elle y parviendrait même sans numéro, quitte à compter les habitations depuis l'intersection.

Arrivée au bout du cul-de-sac, elle opéra un demi-tour et entreprit de poursuivre ses recherches lorsque soudain, à l'aide d'un vif coup de volant, elle se rangea sur le côté en éteignant ses phares.

La Peugeot de Castelain arrivait en face d'elle, à hauteur d'une maison qui devait être celle qu'elle cherchait. Il manœuvra pour placer l'avant de la voiture vers le carrefour, prêt à repartir. De la lumière émanait de l'habitation lorsque Castelain sortit de voiture. Il paraissait totalement saoul. Trébuchant à maintes reprises, il s'avança jusqu'au coffre qu'il ouvrit avec difficulté.

Probablement avertie par son arrivée chaotique, Karine fit irruption par la porte d'entrée et vociféra quelque chose que Penning, de là où elle était, ne perçut pas. Elle actionna la manivelle pour baisser sa vitre mais trop tard, l'engueulade était déjà terminée.

Sans paraître prêter la moindre attention aux réprimandes, Émile rentra dans la bâtisse sans refermer ni sa portière ni son coffre. Mélanie patienta un instant tout en fixant la 405 qui laissait échapper une légère fumée bleutée, et saisit son 9mm qu'elle déposa sur le siège passager. Partagée entre le souci de discrétion et la crainte d'une panne, elle hésita à couper le moteur. L'homme ne lui laissa pas l'occasion de trancher : il ressortait déjà, muni d'une boîte en carton qu'il déposa dans le coffre avant de le refermer.

Karine cria de nouveau quelque chose, que Mélanie ne comprit pas. Émile lui répondit avec un doigt d'honneur avant de remonter en voiture. Il démarra en trombe, propulsant quelques poignées de graviers derrière lui. Sans attendre, Mélanie remonta la rue à son tour et lorsqu'elle passa devant la maison, elle vit Karine refermer la porte derrière elle.

Castelain roulait comme un dingue. Sa voiture zigzaguait sans cesse en frôlant ci et là des véhicules stationnés. Penning se contentait de le suivre de loin. Hors de question de le perdre, mais hors de question aussi que, même ivre, il se sente suivi. Dans sa tête, Mélanie préférait se dire qu'il maintenait sa sœur en vie quelque part, et tâchait d'occulter les images macabres que cette boîte en carton suscitait.

Et si son cauchemar était prémonitoire ? Et si Zoé avait vu juste ?

Elle y songea un instant et sentit un froid glacial envahir son corps. Elle secoua la tête comme pour éjecter ses mauvaises pensées de son crâne torturé.

La Peugeot prenait la direction de Montiry et plus précisément celle de l'avenue Dutronc.

La terreur de Mélanie s'amplifia.

C'était bien lui, et il a Claire.

Alors qu'il s'engouffrait dans le chemin longeant la Belle-de-jour, elle accéléra. Le cours d'eau n'était que très peu fréquenté la nuit et apparemment, il comptait en profiter une nouvelle fois. Voyant qu'il s'arrêtait à proximité du lieu de découverte du tronc de Meranti, elle préféra laisser sa voiture à l'entrée du chemin pour lui barrer la route, en cas de départ précipité, et continua à pied.

Avec le clair de lune comme seule source de lumière, elle avança en profitant de la pénombre, son arme à la main. À une vingtaine de mètres de la voiture, elle entendit une musique en sortir malgré les vitres fermées. Elle continua d'approcher et vit qu'il avait incliné son siège. Elle s'écarta alors pour éviter l'angle couvert par son rétroviseur et une fois à sa hauteur, elle courut vers la voiture, le canon pointé vers lui.

Elle pensait le surprendre mais il n'en était rien.

Les yeux fermés, il se branlait.

En une fraction de seconde, elle repensa à ce qu'elle avait lu, au passage de son livre expliquant la propension des meurtriers à revenir sur les lieux de leurs crimes pour revivre leurs fantasmes.

Submergée soudain par une rage qui pouvait enfin se libérer, elle ouvrit la portière et lui colla son flingue sur la tempe.

87

— Remballe ta queue et sors de là ! lui ordonna-t-elle sèchement mais sans hurler.

Malgré les décibels de « Where the Wild Roses Grow », Émile comprit parfaitement ce qui était attendu de lui. Mais chez lui, comprendre n'a jamais signifié obtempérer. Il laissa son sexe encore gorgé de sang se balancer et pivota sur son siège pour poser les pieds au sol puis se pencha en avant et, tout en se tenant au montant de la portière, se redressa enfin.

Ils se retrouvèrent alors face à face, exhibant chacun leur arme.

Des gouttes froides s'invitèrent sur leurs fronts, mais aussi tout autour d'eux. La météo avait parlé de possibles averses et force était de constater que l'une d'elles passait au-dessus de leurs têtes.

— Quelle surprise, dit-il comme s'il venait de se réveiller, la croque-mitaine. Tu es venue me tuer ?

Ce surnom frappa Mélanie en plein cœur. Elle pointa son bras armé vers la tête de Castelain.

— Qui t'a dit ça ? C'est ma sœur ? C'est ma sœur qui t'a dit ça ?

Émile singea à la perfection un clown mimant l'étonnement.

— C'était ta sœur, alors ! Je me disais bien qu'une telle ressemblance ne pouvait pas être... pas être... comment on dit déjà ? demanda-t-il en fronçant les sourcils.

Décontenancée par son attitude, Mélanie n'arrivait pas à déterminer s'il jouait un rôle ou s'il était vraiment ivre mort. Elle le maintint en joue, l'index effleurant la détente.

— Comment ça, c'était ma sœur ? Pourquoi *c'était* ?

— Fortuite ! cria-t-il. Voilà !

— Mais réponds-moi, putain ! hurla-t-elle en avançant d'un pas. Où est ma sœur ?

D'un geste brusque qui la fit tressaillir, il pointa successivement différents endroits.

— Je ne sais pas, dit-il, là-bas peut-être, ou là-bas, ou un peu partout.

Furieuse, apeurée, son sang ne fit qu'un tour. Encore un pas de plus, assez pour être à portée, et elle balança son bras dans le but de lui porter un coup de crosse au milieu du front.

Une attaque qu'il esquiva en se penchant en arrière.

Lorsqu'il revint vers l'avant comme un pantin de boîte à musique monté sur ressort, Mélanie avait anticipé et repris sa place, plus menaçante que jamais.

Le visage de Castelain avait littéralement changé. Sa tête penchée vers elle, ses yeux semblaient si profondément enfoncés dans leurs orbites qu'on ne pouvait plus que les deviner. Sa mâchoire serrée accentuait l'étrangeté de son visage quasi rectangulaire, tandis qu'il exposait un sourire à la Jack Nicholson dans *Shining*.

Elle avait enfin l'occasion de le voir. Son vrai visage. Celui du Boucher.

— Ouvre le coffre ! Allez, grouille !

Sans se départir de son rictus sardonique, il s'exécuta.

— Qu'est-ce qu'il y a dans la boîte ? demanda-t-elle.

Castelain s'esclaffa. Un rire artificiel, forcé, qui n'avait plus rien d'humain.

— Qu'est-ce qu'il y a dans la boîte ? hurla-t-il. Qu'est-ce qu'il y a dans la boîte ?

Il se remit alors à rire de la même manière, tout en s'accroupissant. Dès que ses genoux touchèrent le sol, d'un seul coup, le ricanement stoppa. Il la fixa dans les yeux, écartant les bras.

— Vas-y, la croque-mitaine, ajouta-t-il doucement, deviens colère.

De nouveau, Mélanie était perdue. Il jouait avec elle comme un chat avec un oisillon tombé du nid.

Du coin de l'œil, elle vit que le carton était entrouvert.

Il fallait qu'elle sache.

Elle laissa sa colère empiéter sur la raison et s'avança vers lui.

Ce qu'il attendait avec impatience.

Ses bras étaient plus longs qu'elle ne le pensait et au moment où elle détourna le regard vers la boîte, il attrapa son poignet. Celui qui tenait le pistolet. De son autre main, il tenta de s'en saisir mais Penning eut la présence d'esprit de lâcher l'arme qui tomba au sol recouvert de hautes herbes. Elle se jeta sur lui en lui portant un coup de genou au milieu de la figure.

L'os de son nez craqua, elle le sentit. Les deux corps se renversèrent et chutèrent dans l'eau glacée de la Belle-de-jour. Sonné, Castelain cherchait un point d'appui pour se redresser mais ne rencontra que le corps durci par la rage d'une sœur avide de retrouver la sienne.

Elle l'empoigna par le col et lui porta un coup de tête, cette fois encore au milieu du visage. La douleur fut insupportable et il lâcha un râle imprégné d'eau sale et de sang.

— Où est ma sœur ?

Sans attendre la réponse, elle leva son talon et visa la bouche qui, grande ouverte, cherchait de l'air. Le choc enfonça plusieurs dents et immergea entièrement la tête de Castelain, que Penning maintint quelques instants sous l'eau.

Dans cette position, le crâne touchant le fond vaseux de la rivière, il regretta d'avoir autant bu. Il regretta aussi de s'être disputé avec Karine qui ne voulait pas qu'il ressorte dans cet état.

Dans cette position, son instinct de survie se réveilla.

Au moment où Mélanie relevait son pied pour l'interroger une nouvelle fois, il tira violemment sur sa jambe d'appui. Son genou plia et elle tomba à son tour. Il se redressa alors, sortant sa tête de l'eau en happant plusieurs fois un maximum d'air.

Lorsqu'il ouvrit les yeux déjà tuméfiés par les coups, il ne put qu'apercevoir une semelle le percuter et projeter sa tête et son corps en arrière. Portée par la colère, par le besoin de retrouver sa sœur et par une soudaine envie d'en finir, Mélanie n'était que nerfs et acharnement. Elle se releva et sauta à pieds joints sur lui.

Plus aucune question.

Pour elle, il était évident qu'une partie de Claire se trouvait à quelques pas d'elle, dans cette foutue boîte.

Elle voyait rouge. Pas autant que le sang qui ruisselait sur le visage gonflé de Castelain mais assez pour l'empêcher de reprendre son souffle. Elle le cogna autant de fois que nécessaire.

Immergée dans ce cours d'eau au nom évocateur, Mélanie venait de boucler la boucle. Le corps de Castelain flottait, le visage défoncé et en sang.

Une image qui lui rappela la peinture qu'il avait chez lui.

Devenues soudainement fragiles, les jambes de Penning semblaient prêtes à se dérober mais elle se força à remonter jusqu'à la voiture.

Il ne lui restait qu'une chose à accomplir, la pire de toutes. Dégoulinante de toutes parts, elle s'avança jusqu'à la boîte en carton et l'ouvrit.

Ce fut un double choc.

Frappée par ce qu'elle vit, mais aussi par derrière.

Elle eut l'impression que son crâne explosait, à la manière d'une pastèque se fracassant au sol.

Pliée en deux, la tête en avant, son front se colla sur l'un des rares carrés de terre humide vierge de toute végétation.

L'image était trouble et inversée mais elle reconnut parfaitement les chaussures de Castelain. *Bishop a raison, tu es nulle,* se dit-elle tandis que la douleur lui cisaillait le cerveau.

Il fit un pas de plus vers elle.

Elle entendit un râle.

Il relançait une attaque.

Dans un ultime effort, elle roula sur sa gauche.

Le bout de métal qu'il avait dû trouver au fond de l'eau cogna le sol à quelques centimètres d'elle.

Tous deux étaient épuisés mais sa rage à elle était plus forte. Elle trouva ce qu'elle cherchait et n'hésita pas.

Trois détonations retentirent. Son premier coup manqua de peu sa cible, alors elle pressa à nouveau la détente dans la foulée, en plein buste. Son dernier tir, pour lequel elle prit le temps de pointer son visage alors qu'il gisait déjà au sol, résonna quelques secondes plus tard.

Cette fois-ci, malgré les sirènes qui hurlaient au loin, elle ne put se faire violence.

Elle resta couchée et pleura.

88

20 mai 1997
Prison de Montiry

— Belle histoire mais pour finir, il y avait quoi dans la boîte ?

— Des bouteilles de vin qu'il devait jeter dans une poubelle pour le verre. Du moins, c'est l'excuse qu'il avait donnée pour pouvoir aller se branler là où il balançait les cadavres. J'ai appris bien plus tard que ma sœur se trouvait chez un ami où elle avait passé plusieurs nuits.

La profondeur gutturale du ricanement qui suivit glaçait le sang. Malgré cela, Zoé ne se retint pas. Au contraire, l'écho de son rire que renvoyaient les hauts murs de l'enceinte semblait renforcer encore son hilarité. D'ordinaire bondé, le préau n'accueillait pour l'heure que deux détenues mises à l'écart pour leur propre protection. Les anciens flics n'avaient pas vraiment la cote au milieu des droits communs.

— Tu regrettes ? demanda Bellis en interrompant subitement son rire, comme s'il n'avait jamais existé.

— …

De son dernier œil, Zoé observait sa nouvelle amie. Abattue et fragile, tout l'inverse de ce qu'elle était lors de leur précédente rencontre. *Aucune raison de ne pas enfoncer le clou*, pensa-t-elle.

— Tu vas être condamnée pour meurtre, dit-elle, peut-être pour assassinat si les collègues bossent bien. Ce qui fait qu'on sortira probablement en même temps, d'ici sept ou huit ans.

Mélanie se redressa et la fusilla du regard.

— Tu es en plein délire ! Tu as poignardé un vieil homme pour son fric !

— Et toi, rétorqua-t-elle dans la seconde, aux yeux de la loi, tu as pourchassé et flingué un innocent.

La vérité lui fit baisser les yeux.

— Ils vont trouver de quoi l'inculper, dit Penning à voix basse comme pour s'en convaincre.

Zoé posa la main sur son épaule.

— S'ils n'ont trouvé aucune preuve contre lui jusque-là, assura Bellis, ils n'en trouveront plus. J'ai suivi cette affaire de loin mais il faut avouer qu'il a bien fait les choses.

— Attention, dit Mélanie en fixant ce qu'il lui restait de visage, c'est une spécialiste qui parle.

— J'avais tout fait pour, et si je n'avais pas croisé mon ex, jamais vous ne seriez arrivés jusqu'à moi.

L'ex-enquêtrice savait qu'elle avait raison. Hormis ce témoignage, ils n'avaient rien contre elle et si sa tentative de suicide n'avait pas le goût cuivré d'un aveu, elle n'aurait jamais été inculpée.

— Des regrets ? renvoya malgré tout Mélanie.

Zoé secoua la tête.

— Pas le moins du monde. Je ne me suis jamais sentie aussi bien. Ma gueule explosée a révélé ma véritable nature et c'est jouissif.

— Ta véritable nature ? Tu n'es qu'une meurtrière. Tu l'as toujours été.

— Absolument pas. Je ne voulais pas le tuer, je voulais juste son fric. Les coups de couteau sont arrivés parce que je ne voulais pas me faire prendre, dit-elle en esquissant un sourire qui dévoila quelques molaires. En revanche, maintenant, je sais que rien ne pourra me faire souffrir plus que ça, dit-elle en caressant son visage de ses paumes et en léchant ses doigts au passage. Je suis donc prête à faire le nécessaire, tout comme toi.

— Tu es barge, soupira Mélanie.

— Ne sois pas jalouse, ma chérie, c'est notre lot à tous. Il faut être dingue pour descendre un type dans le but de, soi-disant, sauver une sœur qui au même moment se faisait démonter par un mec qu'elle connaissait à peine.

— Ce qui est fait est fait, rétorqua Penning. Au moins, les victimes peuvent reposer en paix.

De nouveau, le rire animal résonna dans l'enceinte.

— C'est n'importe quoi ! se marra Zoé.

— Tu dis ça parce que tu es de l'autre côté de la barrière. La détresse des morts, voilà ce qui motive chaque membre de la Crim. Identifier et interpeller celui ou celle qui a commis les faits.

Mélanie avait prononcé ces mots exactement comme l'avait fait Bernard lors de son arrivée.

— De l'autre côté de la barrière ? s'étonna Bellis. Regarde autour de toi, nous avons emprunté des parcours différents pour, au final, aboutir au même endroit. Tu crois que les victimes vont mieux se sentir ? On s'en fout, elles ne ressentent plus rien. Tu as fait ce qu'il fallait pour qu'il ne recommence plus, ça oui ! Voilà ce que tu as fait, tu as rendu justice à ces femmes !

— À t'entendre, je devrais te buter aussi ?

— Tu le feras peut-être un jour mais en attendant, je serai ta seule compagnie pour les années à venir. Ironique, pas vrai ?

Une sonnerie marqua la fin du préau. Les deux femmes stoppèrent leur marche et tournèrent les talons vers la sortie. Ou plutôt, vers l'entrée de leurs cellules respectives.

Tout en avançant sous les cris bestiaux de certains pensionnaires vociférant l'envie d'enfoncer leurs vits dans tous les orifices possibles des deux ex-flics, Zoé pivota la tête vers Mélanie.

— Je t'avais bien dit que ça se réaliserait. Je sais aussi que nous ferons bientôt de grandes choses, toutes les deux.

— Dans tes rêves, protesta Penning.

— Précisément, dit Zoé en se frottant le bas du menton pour essuyer un filet de bave, et ils ne mentent pas.

89

3 juillet 1997
Forge

Il tombait des cordes.

Malgré les efforts des essuie-glaces pourtant sollicités à leur maximum, l'eau frappait sans cesse le parebrise et obstruait la vue. À la place du mort, Daphné remerciait le ciel de ne pas rentrer à pied par ce temps. La pluie avait débuté lorsque leurs verres furent vides et une telle proposition ne se refusait pas. Un gain de temps considérable et, en l'occurrence, la chance d'éviter de se faire tremper.

Comme pour la mettre en garde ou pour la réveiller, une bourrasque violente projeta des gouttes d'eau contre la vitre. Elle recula instinctivement.

— Encore merci de me raccompagner. Nous ne sommes plus très loin, c'est juste après l'arrêt de bus, là-bas.

— Tout le plaisir est pour moi.

Quelques secondes plus tard, tandis qu'elle approchait de sa destination, la voiture accéléra. Daphné vit la façade de sa maison disparaître devant ses yeux.

— Eh, stop ! dit-elle. Qu'est-ce que tu fais ? C'était là !

Tout à coup, une vive douleur s'empara de l'arrière de son crâne. Comme sous l'emprise d'une ivresse traître et soudaine, sa vision se troubla instantanément et elle eut l'impression que le monde tournait autour d'elle. Une sensation qui s'interrompit au son d'un nouveau choc au même endroit.

La pluie continuait son œuvre en la couvrant de son eau glacée. Après avoir ouvert les paupières à grand-peine, Daphné vit qu'elle pataugeait dans un amas boueux entouré d'une végétation sauvage, accessible via un sentier de terre sortant d'un bosquet et parsemé de cailloux et de pierres. Se pensant seule, elle voulut bouger mais des lacérations brûlantes lui déchirèrent le dos et les jambes. Elle comprit alors qu'elle avait été traînée jusqu'ici.

En plus du froid ambiant, un frisson d'un tout autre genre la parcourut lorsqu'elle entendit quelqu'un derrière elle. Elle leva les yeux et reconnut Karine.

Elle lui souriait.

— Mais qu'est-ce que…

Daphné stoppa net sa question en voyant que la femme tenait une corde métallique entre ses mains.

— Chut, lui fit Karine, laisse-moi parler, tu vas comprendre.

Elle tourna autour d'elle, chacun de ses pas s'enfonçant dans la terre détrempée.

— C'est pour moi un honneur d'achever l'œuvre de mon homme, continua-t-elle. Tu es la dernière qu'il avait choisie, son cinquième pétale, celle qui devait délivrer son message. Même si c'était souvent moi qui commandais, je ne pourrai jamais faire aussi bien que lui, mais je ferai de mon mieux, je te le promets.

— Je ne comprends rien, dit Daphné d'une voix marquée par l'effroi, quel homme ? Ton homme ? Celui qui est mort ?

— Oui, tu te souviens, tu as bu un verre avec lui il y a quelques semaines ? C'était lui, le Boucher.

Entendre ce surnom l'horrifia davantage encore. Toujours prostrée, elle posa ses mains sur le sol humide et poussa pour se redresser. Le lien de métal s'enroula alors autour de son cou en le serrant juste assez pour la maintenir à terre.

— Le Boucher, souffla-t-elle. Quel nom stupide et sans commune mesure avec ce qu'il voulait réaliser. Joindre l'utile à l'agréable, démontrer que le vice court impunément les rues alors que l'on avait jugé si sévèrement l'amour qu'il portait à sa sœur, c'était cela, son message ! Sa Rose n'était pas parfaite. Elle était rebelle, sauvage et en même temps, perdue, délaissée et fragile. Elle n'avait pas supporté l'affront et encore moins la pression.

Karine serra davantage le lien et comprima ainsi un peu plus la gorge de Daphné qui commença à suffoquer.

— Elle s'est pendue dans sa chambre, murmura-t-elle à son oreille, et ils ont tout fait pour l'oublier, pour la soustraire à son emprise. Hormis ses souvenirs, il ne put rien garder d'elle. Aucun vêtement, aucune photo, aucun objet. Il s'est retrouvé abandonné, pour satisfaire les convenances d'un monde qui rejette jusqu'à l'idée d'aimer ceux qui vivent sous le même toit alors que la « baise » est adulée. Quelle bande d'hypocrites.

Du bout des ongles, Daphné tentait de se dégager, mais Karine était vigilante. Elle tira la corde vers l'arrière comme pour soulever le corps frêle qui perdait vie peu à peu.

— Merci à toi d'être là, tu seras la dernière. Son cinquième pétale et l'aboutissement de son œuvre. Regarde autour de toi, dit-elle en serrant aussi fort qu'elle le pouvait, c'est comme dans le tableau et comme dans la chanson. Je t'abandonnerai au milieu des roses sauvages.

90

20 octobre 1997
Prison de Montiry

Rien ne ressemblait à ce qu'elle avait imaginé. Les films et les séries lui avaient imposé une image tronquée du parloir. Ici, il n'y avait ni téléphone pour communiquer ni vitre entre eux. Bernard pouvait la toucher, l'étreindre et l'embrasser.

Il ne fit aucun des trois.

— Tu fais une drôle de tête, dit-il, comme si j'étais la première personne à venir te voir.

— C'est le cas, dit Mélanie en continuant d'analyser les lieux.

Ne désirant pas s'éterniser, le chef de la Crim sortit une photographie de la poche intérieure de sa veste et la déposa devant son ex-collègue.

— Daphné Calevina. On vient de la trouver. Juste une partie de la tête. Les animaux se sont fait plaisir mais elle a bien été tranchée à l'aide d'une scie à métaux. Même modus et même profil que les autres.

— C'est où ?

— Terril du Pendu.

Mélanie prit le cliché et l'examina.

— La disparition date de quand ?

— Un peu moins de deux mois après la mort de Castelain.

Penning ne réagit pas. Son cerveau bouillonnait.

— Alors ? Tu es toujours aussi sûre de toi le concernant ? asséna-t-il. Parce que nous, nous n'avons rien pu lui mettre sur le dos.

Sans un mot de plus, sans même un regard dans sa direction, elle lâcha la photographie, se leva et demanda à être reconduite en cellule.

— Attends, dit-il en lui tendant une enveloppe, Claire m'a demandé de te donner ça.

Des larmes jaillirent aussitôt le long de ses joues. Elle agrippa la lettre et fit volte-face pour lui cacher son état.

— Tu ne vaux pas mieux que les dégénérés qui pourrissent ici ! cria Bishop tandis que la porte du parloir se refermait derrière elle.

Une fois dans sa cellule, elle se jeta sur son lit et posa un bras sur ses yeux pour les éponger et masquer la lumière du jour. Elle avait besoin d'un instant de répit pour trouver le courage d'ouvrir ce pli qu'elle espérait recevoir depuis son arrestation. Depuis ce jour-là, aucun échange n'avait eu lieu entre les deux sœurs. Tout ce qu'elles savaient l'une de l'autre émanait de la procédure écrite ou de ce que Claire avait pu lire dans la presse, et les tentatives de contact de Mélanie étaient restées sans réponse.

Elle prit une profonde inspiration et sortit la lettre de l'enveloppe déjà décachetée. Le greffe de la prison ne laissait rien passer sans contrôle, même pas du courrier.

Elle lut en murmurant, comme si elle cherchait à entendre la voix de Claire dans sa tête.

Tu me manques.

Cette lettre n'est pas la première, j'ai simplement jeté toutes les autres. Je pensais t'envoyer ma tristesse, ma colère, ma déception et mon incompréhension mais au final, tu ne le mérites pas. Pourquoi tenter de déchiffrer ton geste ?

J'ai été interrogée comme une suspecte par tes copains. Heureusement que l'adjudant Brancart était là pour calmer les choses. Ensuite, il m'a prise à part et nous avons discuté. Il m'a dit que tu devenais de plus en plus instable, que tu pétais les plombs et qu'il aurait dû empêcher tout cela. Il a levé les yeux quand j'ai parlé de tes cauchemars.

Avec tout ça, j'ai perdu l'envie de sortir, l'envie d'être moi. Tu as raté ton coup, les parents seraient déçus parce que je ne suis plus celle que j'étais. En fait, je te ressemble de plus en plus. Je me morfonds et je me sens seule. Mais ça passera. Parce que j'ai décidé de couper les ponts avec toi comme tu as décidé de le faire en tuant ce type.

Hors de question de vivre dans la peur et la honte. Hors de question de vivre comme toi et surtout, hors de question de devenir aussi folle que toi.

Tu ne me verras pas à la cour d'assises. J'ai déjà dû affronter le regard assassin de la veuve en faisant mes courses et je n'ai pas envie de subir ça de nouveau. Que tu viennes en plus raconter comment tout est de ma faute, ce serait la goutte d'eau.

Je te laisse, même si tu me manques. Parce que je dois me défaire de ce sentiment. Je te laisse aussi pour que tu comprennes ce que je suis en train de vivre. Parce que c'est ma petite vengeance perso, à croire que c'est dans nos gènes de vouloir rendre justice, même si on se trompe.

Au revoir.

Claire

Mélanie termina sa lecture la voix tremblante. Elle se leva, prit le crayon qu'elle utilisait pour noter ses réflexions les plus sombres et souligna *j'ai déjà dû affronter le regard assassin de la veuve en faisant mes courses*.

— C'était qui, au parloir ? fit une voix provenant d'une autre cellule.

— Mon ancien chef d'équipe. Il dit qu'il y a eu une nouvelle victime.

— Et ?

— Et rien, répondit-elle froidement.

Dans son coin, Zoé sourit puis se mit à rire.

— Je suis certaine qu'une fois dehors, s'exclama-t-elle, tu t'occuperas d'elle aussi.

Mélanie fixa les murs sales de sa cage en pensant à sa sœur.

Lentement, elle hocha la tête.

Épilogue

De nos jours
Siège de la police judiciaire fédérale de Montiry

Arthur déposa le manuscrit sur son bureau et replia ses lunettes avant de les insérer dans leur étui.

— C'est pas mal, dit-il, mais... pourquoi ça se termine de cette façon ? Le Boucher est encore en vie, à ce que je sache.

— Je ne peux pas dire la vérité, rétorqua Danny. Comment veux-tu accrocher le lecteur et surtout lui faire plaisir à la fin, s'il apprend qu'on ne l'a pas arrêté par manque de preuves ? Ça ne serait pas bandant. Et puis, c'est un roman, pas un doc. Il faut bien que je dilue la vérité dans quelques bribes de fiction. C'est d'ailleurs aussi pour cela que j'ai changé tous les noms, pour pouvoir indiquer la phrase bateau : toute ressemblance avec une personne existante ou ayant existé serait tout bonnement fortuite.

D'un hochement de tête, son mentor approuva sa manière de faire. Il referma le classeur contenant les centaines de pages et le lui tendit. Danny récupéra le fruit de son travail et le glissa immédiatement dans son sac à dos comme s'il s'agissait d'un objet rare et précieux.

— Et dire que je l'ai entendu, soupira Arthur.

— Ouais mais bon, c'est comme Peter Sutcliffe, l'Éventreur du Yorkshire, il a été interrogé sept fois et il est tout de même passé entre les mailles du filet. Quand tu n'as pas d'éléments à charge, tu ne peux rien faire. C'est bien pour ça que j'espère qu'il lira ces pages un jour et qu'il aura les couilles de faire comme John Doe : terminer son œuvre en se livrant. Comme ça, il aura l'occasion de transmettre au monde son message et son nom restera gravé dans les mémoires. Mais bon, vu le gars, je doute que cela se produise.

— C'est ce que je pense aussi.

*

* *

La foire du livre de Bruxelles battait son plein. Des auteurs de tous les côtés et cent fois plus de lecteurs avides d'augmenter leurs piles à lire et pourquoi pas, obtenir quelques dédicaces.

Le livre de Danny était déjà sorti depuis quelques mois et l'accueil fut assez favorable pour qu'il soit invité à signer durant les quatre jours que durerait le salon. Devant lui, des lectrices surtout, mais aussi quelques curieux avides d'en savoir plus sur le Boucher.

Danny griffonnait la page de titre de chaque exemplaire qu'on lui tendait en prenant un soin particulier à poser au préalable la même question :

— Pourriez-vous m'épeler votre prénom ?

Il s'attendait à tout, sauf à la surprise que lui réservait la personne suivante.

— Pas de dédicace. Je suis ici parce que vous parlez de moi.

Remerciements

Le livre que vous tenez entre vos mains n'existerait pas sans l'intervention de plusieurs personnes, dont beaucoup sont restées dans l'ombre. Cet amas de feuilles emplies de caractères et reliées entre elles est le fruit d'un auteur, bien évidemment, mais aussi de correcteurs, d'un éditeur, d'un diffuseur et de libraires. Une chaîne indispensable pour permettre aux lecteurs de s'évader quelques heures hors de leur routine.

Inspirée de faits réels, cette histoire a demandé également de longues recherches sur les réseaux, forums et autres sites en libre accès ; un vrai travail de cartographie pour que Montiry existe à vos yeux, que lecteurs et personnages s'y créent des repères ; et un recoupement de tous les éléments disponibles, grâce aux informations collectées auprès de professionnels ou d'amateurs du genre. Bref, des méthodes d'investigation qui ne sont pas sans rappeler une véritable enquête.

Un travail éminemment collectif, donc, pour lequel je tiens à remercier ici les intervenants suivants :

Le Squale, qui se reconnaîtra.

Les auteurs de reportages vidéos et écrits sur le sujet.

Les journalistes de l'époque.

Celles et ceux m'ayant permis d'utiliser leurs noms et prénoms.

Sévérine Clément (Mot à Mots) pour ses corrections.

La maison d'édition Hugo Thriller et plus particulièrement Bertrand Pirel ainsi que son équipe.

Les équipes de diffusion et de distribution, qui ont permis de mettre à disposition ce livre.

Les libraires, derniers gardiens de sanctuaires où la liberté prend forme.

Et enfin, les plus importants, vous qui avez tourné les pages jusqu'à lire ces dernières lignes.

Merci infiniment à toutes et tous pour votre confiance.

Jack

14018

Composition
FACOMPO

Achevé d'imprimer en Slovaquie
par NOVOPRINT SLK
le 8 janvier 2024.

Dépôt légal : février 2024
EAN 9782290393215
L21EPNN000590-600725

ÉDITIONS J'AI LU
82, rue Saint-Lazare, 75009 Paris

Diffusion France et étranger : Flammarion